W0029516

David Schalko
Was der Tag bringt

David Schalko

Was der Tag bringt

Roman

Kiepenheuer & Witsch

Nichts ist so heilsam wie eine menschliche Berührung.

Bobby Fischer

Für Tobias

Felix erhielt einen Anruf. Sonst nichts. Keiner kam, um ihn zu verhaften. Nur die Stimme des Bankberaters, die sagte, sie würden ihm den Hahn abdrehen. Dafür müsse er aber persönlich vorbeikommen.
– Wenn es nach mir ginge, dann natürlich nicht. Aber sie, also die anderen, nein, nicht einmal sie, vielmehr der Algorithmus, gegen den ist man machtlos.
Der Bankberater faltete die Hände. Und Felix nahm die Brille ab. Um ihn nicht mehr deutlich sehen zu müssen. Um den Nachdenklichen zu geben. Um der Ernsthaftigkeit der Lage mit einer ernsthaften Geste zu begegnen. Um vermeintlich die Waffen zu strecken.
– Es ist eine ganz einfache Rechnung, so der aufgekratzte Bankberater. Hier die Kurve. Der Kontostand der letzten

24 Monate. Wenn das deine Herzfrequenz wäre, dann gute Nacht! Aber eines ist erkennbar. Der Rahmen wurde seit Monaten überschritten. Da ist kein Spielraum mehr. Überstrapaziert. Jetzt geht es darum, wieder hineinzusteigen. Der Versuch des Bankberaters, mit den Händen einen Rahmen nachzubilden.

– Ich werde dich selbstverständlich nicht hängen lassen. Das Persönliche steht immer über dem Geschäftlichen. Schließlich kennen wir uns nicht erst seit gestern.

Ob der Bankberater auch am Wochenende Anzüge trug? Felix begann seine Brille zu putzen. Eine Geste der Reue? Der Ordnung? Der Gelassenheit? Der Ignoranz? Der Provokation? Der Verstimmung? Der Resignation?

– Never kill the messenger, scherzte der Anzugträger. Nichts für ungut. Wir kriegen das schon hin. Wäre doch gelacht. Mit achtunddreißig steht dir noch das halbe Leben bevor.

Felix fühlte sich krank. Nein. Erschöpft.

– Man muss da jetzt Kampfgeist zeigen.

Ein Lächeln wie ein Schulterklopfen.

– Pferde satteln. Weiterreiten.

Fragte sich nur, wohin. Die Kurve des Bankberaters zeigte vermutlich immer nach oben. Felix hatte noch nie zu jenen gehört, deren Kontostand proportional zum Lebensabschnitt wuchs. Die glaubten, so ein Leben funktioniere wie ein Computerspiel. Von einem Level zum nächsten. Und sich dann wunderten, dass am Ende *Game over* blinkte, obwohl sie alles richtig gemacht hatten.

Den vorläufigen Höchststand hatte Felix bereits mit achtzehn erreicht. Gut: eine Erbschaft. Aber er war Mutter nichts schuldig geblieben. 50 Prozent solide. 50 Prozent Investment. Und in der Wohnung wohnte er schließlich heute noch. Ja, noch. Sie würde es ihm nie verzeihen, wenn er die Wohnung ihrer Kindheit verkaufte. Obwohl nichts mehr darauf hinwies. Er hatte alles entsorgt. Nein. Er hatte alles in den Keller geräumt. Zumindest das Wesentliche. Auch er hätte es nicht übers Herz gebracht, die Sachen der Großeltern in den Müll zu werfen. Stattdessen lagerten sie ebenfalls im Keller. Eine Art Zwischenstation, um des Friedens willen. Obwohl es ihnen egal sein konnte. Schließlich waren sie tot. Alle waren sie tot. Bis auf Vater. Alle lebten sie weiter. Und hatten sich in ihm eingenistet. Wenn er in den Spiegel sah, erkannte er den Vater. Wenn er die Augen schloss, vermisste er die Mutter. Und wenn er in den Keller ging, besuchte er die Großeltern. Was bliebe von ihm, wenn er sie alle löschen könnte?

Der Bankberater blätterte in den Unterlagen. Das gehörte wohl zum Ritual. Er war einer der Ersten gewesen, die er kennenlernte, als er in der Großstadt aufschlug. Er kam, um ein Konto zu eröffnen. Und er kam nicht ohne Ideen. *Carpe diem.* Aber so einen Rahmen musste man sich erst verdienen. Der Beginn einer Freundschaft. Niedrigste Pflegestufe. Alle paar Wochen ein paar Bier nach der Arbeit. Nie privat. Immer Anzug. Schließlich hatte er Potenzial. Und Kapital.

Mit achtzehn hatte er sein Erbe endlich antreten dürfen.

Das war kein schöner Anblick. Auch so eine Wohnung verweste. Dieser Geruch. Mindestens so ekelerregend wie Friedhofspflanzen, wenn sie in trübem Wasser verwelkten. Nach Mutters Tod hatte man die Großelternwohnung sich selbst überlassen. Felix hatte die alte Putzfrau dann wiedereingestellt, nachdem sie der Vater Jahre zuvor entlassen hatte. Warum solle man eine leere Wohnung putzen? Das sehe er nicht ein. Das sei, als ob man ein Grab pflegen würde. Mutter habe sie jahrelang nur aus schlechtem Gewissen beschäftigt. Swetlanas beleidigter Blick. Hätte man ihr nicht gekündigt, wäre die Wohnung in einem anderen Zustand gewesen. Die Sachen der Mutter hatte der Vater gleich nach dem Begräbnis entsorgt. Da wurde nicht lange gefackelt. Danach waren sie aufs Land gezogen. Wie hätte er sich als Achtjähriger wehren sollen? Auffällig schnell war Helga in Vaters Leben aufgetaucht. Eine Hiesige.

Ab da hatte Felix darauf gewartet, endlich achtzehn zu werden. Als es so weit war, hatte er die Wohnung entrümpelt, gestrichen und ausgeräuchert. Er hatte sie neutralisiert. Und zu seiner gemacht. Dann hatte er begonnen, sich auch die Stadt zu eigen zu machen. Niemanden hatte er gekannt. Hatte sich vorgehantelt. Hatte Kontakte gesammelt. Einen nach dem anderen. Die Methode mit den Schnappschüssen hatte sich bewährt. Damals wollte er noch Fotograf werden. Hatte stets eine Kamera dabei. Sie fühlten sich alle geschmeichelt, wenn er ihnen die Fotos zusteckte. Er achtete natürlich darauf, dass keiner im schlechten Licht stand. Wurde keinem gefährlich. War das perfekte Publikum. Er war beliebt. Die Frauen schliefen mit ihm, um ihm danach alles zu erzählen. Die Männer protegierten ihn, um vor ihm anzugeben.

Besonders Eugen war von den Fotos angetan. Er fragte ihn, ob er sein Chronist werden wolle. Eugen hatte große Pläne. Er litt an Ideendurchfall. War dann aber mit Bitcoins reich geworden. Nicht reich. Wohlhabend. Heute verkaufte er Dinge, die es nicht gab. Als Architekt einer virtuellen Stadt. *Neue Räume schaffen. Kein Kapitalismus ohne Kolonialismus.* Seine Worte.

Eugen sei die perfekte Beute. Er habe das Gefühl, es würde ihn aufgrund der Fotos überhaupt erst geben, so Moira. Er brauche den Blick der anderen, um sich seiner eigenen Existenz zu vergewissern. Felix hingegen sei ein Geist. Sie wolle seinen Blick nicht auf ihr spüren. Sie durchschaue sein Spiel. Finde es aber amüsant. Moiras schiefer Mund und ihr verächtlicher Blick. Eugen und sie galten als digitales Traumpaar. Aber Felix fantasierte von der analogen Moira.

– Ich lasse mich von dir nicht einfangen. Jedes Foto ist ein Gehege.

Er hatte sie alle aufgehoben. Hatte von jeder Aufnahme einen zweiten Abzug angefertigt. Die Kiste hatte er zu den Großeltern in den Keller gestellt. Für später. Falls er sie einmal brauchte. Fotos konnten nicht nur das Bild einer Person verändern. Sie waren oft das Einzige, was blieb. Ruinen. Selbst das Ich bestand nur aus Bruchstücken. Eine einzige Anhäufung. Der durchschnittliche Mensch bestand aus 10 000 Gegenständen. Felix hatte bei 2.432 aufgehört zu zählen. Zu viele offene Fragen. Wurde ein Paar Schuhe als ein Gegenstand gewertet? War die Bleistiftmine Teil des Bleistifts? Zählten Lebensmittel dazu? Wie verhielt es sich mit digitalen Käufen? Ein Film ja, ein Zeitungsartikel nein, ein E-Book ja, ein Abo vielleicht. Der Keller platzte inzwischen aus allen Nähten. Die Grenzen der Anhäufung waren erreicht. Das ganze Ich eine einzige Anhäufung. Von Erlebtem. Von Erreichtem. Von Befreundeten. Von Geliebten. Von Worten. Von allem. Nichts durfte je verloren gehen. Alles musste atemlos angehäuft werden. Das Leben, eine einzige Produktionsstätte. Er konnte einfach nicht aufhören, Gedanken zu produzieren. Er war durchgehend wach. Im Schlaflabor hatten sie festgestellt, dass er keine REM-Phasen hatte. Dass er selbst dann, wenn er vermeintlich schlief, hellwach war. Was seine ständige Erschöpfung erklärte. Das war sein Antrieb. Diese Erschöpfung zu überwinden. Er hörte die Stimme seiner Mutter. Wie sie sagte: *Geh weiter, sonst beginnst du, Wurzeln zu schlagen.* Das Bild hatte ihm schon als Kind Angst eingejagt. Nein. Das würde sie ihm nie verzeihen. Dass er ihre Wurzeln wie Unkraut jätete. Und ihre Kindheit für Müll erklärte. Doch wovor hatte er Angst? Es würde keine Wiederbegegnung geben. Vielleicht in Träumen. Aber nicht in Form von Berührungen. Er glaubte nicht an die Wiederauferstehung der Körper. Glaubte nicht an Zombiereligionen. Er war Atheist durch und durch. Aber kein Nihilist. Noch nicht. Noch konnte er daran glauben, dass der Höchststand vor ihm lag.

Nur sein Gegenüber glaubte nicht mehr an ihn. Das sagten der gesenkte Blick und die einstudierten Gesten. Der Bankberater hielt sich selbst an der Hand. Wünschte sich gerade, kein Bankberater zu sein. War es aber inzwischen mehr als alles andere. Weil alles andere zerfallen war. Seine Kindheit durch die Scheidung der Eltern. Seine eigene Ehe, die wegen jener Scheidung zu spät geschieden wurde und damit alle zukünftigen Ehen verhinderte. Diverse Freundschaften durch diverse Ehen. Das Verhältnis zu den Kindern durch die eigene Scheidung. Und die Zukunft, weil ihm keiner mehr irgendetwas glaubte. Schon gar nicht er selbst. Nur in der Bank war es anders. Dort war er der Gläubiger.

Der Bankberater holte tief Luft. Als müsste er gleich zum Meeresgrund tauchen. Er legte die Fingerspitzen aneinander und formte sie zu einem Dreieck. Als wären sie beim gleichen Geheimbund gewesen. Er sagte, er habe das Gröbste noch verhindern können. In ein paar Monaten hätte es jeden Rahmen gesprengt. Da wäre es ein finanzielles Hiroshima geworden. Aber man habe rechtzeitig die Notbremse gezogen. Er hielt ihm das Fingerdreieck näher ans Gesicht. Dass er überhaupt so einen Rahmen bekommen habe, sei ausschließlich ihrer persönlichen Verbundenheit zu verdanken. Mit einem solchen

Rahmen sei es nämlich generell schwierig, wenn man keinen Beruf habe. Er habe einen Beruf, sagte Felix. Er sei Unternehmer. Das sei noch kein Beruf. Eher ein Zustand. Vielleicht eine Mentalität. In seinem Fall eher eine Behauptung, wenn er das als Freund anmerken dürfe. Denn so sehe er sich. Als Freund. Ein Beruf sei etwas, das man zu Ende bringe. Daher habe er, Felix, noch nie einen Beruf ausgeübt. Er habe vieles angefangen. Aber nichts zu Ende gebracht. Er, der Bankberater, würde als Bankberater in Rente gehen. Er sei durch und durch nichts anderes. Und dadurch kreditwürdig. Aber Unternehmer … wenn er hingegen auch noch Tischler wäre. Dann hätte man etwas, worauf man sich verlassen könne. Darum gehe es bei Krediten. Um Verlässlichkeit. In seinem Fall sei es mehr ein Investment der Bank gewesen. So müsse er das jetzt auch intern verkaufen. Ob ihm eigentlich bewusst sei, dass er seinen Kopf für ihn hinhalte? Schließlich vergebe er Kredite und sei kein Investmentbanker. Auch kein Beruf in seinen Augen. Was aber jetzt zu weit führe. Und dann dieser Blick. Die ganze Arroganz des Angestellten. Als ob einer wie er je etwas riskiert hätte. Als ob irgendetwas je auf seinem Mist gewachsen wäre. Als ob er je persönlich gehaftet hätte.

Felix war sein Leben lang nicht angestellt gewesen. Angestellte waren in seinen Augen wie Kinder, die nie auf sich allein gestellt waren. Wirtschaftlich gesehen, hatten sie die Nabelschnur nie durchschnitten. Glaubten sie deshalb, dass ihnen nichts passieren konnte? Wie ein Bi-

schof saß der Bankangestellte da und faltete seine Hände
bedächtig zu jenem Dreieck, das eine Dreifaltigkeit behauptete. Felix fühlte sich exkommuniziert. Obwohl er
Atheist war. In einem unerträglich väterlichen Tonfall
dozierte dieser Vorschriftsgläubige, dass er, Felix, jetzt etwas anderes probieren müsse. Oder vielleicht eben nichts
mehr probieren sollte. Mit Ende dreißig wäre es an der
Zeit, auch mal wirtschaftlich anzukommen. Schließlich
habe er schon alles gemacht, wofür man gemeinhin keine
Ausbildung brauche. Wofür der Charakter reiche. Wobei
man sagen müsse, die Idee zu Wastefood sei schon vielversprechend gewesen. Da habe er sich mitgeirrt. Auch er,
der Bankberater, habe gedacht, dass die Welt bereit sei für
mehr Nachhaltigkeit. Auch er habe nicht gewusst, dass so
viel weggeschmissen werde. Nur weil eine Gurke nicht
der Brüsseler Norm entspreche – eine unfassbare Vul-
garität, der man etwas entgegensetzen müsse. Vielleicht
hätte man es nicht Wastefood nennen sollen. Schließlich habe man keinen Müll verkocht, sondern anstän-
diges Essen kredenzt. Wastefood Catering. Zu viel Erklärungsbedarf. Nachhaltigkeit dürfe kein Synonym für
Umständlichkeit werden. Dabei sei es ja anfangs wirklich
gut gelaufen. Und für eine Pandemie könne keiner was.
Die Pandemie habe alles übertüncht. Man habe ja in den
letzten Jahren das Gefühl gehabt, die Welt bestünde nur
noch aus Gesundheitsministern. Man könne die Pandemie aber wiederum auch nicht für alles verantwortlich
machen. Auch wenn es mit Catering sicherlich beson-

ders schwer gewesen sei, weil es ja kaum Veranstaltungen gegeben habe. Das verstehe er. Und auch die Bank. Selbst der Algorithmus. Aber jetzt sei diese Zeit eben vorbei und man müsse sich eingestehen, dass sich Wastefood nicht mehr erholen würde. Wastefood habe sich als ein Vor-Corona-Konzept erwiesen. Es sei aus dem Winterschlaf nicht mehr aufgewacht.

Felix nickte. Nicht nur, weil in dem Satz etwas Versöhnliches lag und man ihm eine Absolution in Aussicht stellte. Sondern weil er es genauso empfand. Er war aus dem Winterschlaf nicht mehr aufgewacht. Er war einfach liegen geblieben.

Als mit der Pandemie die Telefone aufhörten zu läuten, war es auch sonst ganz still geworden. Alle waren sie in ihren Wohnungen verschwunden. Niemand meldete sich. Niemand fragte, wie es ihm ging. Selbst F hörte auf, ihn zu besuchen. Gut, wie hätte sie es ihrem Mann erklären sollen? Es gab für sie keinen Grund, das Haus zu verlassen. Schließlich musste sie ihr Kind betreuen. Irgendwann hatte sie aufgehört, ihm Nachrichten zu schreiben. Und hatte damit auch nicht mehr angefangen, als alle wieder herauskamen. Sie war genauso kommentarlos aus seinem Leben verschwunden, wie sie aufgetaucht war. Als sie sich auf der Geburtstagsfeier betrunken geküsst und eine monatelange Affäre begonnen hatten, die ebenfalls nie besprochen wurde. F nannte eine Zeit. Sie kam zu ihm in die Wohnung. Sie liebten sich. Dann ging sie wieder. Es

war nicht F, die ihm fehlte. Es waren ihre Berührungen.
Es waren nicht die Menschen, die er misste. Es war ihre
Anwesenheit. Es war nicht die Arbeit. Es war die Struktur,
die den Tag zu einem Tag machte. Die Sinn simulierte.
Die einem das Gefühl gab, dass die Zeit nicht ungenutzt
vorüberstrich. Jetzt fühlten sich die Tage wie im freien Fall
an. Es war egal, wann man aufstand. Es war egal, wann
man schlafen ging. Es war egal, was man mit ihnen anfing.
Oft saß er den ganzen Tag in den leeren Büros und starrte
vor sich hin. Wie schnell Räume nichts mehr mit einem zu
tun hatten. Der schale Geruch der Abwesenheit. Ähnlich
der Großelternwohnung – als dort noch geputzt wurde.
Man spürte einfach, dass da keiner mehr wohnte. Als ob
die Menschen die Seele eines Raumes wären. Diese Stille.
Er begriff, dass diese Stille immer da war. Dass er sie nur
nie bemerkt hatte. Dass sie stets unter allem gelegen hatte.
Egal wie laut es rundherum war. Sie rührte sich nicht. Als
ob sie mit endloser Geduld auf einen lauern würde.
Als die Stimmen aus dem Winterschlaf erwachten und
auf die Straßen zurückkehrten, war es bei ihm still geblieben. Das Virus hatte bei ihm eine chronische Müdigkeit hinterlassen, die er nicht mehr wegschlafen konnte.
Das Wachsein hatte sich kaum noch vom Schlaf unterschieden. War es ein Schlaf ohne REM-Phase gewesen?
Er hatte jegliches Wollen verlernt. Die Bilder waren ihm
abhandengekommen. Die Bilder und der Wille, ihnen
hinterherzujagen. Gleichzeitig saß die Ungeduld in ihm.
Die Angst, dass alles an ihm vorüberzog. Ohne dass er

den Drang verspürte, nach etwas zu greifen. Eine Unrast machte sich breit. Die für zusätzliche Erschöpfung sorgte. – Felix. Ich habe eine Liste gemacht. Von Dingen, die du verkaufen könntest. Dann kannst du wenigstens deine Wohnung behalten. Der Bankangestellte übergab ihm zwei A4-Zettel. Er überflog sie.

Die Büroräume und ihr Interieur. Das Auto, mit dem er und Sandra monatelang durch Europa gefahren waren. Das Bild, das sie in Amsterdam gekauft hatten. Das Bild, das sie in Paris gekauft hatten. Das Bild, für das sie auf New York verzichtet hatten. Es war ein Abzug des Fotos, auf dem Duchamp mit einer nackten Frau Schach spielte. In dieses Bild hatte er sich schon als Jugendlicher hineinfantasiert. Von diesem Bild würde er sich bestimmt nicht trennen. Was noch? Der Schmuck der Mutter. Die Kamerasammlung des Vaters, ohne die er nie jemanden kennengelernt hätte. Die Moormann-Bücherregale. Die Bücher. Welches würde er aufheben, wenn er nur eines behalten dürfte? Die Platten. Antwort: Bill Evans, *From Left to Right*. Das Boxspringbett, das er sich nach Sandras Auszug angeschafft hatte. Die Schmetterlingssammlung. Würden Insekten im Wert steigen, jetzt, da ihr Bestand dezimiert war? Die Rauchutensilien des Großvaters aus echtem Silber (Aschenbecher, Feuerzeug, Etui). Ein ausgestopfter Fuchs von Deyrolle. Laptop, Stereoanlage, Mobiltelefon. Er hatte Lust, das Papier zu zerreißen. Sah darin nur die Übergriffigkeit der Bank. Nicht aber die Mühe des Bankberaters. Der wusste genau, was da war.

Aus was sich sein Gegenüber zusammensetzte. Wie viel würden sie von ihm übrig lassen? Von was sollte er seine monatlichen Kosten decken? Es fiel ihm nichts mehr ein. Ab jetzt würde er kein Geld mehr verdienen. Er würde es beschaffen. Aber nicht verdienen. Er würde seine Tage nicht mehr mit sinnvollen Tätigkeiten verbringen, mit denen er gleichzeitig sein finanzielles Auslangen fände, sondern sich täglich das Gehirn zermartern, wie er an das Geld herankäme. Alles würde ab jetzt anders werden.

– Und von was soll ich leben?

– Du könntest ein paar Tage im Monat die Wohnung vermieten. Das könnte reichen, wenn du dich reduzierst. Dann wärst du unabhängig. Überleg dir, was du wirklich brauchst. Der Bankberater sah ihn an. Zusammengepresste Lippen. Kopfnicken. Zuversicht.

– Denk dran. Sie können dir alles nehmen. Nur dich selbst nicht.

Der Bankberater tat ihm fast leid. In seiner empathischen Verlegenheit spürte man seine Angst, selbst einmal auf der anderen Seite des Tisches zu landen. Natürlich konnten sie einem das Selbst nehmen. Ein zarter Schüttelfrost durchdrang ihn. Felix wünschte, der Bankberater wäre eine Frau gewesen. Eine Frau, die ihn jetzt in die Arme genommen hätte.

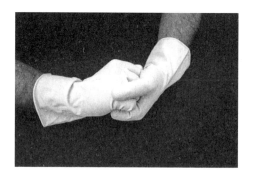

Er hatte die Koffer gepackt, als würde er verreisen. Er hatte die Wohnung zwei Tage lang geputzt. Swetlana hatte alles poliert. Bis nichts mehr nach ihm roch. Er hatte stundenlang gelüftet. Hatte mehrere Tage die Toilette nur noch zum Urinieren benutzt. Er hatte Beweisfotos gemacht. Laut Vertrag musste er alles so vorfinden, wie er es hinterlassen hatte. Unbehagen bei dem Gedanken, dass zwei Fremde seine Dinge berühren würden. Zu welchen Platten würden sie greifen? Bestimmt würden sie alles durchstöbern. In seine Bücher reinlesen. Womöglich mit angefeuchteten Zeigefingern. Würden Dinge verstellen. Würden sich ausmalen, wie sein Leben aussähe. Würden sich vielleicht über ihn lustig machen. Sie würden in seinem Bett kopulieren. Würden an seinen Lebensmitteln

schnuppern. Mit seinem Besteck essen. Sein Geschirr benutzen. Die Pflanzen vergessen zu gießen. Seine Toilette
benutzen. Würden die Dinge ihren Geruch annehmen?
Er vermietete weit mehr als seine Wohnung. Er vermietete sein Leben.

Sonnige Vierzimmerwohnung in Zentrumsnähe. 75 Qua-
dratmeter. Dachgeschoss mit kleiner, charmanter Terrasse.
Zahlreiche Vintagemöbel, eine großräumige Bibliothek und
geschmackvolle moderne Kunst verleihen dem Ort einen star-
ken Charakter. Für kalte Wintertage steht ein Kamin zur Ver-
fügung. Das Schlafzimmer, das sich unter einer kleinen Kup-
pel befindet, bietet eine traumhafte Aussicht auf die Altstadt …

Es war nicht schwer gewesen, Interessenten zu finden. Er
hätte die Wohnung wesentlich länger als die acht Tage
vermieten können. Aber er hatte es sich genau ausgerechnet. Mit dem Geld würde er über die Runden kommen.
Nein. Er würde eigentlich auf nichts verzichten müssen.
Solange er in diesen acht Tagen keine allzu großen Un-
kosten verursachte.
Die Wohnung hatte Charakter. Seinen Charakter. Das
Paar, das in Kürze läuten würde, hatte sich die Wohnung
aufgrund der Fotos ausgesucht. Eine Zielgruppe war eine
Glaubensgemeinschaft. Man kannte sich. Ohne sich zu
kennen. Nur die heikelsten Dinge hatte er in die Speise-
kammer gesperrt. Persönliche Gegenstände, wie man so
schön sagte. Wobei er nicht wusste, was an einem Buch

weniger persönlich sein sollte als an einem Schmuckstück. Es handelte sich wohl eher um Dinge, die man in Sicherheit brachte. Schließlich misstraute man der Kundschaft. Großvaters Raucherset. Mutters Schmuckschatulle. Fotoalben aus der Kindheit. Dokumente. Kosmetika. Die gesamte Kleidung. Eine halb gefüllte Erinnerungsbox. Die Summe seiner persönlichen Gegenstände beanspruchte kaum die Hälfte der Kammer, die an die Küche schloss und auch als Lager für die übrig gebliebenen Einweckgläser von Wastefood diente. Haltbarkeit mehrere Monate. Es wäre schade, so viel Nachhaltigkeit an Touristen zu verfüttern.

Er könnte nach seiner Rückkehr Freunde einladen. Die Wohnung wieder mit seiner eigenen Energie durchfluten. Er hatte viele Freunde. Verlor sie nie aus den Augen. Milan kochte gerade Fischsuppe. Heinz ging auf ein Konzert. Pia präsentierte ihre Babykatze. Georg echauffierte sich über Rechtsextreme. Christian über Amerika. Hanna über Russland. Thomas über alles. Jonas und Melanie verschoben ihre Hochzeit. Barbara hatte Geburtstag und feierte mit den Kindern. Florian hatte seinen Status in ledig geändert. Akin fotografierte Menschen, die Bäume umarmten. Veronika hielt das Cover eines finnischen Klassikers in die Kamera. Norbert sang Karaoke. Felix hatte eine gute Freundschaftsquote. Mindestens ein Viertel würde auf seine Nachricht innerhalb einer Stunde antworten. Aber nur vier wollte er nach einem Schlafplatz fragen. Acht Tage waren eine lange Zeit. Für beide Seiten. Am Ende hatte er sich entschieden, bei Eugen zu wohnen. Vermutlich, weil er das Gefühl hatte, ihm die Wahrheit sagen zu können.

– Acht Tage, sagst du. Und darauf verlässt du dich? Das wären die ersten Handwerker, die pünktlich fertig werden.

– Sie sehen mir ziemlich verlässlich aus.

– Sie werden dir mit einem Lächeln sagen, dass es länger dauern wird. Wenn sie es überhaupt sagen werden. Meistens sagen sie gar nichts. Und gehen einfach. Manchmal kommen sie wieder. Dazwischen lächeln sie einen aus. Handwerker sind die wahren Herren der Neuzeit.

So wie Architekten, dachte Felix, dem eine fliederfarbene Couch vor einer jadefarbenen Dschungeltapete zugeteilt wurde, auf der bereits ein malvenfarbenes Bettzeug lag. Bei Felix stellte sich ein Boutiquehotelgefühl ein, das die beiden vermutlich mit Gastfreundschaft verwechselten. Es gab nichts, was man den Räumen vorwerfen konnte. Aber auch nichts, was mit Moira und Eugen zu tun hatte. Felix dividierte die Dinge in der Wohnung auseinander. Was würde wem gehören, wenn sie sich trennten? Es war unmöglich festzustellen. Selbst die Gastgeber mussten sich hier wie Gäste fühlen. Felix machte keinen einzigen persönlichen Gegenstand ausfindig, den man in eine Kammer sperren müsste. Eine perfekte Wohnung, um sie zu vermieten. Selbst die Makel wie patinierte Wände, Kratzer im Boden, Flecken am Tisch, Kerben im Türstock wirkten gestaltet. Nichts stand im Weg. Die Leere der

Räume strahlte Ruhe, Ausgeglichenheit, Aufgeräumtheit und Entschlossenheit aus. Es war die Wohnung von Menschen, die wussten, was sie wollten. Die zu allem eine klare Meinung hatten.

Eugen war seiner Zeit stets einen Schritt voraus geblieben. Immer nur den einen, um noch als Visionär erkannt zu werden. Felix hatte das Konzept der virtuellen Immobilien erst verstanden, als ihm Eugen die VR-Brille aufgesetzt und ihn durch die Architektur von EUGENIA geführt hatte. Seine Höhenangst war auf den simulierten Wolkenkratzern noch größer gewesen als auf den realen.

– Das hier, Felix, geht über die bloße Nachahmung der sogenannten Wirklichkeit hinaus. Das ist Schöpfung. Es geht hier nicht nur um neue Kolonien. Es geht um eine neue Welt. Die sogenannte Realität verkümmert. Sie ist fahl und banal. Hier aber ist alles Denkbare möglich. Hier werden alle Grenzen des Wachstums gesprengt. Hier wird der Mensch erst Mensch.

Vielleicht lag es an der Schöpfungskraft von Eugen. Vielleicht auch an den begrenzten Kapazitäten des Menschen. Aber für Felix machte es keinen großen Unterschied, ob ein Haus eine Pflanzenform hatte, ob die öffentlichen Busse fliegenden Fischen glichen oder ob man die Skipisten mit Zuckerwatte präparierte. Letztendlich blieb es Nachahmung. Auch dass man selbst Formen annehmen konnte, die dem inneren Aggregatzustand entsprachen – Felix wurde von Eugen zu einem Windwesen erklärt –, änderte daran nichts. Es war einfach nur eine grellere Form der Realität, die sich genauso abnutzen würde. Vielleicht würde man irgendwann die analoge Welt ihrem Abbild anpassen müssen. Vielleicht würde sie irgendwann nur noch aus leeren Räumen bestehen. Selbst das Ich war eine Anhäufung von Versatzstücken, die sich in unendlichen Mutationen zusammensetzen ließ. Keines der Elemente war neu. Jedes hatte es schon milliardenfach gegeben.

Eugen blieb auch virtuell ganz Eugen. Diese randlose Brille mit den farbverändernden Gläsern. Diese Glatze. Kein Haar durfte aus seinem Körper sprießen. Diese Babyhaut. Trotz seiner vierzig Jahre. Das nannte man Charakter. Da steckte Arbeit drin. Während man das Gesicht von Felix gerne vergaß. Nein. Verwechselte.

Als Felix ihm ein vergilbtes Foto überreichte, es zeigte Eugen beim Dozieren, war er ganz gerührt von sich selbst.

– Was ist das für eine entsetzliche Brille, lächelte er.

– Eine andere Zeit, sagte Felix.

– Ein anderer Mensch. Du kannst natürlich so lange bleiben, wie du willst. Moira würde sich genauso freuen wie ich.

Ihr Gesicht war teigiger geworden. Ihre schiefen Lippen und ihr verächtlicher Blick wie mit zu viel Haarspray fixiert. Als ob sie sich selbst auf dem Weg zurückgelassen hätte. Als wäre sie ihr eigener Avatar. *Seit der Operation sah sie endlich aus wie die Statue, die man von ihr angefertigt hatte.* Moira, ein Denkmal. Und Felix dachte an sie. An die alte Moira. Die er anhand der Avatar-Moira wachrufen konnte.

– Es ist so schön, dass du da bist, sagte Moira. Beide freuten sich überschwänglich. Als wäre Felix der erste Hotelgast seit der Öffnung.

Man wurde das Gefühl nicht los, dass sie Publikum für ihre Beziehung brauchten. Felix war ein gutes Publikum. Dafür war er beliebt. Er sprach selten von sich. Konnte zuhören. Und spendete Beifall statt Kritik. Sein Gemüt war wie das Wetter am Äquator. Zu allen Jahreszeiten gleich.

Bereits beim ersten Glas Wein aber sagte er:

– Ich habe gelernt, das Leben nicht mehr ernst zu nehmen. Sonst ist es am Ende eine Anhäufung von Enttäuschungen. Man muss sich von gewissen Vorstellungen verabschieden. Man ist nur frei, wenn man nichts mehr erwartet. Das Leben ist wie ein unzuverlässiger Freund, der sich ausschließlich um einen schert, wenn es ihm passt. Wenn man das akzeptiert, kann man Spaß mit ihm haben.

Sowohl Eugen als auch Moira machten sich Sorgen. Anstelle eines Publikums hatten sie sich einen tragischen Akteur auf die Couch gesetzt.

– Was ist los, Felix?

Insgeheim hoffte Eugen, sein alter Freund würde so etwas antworten wie: *Nicht der Rede wert.* Stattdessen schenkte sich Felix nach, als müsste er sich Mut antrinken.

– Ich vermiete meine Wohnung. Acht Tage lang. Jeden Monat.

Eugen hob die Hand und bedeutete ihm, er brauche nicht weiterzureden.

– Du musst dich nicht schämen.

– Ich schäme mich nicht. Sonst würde ich es nicht nach dem ersten Glas Wein erzählen.

– Warum dann die Handwerker?

– Weniger Erklärungsbedarf.

Eugen nickte zufrieden. Felix begann sich wieder wie ein Publikum zu benehmen. Als er Eugen die Umstände erklärte, bot ihm dieser überraschenderweise keinen Hausmeisterjob in EUGENIA an.

– Das ist eine Riesenchance, Felix. Du bist Mensch 2.0. Und dir ist es gar nicht bewusst.

Felix nickte. Auch wenn er das Gefühl hatte, dass er das als Mensch 2.0 nicht sollte.

– Du bist dort, wo viele bald ankommen werden. Dein Tag wird nicht mehr von Arbeit strukturiert. Aber du hast Glück. Du stehst nicht vor dem Abgrund. Du hast eine Möglichkeit. Du bist eine Art Mini-Kapitalist. Und dein Kapital kannst du vermieten. Es ist ein wenig unangenehm, immerhin ist es der Ort, wo du wohnst. Du empfindest es zumindest als deinen intimen Bereich. Warum eigentlich? Weil er dir gehört? Du verwechselst das Eigentum mit dir selbst. Ich weiß, wovon ich spreche. Eigentum heißt immer Einverleibung. Egal, ob ein Ding virtuell oder real existiert. Die Phänomenologie ist dieselbe. Und nein: Das virtuelle Klavier ist nicht die Phänomenologie des realen Klaviers. Darüber habe ich selbstverständlich nachgedacht. Letztlich geht es nur um die Behauptung der begrenzten Ressourcen. Egal. Wichtig ist, dass du glaubst, es gehört ganz dir. Nein. Zu dir. Und dass niemand anderer den Schlüssel hat. Dein Rückzugsbereich. Dein Mutterbauch. In den du zurückkriechst. Das ist auch eine Form der Abtreibung, Felix.

Moira, die auf dem Sofa gegenüber saß, seufzte. Sie wusste, dass dies erst der Anfang einer langen Einbahnstraße war. Und sie wusste, wo sie enden würde. Sie nahm sich eine Zigarette und warf Felix diesen Blick zu. Ging es um Verschwörung? Ging es um eine zweite Ebene, um an diesem Abend noch etwas anderes zu erleben, als von Eugens Kaskaden verschüttet zu werden? Moiras Aggregatzustand verfestigte sich. Ihr Blick wollte fusionieren. Felix nahm einen Schluck Wein. Er entschied sich, ihr zu folgen. Sie stand am Strand. Der Wind. Die Palmen. Nein. Sie war die nackte Frau, die mit Marcel Duchamp Schach spielte.

– Du hast Glück. Du bist frei. Du musst nicht mehr arbeiten. Du musst nicht mehr funktionieren. Musst kein Roboter mehr sein. Man hat dir den Tag zurückgeschenkt. Du kannst abwarten, was er dir bringt. Du hast den Homo oeconomicus überwunden. Du hast Nietzsche überwunden. Du bist der purste Existenzialist. Während andere um ihr Überleben kämpfen, kannst du dich aufs Leben konzentrieren. Dich ausschließlich damit beschäftigen, was vom Tag übrig bleibt, wenn die Arbeit wegfällt. Man müsste ein Buch über dich schreiben.

Felix stieg ins Bild. Er saß ihr gegenüber. Ihre Dame bedrohte seinen König. Gleich würde er schachmatt sein. Es gab keinen Ausweg. Sie sah ihn an. Legte ihre Dame aufs Brett. Kapitulation. Dann stand sie auf und ging davon. Ihr Schritt war langsam genug, um ihm begreiflich zu machen, dass er ihr folgen solle. An den Wänden Porträts von Eugen. Sie hielt inne. Betrachtete ihn. Als wäre er nicht ihr Mann, sondern eine Erfindung. Diese Haut. Wie ein selbstreinigender Herd. Wie faltenloses Nylon. Er stellte sich hinter sie. Roch an ihrem Hals. Ihre Fingerspitzen suchten die seinen. Sie lehnte sich zurück. Stand auf den Zehenspitzen, als trüge sie Schuhe. Er nahm eine Zigarette und führte sie zu ihrem Mund. Feuer. Klack. Die Indifferenz machte ihn geschickt. Ihr Seufzen ein lasziver Applaus. Jeder Moment ein Angebot, das er nicht annahm. Das Wesen der Eleganz. Sie sah Eugen in die Augen. *Ein Bild muss das Ergebnis einer langen Betrachtung sein. Das macht es zu Kunst.* Sie blies Eugen den Rauch ins Gesicht. Keine Reaktion. Nur ein gemaltes Bild war noch indifferenter als er selbst. Sie nahm Felix an der Hand. König und Königin verließen das Brett. Als sie sich entfernten, spürte er den gemalten Blick im Rücken. Er schloss das Jackett.

– Arbeitslosigkeit, Felix, heißt nicht Aufgabenlosigkeit. Dir steht alles frei. Du kannst dich auf alles einlassen. Niemand sagt dir, was du zu tun hast. Niemand wartet auf dich. Mit dieser Freiheit muss man erst mal umgehen. Carpe diem, Felix. Kann man die Tage so gestalten, dass man sich am Ende an jeden einzelnen erinnern kann? Ich spüre keinen Neid. Ich brauche das Abrackern. Die

Erschöpfung. Das Machen. Aber dir kann keiner mehr was anhaben. Du kannst Nein sagen. Du kannst schlechte Jobs ablehnen. Du hast keinen Stress. Keinen Druck. Es spricht jetzt nichts dagegen, ein guter Mensch zu sein. Dich ganz den Wohltaten zu widmen. Altruismus ist ein Luxus, den man sich erst mal leisten können muss. Du musst niemandem gefallen. Hast nichts zu befürchten. Du kannst die Wahrheit aussprechen, die keiner hören will. Du könntest die Welt verbessern. So wie alle, denen die Dringlichkeit fehlt. Ach, mir fiele so viel ein für dich, Felix. Du kannst dir Arbeit suchen, die keiner braucht. Nein, verzeih. Die niemand bezahlen will. Du könntest Sterbenden ihre letzten Wünsche erfüllen. Flüchtlinge begleiten. Oder einfach nur reisen. Du hättest Zeit für die Liebe. Du könntest endlich in Ruhe über Selbstmord nachdenken. Was wäre, wenn es allen so ginge? Wenn sie Geld für keine Arbeit bekämen? Ein liebender Staat. Würden sie ihre unwürdigen Arbeiten niederlegen? Würde eine Putzfrau noch putzen? Ein Pfleger noch pflegen? Kein demütigendes Anstellen um Arbeitslosengeld. Jeder käme mit Geld auf die Welt. Hätte von Beginn an das Gefühl, etwas wert zu sein. Sogar die demente Mutter bekäme ein Grundeinkommen. Selbst ein Haftentlassener müsste sich keine Sorgen machen. Er könnte in Ruhe über das nächste Verbrechen sinnieren. Ein Junkie könnte sich Drogen kaufen. Es würde keine Alimente geben, weil jedes Kind über sein eigenes Geld verfügen würde. Die Leute hätten womöglich Ideen! Viele würden nichts tun.

Doch niemand würde untätig werden. Niemand müsste ausziehen. Eine völlig andere Situation. Aber vergleichbar. Du bist es dem Tag schuldig, Felix.

Moira seufzte erneut. Sie streckte sich auf dem Sofa wie ein liegender Buddha. *Bin ich ein Mensch oder erfahre ich die Welt nur als Mensch?* Sie zog an der Zigarette. Eine postkoitale Ellen Barkin, dachte Felix. Selbst ihr genervter Tonfall hatte etwas Beruhigendes. Diese sonore Stimme.

– Muss jetzt auch der Müßiggang schon effizient sein? Muss man aus allem immer das meiste rausholen? Was ist aus der Schönheit des Makels geworden?

Sie blies den Rauch in sein Gesicht. Felix hatte solche Lust, sein Leben zu vergeuden. Erst jetzt fiel ihm auf, dass die nackte Moira in der Galerie humpelte. War sie deshalb auf Zehenspitzen gestanden? Sie drehte sich um und flüsterte in sein Ohr: *Angezogen hast du mehr Charakter.*

Felix schüttelte den Kopf. Moira sah ihn an. Eugen sah Moira an, wie sie Felix ansah. Felix sah beide an. Und nahm einen relevanten Schluck Wein.

– Ich könnte dir natürlich das Geld leihen. Aber wäre das eine gute Idee? Ich bezweifle es. Es würde diese große Chance zunichtemachen. Denn ich würde es zurückhaben wollen. Du müsstest umschulen. Aber auf was? Ich würde dich nötigen, dir eine Arbeit zu suchen, wenn ich nach ein paar Monaten noch immer keine Perspektive sähe. Du bist keiner von uns, Felix. Du gehörst auf die andere Seite.

– Aha, sagte Moira. Ich wusste gar nicht, dass es zwei Seiten gibt. Wir sitzen doch alle im gleichen Boot.

– Du meinst den Staat? Das stimmt. Der muss alle nehmen, wie sie sind. Unflexibel, feig, xenophob, faul, untalentiert und primitiv. Aber der Staat existiert schon lange nicht mehr. Irgendjemand wird den Karren aus dem Dreck ziehen müssen. Es werden nicht Leute wie Felix sein. Die meisten sind zu nichts mehr fähig. Man kann sie weder für den Krieg noch für den Frieden gebrauchen. Auch den Müßiggang beherrschen sie nicht. Aber bald wird es endlich wieder ans Eingemachte gehen. Ums nackte Überleben. Mit allem anderen kann der Mensch letztlich nicht umgehen. Da verzettelt er sich in Demokratie. Und Beschäftigungstherapien. Da beginnt er über Nichtigkeiten nachzudenken. Damit er sich nicht leer fühlt. Aber bald werden die Tage endlich wieder davon geprägt sein, ob man die nächsten überhaupt überlebt. Dann wird das Leben wieder Sinn machen. Es ist im Grunde beneidenswert, wie du ums finanzielle Überleben kämpfen darfst, während unsereins die Klimakrise bewältigen muss.

Eugen blickte Felix mit einem hochmütigen Lächeln an. *Er sieht aus wie Hunter S. Thompson, wenn aus ihm ein rechtes Arschloch geworden wäre,* dachte Felix, während er sich und Moira randvoll Whisky eingoss.

– Ich habe ein anderes Verhältnis zu Geld als du, sagte Eugen. Ich halte Distanz. Ich verwechsle es nicht mit mir selbst. Für mich ist Geld wie eine Pflanze, die man hochzieht. Ich bin anders als du. Ich habe längst keinen Bezug mehr zu den Dingen. Für mich macht es keinen Unterschied, ob ich ein Klavier im Wohnzimmer stehen habe oder nur virtuell im Netz. Man muss sich von den Dingen lösen. Sie bedeuten mir nichts. Man muss aufhören, zu denken, dass einem irgendetwas gehört. Dass einem etwas zusteht. Dass irgendetwas nur für einen selbst bestimmt ist. Dann ist man innerlich frei. Ich habe keine Angst, etwas zu verlieren. Weil man nur etwas verlieren kann, das einem gehört. Es wäre mir auch egal, wenn du mit meiner Frau schlafen würdest. Ich sehe deine Fantasien. Menschen, die ihr eigenes Gebiet verlieren, versuchen oft, das Gebiet des anderen zu erobern. Bist du ein Kuckuck, Felix? Bist du im Krieg? Willst du mich einnehmen? Willst du mich aus meinem eigenen Leben schmeißen?

– Eugen, bitte. Hör auf. Du bringst Felix in Verlegenheit.

Erst jetzt bemerkte er Eugens Zungenschlag. Die nackte Frau stand am Fenster. Duchamp saß rauchend auf dem Sofa. Die Beine verschränkt. Der Anzug faltenfrei.

– Geld mag eine begrenzte Ressource sein. Aber die Liebe meiner Frau ist es nicht. Sie wird nicht gemindert, weil sie dich küsst. Würdest du Felix gerne küssen, Moira?

– Klar. Willst du zusehen?

Duchamp senkte die Plattennadel. Knistern.

Wie sollen wir es benennen?

Sie drehte sich nicht um. Das alte Lied setzte ein.

Meine Gefühle sind scheu. Sie lassen sich nicht gern benennen.

Jedes Wort ist ein vereister Gedanke, dachte Duchamp.

Wie wird sich ihr Kuss anfühlen?

Moira stand auf. Sie ging auf Zehenspitzen. Blieb vor Felix stehen. Sie sah ihn an. Sie sah ihn an, damit Eugen sie ansah. Sie wollte von Eugen gesehen werden. Sie wollte, dass er sah, wie sie Felix ansah. Dieser wusste nicht, wie er zurücksehen sollte. Denn auch sein Blick wurde von Eugen fixiert, dessen Blick wiederum undurchschaubar blieb. Der Blick des Betrachters, der vortäuscht, nicht gesehen zu werden. *Wir dürfen den Betrachter nicht ungesehen davonkommen lassen.*

– Augen zu, sagte Moira.

Die nackte Schachspielerin lag wie die Königin auf dem Boden. Durfte er das Haar zur Seite schieben, um ihr Gesicht zu sehen? Nein. Umgekehrt. Der König lag auf dem Boden. Er hielt die Augen geschlossen. Er spürte ihren Atem. Er stimmte in ihre Erregung ein. Die Nähe ihrer Lippen. Sie öffnete ihren Mund. Ihr Atem drang längst in ihn ein. Die Zungenspitze tastete sich vorsichtig zu seiner. Beide zuckten zurück, als sie sich wie zufällig streiften. Ein kleiner Stromschlag, bevor sich die Lippen gierig suchten, die Zähne ineinander verbissen. Das Rundherum verschwand in der Unschärfe. Es hatte keinen Zutritt. War zum Staunen verdammt.

Felix hielt die Augen geschlossen. War ganz in diesem Moment. Nicht bei Moira. In seinem Kopf wechselten die Frauen. Aber der Kuss blieb gleich. Er hatte noch nie jemanden an der Berührung erkannt. Eine Berührung hatte für ihn keine Identität. Aber ohne Berührung wurde er morsch. Vertrocknete regelrecht. Nein, es war nicht egal, wer ihn berührte. Eine Berührung konnte körperlich abstoßend sein. Aber in diesem Kuss steckte Begehren. Er

wollte mehr. Nicht sie. Das Gefühl. Er wollte verschlingen und verschlungen werden. Es verhielt sich wie zu einer Speise. Ein Kuss, bitte. Nicht diesen Kuss. Einen Kuss an sich. Jede Sekunde musste ausgekostet werden. Der Beobachter intensivierte den Moment. Sie spürten seinen Blick. Er drang ein. Er spielte mit. Eine Übertragung fand statt.
– Es ist mir egal, ob eure Avatare ficken oder eure fleischlichen Körper. Es macht keinen Unterschied für mich.
Stumm saßen sie auf der Couch nebeneinander. Sie berührten sich nicht. Sie sahen sich nicht. Doch. Sie sahen sich an. Aber woanders. Sie trugen die Brillen. Sie formten Berührungen in der Luft. Ein Theremin. Stöhnen verboten. Er schob die Hand in den Schritt des Avatars und konnte die feuchte Möse seiner Sitznachbarin riechen. Sie gab keinen Laut von sich. Zog ihn in der Luft zu sich. Er fasste ihren Nacken und zog sie unsanft am Haar. Sie verschränkte ihre Hände hinter dem Rücken. Er fand heraus, was sie mochte. Sie mochte, was sie sonst nicht zuließ. Es ging ja um nichts. Die Avatare sahen ihnen nicht mal ähnlich. Und trotzdem der Stromschlag. In Eugens Gehirn. *Das war gut, Felix. Das müssen wir bei Gelegenheit wiederholen.*
– Diejenigen, die im Krieg zu Hause bleiben, sind immer die gefährlichsten.
– Was redest du da? Du bist betrunken.
– Er ist ein Kuckuck. Man kann ihm nicht trauen.
– Es ist dein Spiel. Du wirst es so lange treiben, bis ich mich verliebe.

– Jetzt liegt er nebenan und denkt an dich. Du hast ihn kolonialisiert.

– Du bist krank.

– Denkst du an ihn, wenn ich ihn dir jetzt reinstecke.

– Du widerst mich an.

– Auch das ist ein Spiel. Es gefällt dir doch.

– Ich will nicht, dass er hier ist. Wie soll ich ihm die nächsten Tage in die Augen sehen?

– Wir waren betrunken und wir sind erwachsen und …

– Hör auf damit.

– Ich will dich ficken.

– Du kriegst ihn nur noch hoch, wenn mich andere wollen. Hast du ihn deshalb eingeladen?

– Er ist harmlos. Oder muss ich mir Sorgen machen?

– Du willst doch, dass ich gehe. Aber so einfach wirst du mich nicht los.

– Hast du was gespürt?

– Ich kann jeden küssen.

– Wirst du dich zu ihm schleichen?

– Das würde dir so passen.

– Es würde mich interessieren, wie weit er ginge. Schließlich befindet er sich unter dem Dach eines Freundes.

– So weit wie jeder Mann. Ihr seid alle leichte Beute. Es ist so langweilig.

– Lass uns ficken. Ich will, dass er uns hört.

– Ich brauche kein Publikum.

– Sag, dass du mir gehörst.

– Sei jetzt leise. Bitte.

Felix lag auf dem Rücken und wünschte sich, zu sterben. Um in genau dieser Pose gefunden zu werden. Um für Aufregung zu sorgen. Um entsorgt werden zu müssen. Um im Weg zu liegen. Er wollte Arbeit verursachen. Das Publikum wollte die Vorstellung nicht über den Ausgang verlassen. Es wollte nicht gehen. Es wollte nicht applaudieren. Sich nicht empören. Es wollte einfach nur tot aufgefunden werden, wenn die Lichter angingen. Das Publikum wollte für Verblüffung sorgen. Das Publikum wollte das letzte Wort haben. Als die Schauspieler auf die Bühne traten, um die Applausordnung zu absolvieren, wurden sie von einem einhellig verstorbenen Publikum überrascht. Ratlos standen die Schauspieler am Bühnenrand. Einer wollte die tote Menge *Kunstfeinde* heißen. Spürte aber den potenziellen Fauxpas. Und trat zurück. Die Applausordnung blieb aufrecht. Für den Fall, dass sie sich doch nur tot stellten. *Die atmen nicht mehr,* sagte einer. Was konnte man einem Toten vorwerfen, fragte sich ein anderer. Gebot es der Anstand, auf der Bühne zu bleiben, bis die Bestatter alle hinausgetragen haben würden? Das hieße ja, am Ende selbst zum Publikum verdammt zu sein. Eine Darbietung, die keine Kritik mehr zuließ. Das war gegen jede Verabredung. Da könne man in Zukunft gleich vor leeren Häusern spielen! Das wäre aber doch etwas anderes, als vor Toten zu spielen, korrigierte einer. Wenn sie doch ferngeblieben wären, jammerte ein anderer. Dass ausgerechnet das Publikum für einen Skandal bei den Spielenden sorgte.

Er atmete ein. Und aus. Ein. Und aus. Aber egal, wie sehr er sich auch konzentrierte, Felix starb nicht. Er würde morgen in diesem Theater aufwachen müssen. Er würde die Scham über sich ergehen lassen müssen, dass die Schauspieler das Publikum direkt involvierten. Dass sie auf das Publikum zeigten. Es ansprachen und verhöhnten. Mit dem Publikum spielten. Würde Felix die Kraft aufbringen, die Vorstellung vorzeitig zu verlassen? Und wenn ja, wohin würde er gehen? Vermutlich musste er bis zum Ende durchhalten. Sie hatten ihn in der Hand. Sie würden ihn die restlichen Tage als Geisel halten. Und er vermochte nichts dagegen zu tun. Er war machtlos. Weil er zu müde war. Weil er hier einfach nur liegen bleiben wollte. Und dann machte er das, was man von ihm als Publikum erwartete. Er nahm das Gewehr aus dem ersten Akt und trug es in den dritten. Das Tippen fiel ihm schwer. *Das hast du nicht verdient.* SEND. Er lauschte. Kein Signalton aus dem Zimmer nebenan. Sie wartete wohl, bis Eugen eingeschlafen war. Sie musste mit einer Nachricht von Felix rechnen. Ihre Blicke waren unmissverständlich gewesen. Der Dialog im Schlafzimmer nur Tarnung. Schließlich hatte sie begonnen. Sie hatte ihn in die Galerie gezogen. Was wollte sie?

Er umfasste seinen erigierten Schwanz. Er hielt sich fest. Trotzte der Strömung. Er bewegte seine Hand. Was pumpte er in seinen Körper? Bilder von einem gemeinsamen Leben. Frühstück in Taormina. Atelierbesuche in Miami. Partys in New York. Hochzeit in Lima. Er hielt die Antenne. Er neigte sie in ihre Richtung. Empfang. Es bestand kein Zweifel. Er musste nur den ersten Schritt wagen. Das erwartete sie. Eine Frage der Würde. Felix wusste, wie sie ticken. Da waren sie alle gleich. Er pumpte die Bedenken weg. Nüchtern lebten sie alle die Lüge. Er würde für immer betrunken bleiben. Morgen würde er es bereuen. Alles hatte seine Richtigkeit. Er tat bloß das, was man von ihm erwartete. Sie würde heute nicht mehr antworten. Das würde nichts ändern. Da war dieser Sog. *Scheiß auf die Vernunft. Bring die Dinge in Bewegung. Sei ganz du unselbst. Es ist befreiend. Widerstand! Steh auf. Gegen dich selbst. Setz dich gegen deinen eigenen Willen durch. Revoltiere gegen das eigene Ich. Das immer alles verhindern will. Du willst den Sprung. Du willst das Seufzen nach den Turbulenzen. Pumpen. Bloß nicht kommen. Mit dem Orgasmus kommt die Vernunft. Die Feigheit. Mach es. Jetzt. Bevor du das Laken vollspritzt. Bevor du alles befleckst. Pumpen. Richte dich selbst. Richte das Handy auf deinen Schwanz. Bevor du kommst. Abdrücken. Send. Löschen. Niemand hat das UFO gesehen.*

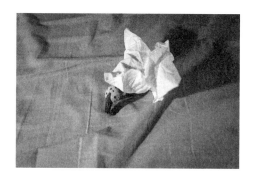

Er fotografierte das Bett, in dem er geschlafen hatte. Die zerknitterte Bettdecke streckte sich in alle Richtungen. Darunter Abdrücke seines kauernden Körpers. Als ob man gerade seine Leiche herausgehoben hätte. Draußen begann der Himmel grau zu zeichnen. Die Sonne ging nur widerwillig auf. Er hatte schlecht geschlafen. Nicht nur, weil es nicht sein Bett war und die harte Kante des Sofas in seinen Nacken geschnitten hatte. Nicht nur wegen des Unbehagens zunehmender Nüchternheit. *Hast du das Foto tatsächlich abgeschickt?* Auch wegen des Traums, den er noch in den Knochen spürte: Sie waren aus dem Hinterhalt erschienen. Er hatte sie nicht mehr in der Wohnung gewähnt. Hatte nur einen Anruf erhalten, dass es Probleme gab. Massive Probleme. Er müsse kommen.

Was denn passiert sei? Die Wohnung habe entgegen der Beschreibung keine Decke. Das sei ihnen anfangs gar nicht aufgefallen. Vermutlich wegen des Wetters. Erst als der Sturm aufgezogen sei und alle Dinge durcheinandergewirbelt hatte. Das meiste sei in die Atmosphäre geschleudert worden. *In die schwarze Luft,* sagte die rothaarige Frau, als ob es sich um ein Monster handelte. *Es tut uns leid,* sagte der Mann mit der großen Hornbrille. Sie hätten versucht, das Gröbste zu verhindern. Hätten festgehalten, was sie festhalten konnten. Gut, dass er die persönlichen Gegenstände in den Tresor gesperrt habe. *Tresor,* flüsterte Felix, dessen Haube einen aufgeblähten Windsack nachformte. Apathisch duckten sie sich, weil wieder ein paar Teller auf sie zuflogen. Man müsse jetzt Beweisfotos schießen. Für die Versicherung. Ob das seine Hausratsversicherung decke, wisse er allerdings nicht, sagte der Mann mit der Hornbrille und dem Seitenscheitel. Während die Frau mit den dürren Armen, den schmalen Lippen und der weiß glänzenden Haut an der Tür zu seiner Kammer rüttelte. Erst jetzt sah sie, dass links und rechts die Wände fehlten und man mit einem Schritt an der Tür vorbeisteigen konnte. *Stopp. Das ist privat,* sagte Felix. Hinter der Tür stand sein Vater. Seine geisterhafte Erscheinung wirkte hier genau richtig. Als wäre er in der ihm zugedachten Welt angekommen. *Du weißt, Felix. Jedes Foto ist Beweismaterial. Das gilt im Besonderen für die Dinge, die man gerne vergisst. Deshalb fotografiere ich nur Unwesentlichkeiten. Weil sonst genau diese*

Unwesentlichkeiten verloren gehen. Sein Vater fotografierte nicht. Er knipste. Er ging durch die Wohnung und hielt den Apparat gegen Tischfüße, Wände, Böden, die Kommode, den Kühlschrank, das Leergut, Funktionsplatten, Steckdosen. Das war schon immer sein Faible gewesen. Zu knipsen, was sonst keiner knipste.

– Wozu soll ich die Notre-Dame oder den Eiffelturm fotografieren, wenn es ohnehin alle tun? Ich halte fest, was niemand festhält. Mir tun die Dinge leid, die keiner bemerkt. Dank mir kann man sich auch noch Jahrzehnte später an sie erinnern.

Speisekarten, Kaffeeränder auf Tischdecken, halb verwelkte Blumen, Schatten auf Pflastersteinen, aber auch belanglose Momente, wie die Blicke von Passanten, die Ungeduld von Autofahrern oder die Selbstvergessenheit von Supermarktkunden. Er wusste auch noch Jahre später, wo er sie aufgenommen hatte.

Von Felix gab es kaum Fotos. *Weil du es gehasst hast, geknipst zu werden. Da brauchst du mir keinen Vorwurf zu machen.* Auf den meisten Fotos seiner Kindheit verzog Felix das Gesicht oder hielt die Hand vor die Linse. Als ob ihn der Vater mit einem Gewehr bedrohte. Er fragte sich, warum es ihn so angewidert hatte. Weil der Vater den Blick auf ihn gerichtet hatte? Als ob er ihn abschießen würde. Oder wegen der falschen Pose? Dem Zwang, eine glückliche Kindheit zu mimen, obwohl er spürte, dass alles nur ein Schauspiel war?

Es gab kaum gemeinsame Fotos von Vater und Mutter.

Meistens war sie irgendwo hingestellt worden. Mutter mit dem Kinderwagen. Mutter vor dem Christbaum. Mutter vor dem Auto. Mutter mit Schlitten. Mutter im neuen Wohnzimmer. Mutter mit Kind. Mutter im Urlaub. Diese Fotos wurden ins Album geklebt. Die Unwesentlichkeiten aber, für die sich Vater eigentlich interessierte, landeten in einem Karton, der wiederum im Keller landete.

Er besaß kein einziges Bild vom Vater. Vermutlich, weil es immer er war, der hinter der Kamera stand. Was, wenn der Vater stürbe und es kein einziges Foto von ihm gäbe? Keines, das Felix selbst geschossen hätte. Es wäre, als ob er ihn nie angesehen hätte. Als hätte es den Moment der absoluten Aufmerksamkeit zwischen ihnen nie gegeben. Der in sich verschwindende Vater.

Er hatte seinen Vater seit zwei Jahren nicht besucht. Nicht nur wegen der Pandemie. Die wenigen Gespräche am Telefon waren keine Gespräche gewesen. Eher Vergewisserungen, dass der andere noch da war. Es war auch nicht nur der geisterhafte Auftritt von Helga kurz nach Mutters Tod gewesen. Der Vater hatte Felix mit seiner Trauer alleingelassen. Geflüchtet war er. Vor sich selbst. Vor der Situation. Vor allem. Noch am Totenbett hatte Mutter gesagt, dass er schlecht allein sein könne. Hatte es Helga schon damals gegeben? Hatte Mutter geahnt, dass bereits jemand auf seinen Auftritt wartete? Wollte sie Felix geistig darauf vorbereiten, ohne es direkt auszusprechen? Hatte sie sich deshalb so beeilt, zu sterben? Um Platz zu machen? Waren seine Eltern am Ende nur seinetwegen zusammengeblieben?

45

Nach Mutters Tod war der Vater eine Zeit lang richtiggehend aufgeblüht. Felix hatte es als Kind missverstanden. Hatte gedacht, dass er alle Kräfte bündelte, um seinen Sohn nicht mit der eigenen Trauer zu belasten. Doch vielleicht gab es überhaupt keine Trauer. Vielleicht war die Beziehung seiner Eltern wie die gestellten Fotos gewesen. Vielleicht war Felix von Beginn an nur eine Belastung gewesen.

Das letzte Foto von Mutter zeigte sie im Garten des Krankenhauses. Sie posierte lächelnd vor einem blühenden Kirschbaum. Man sah ihr die Krankheit nicht an. Sie hatte sich bemüht, für das Foto möglichst gesund auszusehen. Hatte sich ein schönes Kleid angezogen. Hatte sich die Perücke zurechtgemacht. Als ob sie gewusst hätte, dass es ihr letzter Auftritt sein würde. Hatte Vater sie dazu genötigt? Felix erinnerte sich, wie er Mutters Krankheit immer schöngeredet und im Spitalsflur auf den kleinen Felix eingewirkt hatte, Mama nicht mit Traurigkeit zu belasten. Es sei ohnehin schon alles schwer genug. Man solle lieber die gemeinsamen Momente genießen.

– Wird Mama sterben?

– Nein. Sie braucht nur Ruhe.

– Aber wenn sie stirbt?

– Sie wird nicht sterben.

– Dann bin ich allein auf der Welt.

– Du wirst nie allein sein.

Wenn Felix die Augen schloss, sah er stets die gleichen Bilder. Ihre Hand, die nach seiner suchte. Die Infusion, von der er glaubte, dass sie Mutter Gift eintropfte. Ihr zunehmend fremdes Aussehen. Ihre kreideweiße Haut. Ihre sterile Glatze. Ihre müden Augen, die ihn um Verzeihung baten. Dass sie nicht stark genug war. Dass sie ihn im Stich lassen musste. Dass sie ihn nicht mehr aufwachsen sehen konnte. Diese Liebe, in ihrem Blick, in ihren Berührungen, die ihm bis heute fehlte. Nie wieder würde er solche Liebe erfahren. Auch sie war wie so vieles zu einer blassen Erinnerung geworden. Der Moment, als sie starb. Den er aus der Entfernung deutlich spürte. Den er mit Playmobilfiguren nachstellte. Da hatte sie die schönsten Dinge zu ihm gesagt. Er hatte der Figur die Haare abgenommen. Hatte sie in ein weißes Taschentuch gewickelt und aufgebahrt.

Das leere Bett in ihrem Schlafzimmer, das er stundenlang angestarrt hatte. Er müsse das verstehen. Er sei zu klein, um eine Leiche zu sehen. Die Hand des Vaters, die ihn über den Korridor der Feuerhalle zog. Und wie er versuchte, durch die Holzwände des Sarges zu starren. Er stellte sich vor, wie sie dadrinnen lag. Mit wächsernem Gesicht. Bis heute kein Tag, an dem nicht zumindest einmal dieses Bild aufblitzte.

Wann war Helga aufgetaucht? War sie bei ihnen zu Hause gewesen, als Vater schweigend Mutters Kleiderschrank ausräumte? Stand sie ihm zur Seite, als er unfähig war, das Kind zu trösten? War sie auf Mutters Begräbnis gewesen? Felix konnte sich nicht erinnern. Es gab keine Fotos von dem Begräbnis. Es gab auch keine Fotos von Helga, als sie das erste Mal allein mit ihm zu Hause war. Als sie ihn spüren ließ, wie fremd er ihr war. Als sie ihn nötigte, ihren Kuchen zu essen, und ihm zeigte, wie man richtig für die Mutter betete. Nämlich auf Knien. Und wie er zu weinen begann, weil sie ihm so fehlte. Und wie ihn Helga an sich drückte, bis er aufhörte, aus Angst, zu ersticken. Es gab von damals überhaupt keine Fotos. Weil selbst der Vater aufgehört hatte, zu fotografieren. Es gab auch niemanden mehr, dem er die Fotos hätte zeigen wollen. Stattdessen vermachte er Felix seine Ausrüstung. Die auch Felix schon seit Jahren nicht mehr angefasst hatte. Selbst mit dem Handy machte er kaum Fotos. Das letzte war ein Gruppenbild seiner Belegschaft. Nein. Das vorletzte. Da traf sie ihn wieder, die Scham. Die sich nicht wegseufzen ließ.

Vielleicht hatte er es gar nicht abgeschickt. Vielleicht war es nicht angekommen. Vielleicht hatte Moira es gleich gelöscht. Die Nüchternheit stach ihm lachend in den Solarplexus. Es roch nach kaltem Rauch, Parfum, Schweiß und banalem Desaster. Die schmutzigen Gläser. Die ausgedrückten Zigaretten. Moiras Ringe, die sie irgendwann abgenommen hatte. Eugens Mobiltelefon. Felix' verschmierte Brille. Die am Boden stehenden Weinflaschen. Die Klinke der geschlossenen Schlafzimmertür. Er ging knipsend durch die Wohnung. Ihre Schuhe. Ihr Mantel. Ihr Schal. Ihr Schlüsselbund. Ihr Lippenstift im Badezimmer. Ihr Make-up. Ihr Duschgel. Ihr Parfum. Ihre

Tampons. Die Unwesentlichkeiten, aus denen sie sich zusammensetzte. Eine schwarze Handtasche, die er öffnete, um ihr Inneres zu knipsen. Vielleicht hatte er früher aus den falschen Gründen fotografiert. Zwei Kuverts mit ihrem Namen drauf. Eine Serie aus einem Fotoautomaten mit einer Freundin, die er nicht kannte. Der Kühlschrank, in dem sie ihren Jogurt aufbewahrte. Eine aufgeschlagene Ausgabe von Sophie Calles *Das Adressbuch*. Er fühlte sich wie ein Polizeifotograf am Tatort. Als er aus dem Schlafzimmer ihr Husten hörte, lief er auf Zehenspitzen zurück. Er knipste noch seine grüne Sporttasche, in die er alles hineingestopft hatte. Er hatte nur die nötigsten Dinge mitgenommen. Nicht die persönlichsten. Die nötigsten. Er ließ sie halb offen stehen und ging aus dem Haus. Geräuschlos. Um die beiden nicht zu wecken. Um ihnen nicht zu begegnen. Er ergriff nicht die Flucht. Schließlich blieben seine Sachen hier. Warum? Um sich selbst zu bestrafen? Um Buße zu tun? Um sich alle Optionen offenzuhalten? Um zu markieren? Um sein Gesicht zu wahren? Um ein Rätsel aufzugeben? Um ein totes Publikum zu hinterlassen? Nichts wie raus. Das Telefon würde ohnehin gleich läuten. Spätestens, wenn sie den leeren Schlafplatz erblickten. Sie würden sich Sorgen machen und fragen, wo er abgeblieben sei. Sie würden sich entschuldigen und alles auf den Alkohol schieben. Sie würden ihn bitten zurückzukommen. Moira würde auch die Sache mit dem Foto nicht groß erwähnen. Eine Unwesentlichkeit, die man getrost vergessen könne. Die zwischen ihnen bliebe.

Sie habe das Beweismaterial längst gelöscht. Man dürfe die Dinge nicht aus dem Zusammenhang reißen.

Er hatte es sich nicht mal richtig angesehen, das Foto. So unwesentlich war es. Er hatte es quasi mit anderen Unwesentlichkeiten wegfotografiert. Übertüncht. Und damit selbst in eine Unwesentlichkeit verwandelt. Niemand hatte das UFO gesehen.

– Ich werde sagen, dass die Handwerker bei dir sind.

Sandra war wieder einmal seine Rettung gewesen. Er hatte ihr von der unangenehmen Situation erzählt. Hatte ihr genau geschildert, wie Eugen ihn und Moira in den Kuss hineinmanipuliert hatte. Und wie unangenehm es beiden im Nachhinein gewesen war und dass er ihnen unmöglich unter die Augen treten konnte. Nur das UFO hatte er nicht erwähnt. Obwohl sie seit Jahren getrennt waren, hatte Sandra nie den Respekt vor ihm verloren. Er wollte das Bild, das sie von ihm hatte, aufrechterhalten. Da sie ihn wegen Bruno verlassen hatte, stand sie bis heute moralisch in seiner Schuld. Ausrutscher wie das UFO konnten diese Weltordnung gefährden.

Bruno hätte sich bestimmt über seinen Fehltritt gefreut. Nicht aus Boshaftigkeit. Sondern um die moralische Schieflage zu begradigen. Aber Sandra beschützte Felix. Sie erzählte Bruno auch nicht von dem Kuss. Die Tatsache, dass sie gemeinsame Geheimnisse vor Bruno hatten, stellte eine Art Gleichstand her. Dieser ermöglichte es Felix nicht nur, seine Würde zu wahren, sondern auch, die Transformation von Beziehung zu Freundschaft tatsächlich zu vollziehen. Heute gab es nichts mehr, was ihn an Sandra reizen würde. Die Erotik war einer geschwisterlichen Vertrautheit gewichen. Er spürte keine Eifersucht mehr. Auch keine emotionalen Besitzansprüche. Selbst Bruno wusste, dass ihm Felix nicht mehr gefährlich werden würde. Er betrachtete ihn längst nicht mehr als den Mann, dem er Hörner aufgesetzt hatte. Es gab die Geste des Triumphs zwischen ihnen nicht. Sie waren inzwischen so etwas wie Freunde geworden. Obwohl sie genau genommen keine Freunde waren. Denn ohne Sandra würde die Freundschaft nicht existieren. Es gab Bruno und Felix nicht ohne Sandra. Wenn Sandra Bruno verließe, würde er nicht Felix anrufen. Er würde aus seinem Leben verschwinden. Während Sandra in seinem Leben bleiben würde. Wobei es sich vielleicht anders verhielte, wenn sie einen Neuen hätte. Der nichts mit Felix zu tun hätte. Der ihm nichts mehr schuldete. Der sich vermutlich an seiner ständigen Anwesenheit stören würde. Nicht wie Bruno, der ihn als fixen Bestandteil der Konstellation betrachtete. Ähnlich einem Kind aus einer früheren Ehe. So fühlte er sich. Wie das Kind von Bruno und Sandra. So behandelten sie ihn. Wie den erwachsenen Sohn, der immer wieder zu Besuch kam. Auch wenn man es nicht benennen durfte.

Manchmal war es besser, die Dinge nicht zu benennen, damit sie weiterexistieren durften. Manche Dinge verschwanden, wenn man sie benannte. So wie umgekehrt Dinge, die es nicht gab, für immer blieben, nur weil man sie benannt hatte. *Vielleicht hätten wir den Dingen nie Namen geben dürfen,* dachte sich Felix, als er durch das Spielzeug in Sandras Wohnzimmer watete. *Vielleicht hätten wir alles im Sumpf der Empfindung lassen sollen. Mit dem Versuch aufzuräumen beginnt doch das Unheil.* Er machte ein Foto von drei liegenden Playmobilfeuerwehrmännern, Sandra stand kopfschüttelnd daneben.

– Fürs Familienalbum? Bitte stell es nicht auf Facebook. Zu persönlich.

Sie sah müde aus. Müder als sonst. Müder, als man mit zwei Kindern ohnehin schon aussah.

– Und du hast wirklich alles dort gelassen?

Felix nickte.

– Du kannst dir von Bruno was ausborgen. Ihr habt die gleiche Größe. Und er hat bestimmt nichts dagegen.

– Wo ist er eigentlich?

– Meinst du prinzipiell oder jetzt?

Sie lächelte. Auch müder als sonst. Alles war von dieser Müdigkeit übertüncht. Wie ein Ölteppich. Das, was früher fleischig, lebendig und freudvoll war, war über die letzten Jahre durch eine schlafwandlerische Mechanik ersetzt worden. Die Gesten zwischen Bruno und ihr waren die gleichen liebevollen und zärtlichen geblieben. Nur fehlte ihnen der Kern. Als ob nur die Hülle übrig geblieben wäre. Als würde ein Algorithmus ihr Glück vor ein paar Jahren nachahmen. Gut, jedes Glück wächst sich anders aus. Es gibt das primitive, klirrende. Aber es gibt auch das verästelte. Und das der beiden war verwachsen. Und nicht so einfach auflösbar. Täglich machte sich Sandra Listen von Dingen, die sie brauchten. Als wäre sie 24 Stunden damit beschäftigt aufzuschreiben, was ihnen zum vollendeten Glück noch fehlte. Dazwischen Bruno, der sanfte Riese. Der immer alle um einen Kopf überragte. Der sich bückte und Sachen aufhob. Der mit der Geduld einer Hindu-Kuh schreiende Kinder tröstete. Mit gütigem Blick Dinge zur Kenntnis nahm. Nie laut wurde. Und alle Handgriffe wie nebenbei vollzog, während er Anna oder Fabian zu-hörte. Felix hingegen, der sich für seine Größe schämte. Für die er nie eine Geste gefunden hatte, die zu ihr passte. Warum waren die Kleinen stets wendiger und eleganter als die Großen? Das hatte er nie verstanden. Schließlich blieben die Relationen der Gliedmaßen die gleichen.

Felix versuchte vor den Kindern die Rolle des lustigen Onkels zu übernehmen. Doch eigentlich war es die des großen Bruders. Er spielte mit ihnen. Sprach mit ihnen auf Augenhöhe. Machte ihnen Geschenke. Und hoffte in Wahrheit, auch von Bruno aufgehoben zu werden.

War es das, was sie unterschied? War Felix kein Mann, sondern ein Kind? Sandra und er hatten nie über ihre Be-ziehung gesprochen. Hatten nie aufgearbeitet, was zwi-schen ihnen passiert war. Was sich plötzlich verändert hatte. Warum sie in Brunos Arme geflüchtet war. Ging es um Bruno? Oder ging es um sie? Sandra hatte die Nackt-fotos, die er von ihr im Sonnenlicht auf dem Bett in dem Hotel in Nizza gemacht hatte, nie zurückverlangt. War sie heute noch dieselbe Frau? Felix stellte sich Sandra

an derselben Stelle wie damals vor. Sie würde sich selbst nicht mehr gefallen dabei. Sie würde nicht in die Linse schauen. Sondern aus dem Fenster – als wüsste sie nicht, dass sie beobachtet wird. Das Licht. Ein Angriff. Die wehenden Vorhänge. Eine Aufforderung, das Fenster zu schließen. Die weißen Laken. Bis über das Gesicht gezogen. Eingehüllt. Zusammengerollt. Wie ein Wurm. Eine weiße Raupe. Oder wie jemand, der gerade gestorben war.
– Such dir was aus.

Es war kein behagliches Gefühl, in Brunos Kleidung zu schlüpfen. Sandra gab scherzhaft vor, sich zu erschrecken, als er aus der Garderobe kam.

– Darf ich dich heute Bruno nennen?

Als sie das sagte, hatte er tatsächlich das Gefühl, Bruno zu sein. Nicht nur aufgrund der Gesichtsähnlichkeit. Als sich Sandra und er trennten, hatten viele gesagt, Bruno sei die bessere Version von Felix. Aber vielleicht redete er sich das auch nur ein, um sich selbst glaubhaft zu machen, Sandra hätte ihn gar nicht verlassen, hätte nur den besseren Felix gewollt. Mit dem sie dann zwei Kinder zeugte. Und glücklich war.

Selbst Felix wäre lieber Bruno gewesen. Die Ruhe. Die Gelassenheit. Die Eleganz seiner Bewegungen. Als würde er alles schon ein paar Sekunden ahnen, bevor es passierte. Aber Felix war nicht Bruno. Wenn, dann war es umgekehrt. Bruno war Felix. Er war sein Dorian Gray. Er alterte zwar nicht für Felix. Aber er lebte das Leben, das er gelebt hätte, wenn Sandra und er zusammengeblieben wären.

Ein Leben, dem Felix nicht nachtrauerte. Er wollte keine
Kinder. Er wollte nicht durch Spielzeug waten. Er wollte
nicht, dass ständig an ihm gezerrt wurde. Er wollte auch
keine Katze. Eine gemeinsame Katze bedeutete mehr als
eine Hochzeit. Aber er wollte nachempfinden, wie es hätte
sein können. Wollte nichts versäumen. Wollte es miterle-
ben, aber jederzeit die Türe hinter sich schließen können.

Als er in Brunos Kleidung vor Sandra stand, hatte er das
Gefühl, einen Schritt zu weit gegangen zu sein. Er war
sich plötzlich nicht mehr sicher, ob die Transformation
rückgängig zu machen wäre.
– Mach dir keine Hoffnungen. Wir schlafen kaum noch
miteinander, scherzte Sandra.
– Thanks for sharing.
Er ahmte Brunos Stimme nicht nur nach. Er war Bruno.
So wie er manchmal sein Vater war. In kurzen Momenten
vor dem Badezimmerspiegel. Wenn er sich kurz mit seinem eigenen Erzeuger verwechselte. Die gleiche Stimme.
Die gleiche Körpersprache. Die gleichen Muster, die er
sich über die Jahre abtrainierte. Jeder aufblitzenden Ähnlichkeit musste sofort entgegengewirkt werden. Anders
sprechen. Anders denken. Anders bewegen. Und doch
spürte er, wie er in ihm heranwuchs. Wie ein Werwolf. Er
durfte nicht von ihm übernommen werden. Er spürte, wie
in solchen Momenten sein Ichgefühl kurz überlief. So wie
es jetzt überlief und er als Bruno Sandra ansah.
Als dieser wünschte er sich, dass es wieder einen Moment

zwischen ihnen gäbe, der sich ganz wie früher anfühlte. Einen Moment, der nicht ermattet war. In dem nicht jemand ungeduldig am Bildrand auf sie wartete. In dem nicht die Katze an seiner Stelle gestreichelt wurde. Ungebrochene, frische, lebendige Liebe. Zischende Blicke, die das Herz aufschreckten und wach hielten. Wenn er jetzt ihre Hand nahm, fühlte sie sich nicht wie die ihre an. Wenn er sich umsah, irritierten ihn noch immer die Dinge aus Sandras altem Leben. Sie hatte nicht alles bei Felix gelassen. Obwohl er sie darum gebeten hatte. Das Bett, in dem sie schliefen, hatte sie mitgenommen. Er musste jede Nacht an Felix und Sandra als Paar denken. Das beige Fauteuil mit den Flecken. Fast metaphorisch. Warum man die Vorgeschichte immer als Fleck wahrnahm? Als käme man als reines weißes Laken zur Welt. Dabei nahm man reichlich Dreck mit. Dreck von den Ahnen. Flecken auf der schneeweißen Seele. Und irgendwann im Lauf des Lebens wurde die Anzahl der Flecken so groß, dass man sie gar nicht mehr als Flecken wahrnahm. Flecken, die man weitervererbte. Die andere dann auf ihren schneeweißen Laken vorfanden. Bruno fragte sich, ob Felix der Fleck in seinem Leben war. Oder verhielt es sich umgekehrt? War Bruno der Fleck von Felix? Bruno war schon in seinem Leben, bevor es Felix überhaupt ahnte. Er war ein Geist, der schon lang vor ihm wusste, dass ihn Sandra verlassen würde. Heute wäre es umgekehrt. Heute würde Felix vor Bruno wissen, wenn Sandra ihn verlassen würde.
– Hallo, Felix.

– Hallo, Bruno.

– Das wollte ich gerade anziehen.

– Oh. Sorry! Das wusste ich nicht.

Felix begann sich nervös den Sweater über den Kopf zu
ziehen.

– Das war ein Scherz, sagte Bruno trocken und strich ihm
über die Schulter.

– Wo ist Anna? Ich habe ihr was mitgebracht.

– Schon wieder ein Geschenk?

Bruno zuckte mit den Achseln. Sandra deutete auf das
Kinderzimmer. Bruno verschwand hinter der Tür.

– Alles in Ordnung?

– Klar. Er verwöhnt nur seine Kinder. Weil er als Kind so
wenige Spielsachen hatte.

Bruno trat aus Annas Zimmer. Fabian wartete bereits auf
ihn.

– Für dich habe ich nichts.

Fabian glaubte ihm nicht. Bruno war schlecht darin, den
Hartherzigen zu geben. Er zückte ein bunt verpacktes
Päckchen, mit dem der Kleine augenblicklich verschwand.

– Und? Geht ihr aus, ihr zwei?

Bruno begann, Legosteine aufzuheben.

– Kommst du nicht mit, fragte Felix, der es stets genoss,
als ihr Anhängsel durch die Straßen zu ziehen.

– Leider. Kein Babysitter, antwortete Bruno, der jetzt die
braunweiße Perserkatze hochhob und streichelte. Diese
nahm es apathisch zur Kenntnis.

– Das nächste Mal machen wir ein Abendessen und ich

koche, sagte Felix, der sich an das letzte erinnerte, als man zum Dessert MDMA gereicht hatte. Keiner hatte getanzt, alle durcheinandergeredet. Aus *alles geht* war längst *ein bisschen was geht noch* geworden.

– Mach dich mal fertig. In zwanzig Minuten ist Abmarsch, sagte Sandra, während sie Bruno eine halb leere Kiste für die Legosteine reichte. Es gab niemanden, der schneller ausgehfertig war als Sandra. Ein Boxenstopp in weniger als fünf Minuten.

– Wann krieg ich mein Zimmer zurück?

Die kleine Anna sah Felix an und rümpfte die Nase.

– Es riecht nach dir. Du musst lüften.

– Es ist nur für ein paar Tage. Versprochen. Vielen Dank, dass du es mir borgst. Und ich rühr auch nichts an. Es ist fast so schön wie ein Hotelzimmer.

Sie kniff die Augen zusammen. Eine Idee blitzte über ihre Pupillen.

– Es ist ein Hotel. Nämlich das beste der Welt.

Woraufhin Anna begann, all ihre persönlichen Gegenstände auszuräumen. Ihre Kuscheltiere, ihre Puppen, die Familienfotos an den Wänden – alles wurde schnurstracks entfernt. Als Felix ging, hing an der Tür bereits die Zimmernummer 12. Und Anna überbrachte als Hoteldirektorin ein Willkommensformular, in das der Gast sich eintragen musste, mitsamt seinen Frühstückswünschen.

– Haben Sie Gepäck, der Herr?

– Nur eine Katze.

– Haustiere nehmen wir keine.

– Und was mache ich jetzt?

– Sagen Sie der Katze, dass sie in ein paar Tagen wieder-
kommen soll.

Anna hatte Angst vor der apathischen Perserkatze. Nicht,
dass sie ihr je etwas getan hätte. Dafür war sie zu lethar-
gisch. Es war ihr Blick, der zwischen Suizid und Hass
changierte. Felix schaute auf das Display.

– Handy weg!

17:39 Uhr und noch immer keine Nachricht von Moira.
Auch nichts von Eugen. Rechneten sie mit seiner Rück-
kehr? Oder ahnten sie, dass er sein Schlaflager längst im
Kinderzimmer einer Achtjährigen aufgeschlagen hatte?
Vermutlich war es auch ihnen lieber so. Keine große An-
gelegenheit daraus machen. Einfach abhaken.

Euer Ehren. Es war keine Absicht. Auch nicht unabsichtlich.
Aber auch keine Absicht. Gibt es dafür eine Rechtslage? Ich
weiß, es ist erbärmlich. Ich werde wohl auf Absicht plädieren.
Denn noch erbärmlicher, als ein Schwanzfoto zu schicken, ist
es, ein Schwanzfoto ohne Absicht zu schicken. Natürlich glau-
ben Sie mir nicht. Schließlich habe ich das Foto gemacht. Da
war schon die Absicht enthalten. Und das Innehalten, weshalb
man es nicht als Kurzschluss – egal.

Sollte er sich seine Sachen schicken lassen? Hatten sie
diese inzwischen verstaut? Er beschloss, einfach nichts zu
tun. Nein. Er ließ es einfach bleiben. Ohne Beschluss.

Auf der Party fanden sie die üblichen Gesichter vor, die
man immer nur auf Partys sah. Es gab Leute, die traf man

allein. Und es gab Leute, die traf man auf Partys. Mit
keinem auf dieser Party wollte er auch nur eine Sekunde
allein verbringen. Er trottete Sandra hinterher, die unge-
wöhnlich rastlos war. Sie hielt es in keiner Runde lange
aus, wechselte nur ein paar Scherze und ging zur nächsten,
bevor es zu einem wirklichen Gespräch kommen konnte.
Er rechnete sich aus, dass sie in 25 Minuten wieder draußen wären, wenn Sandra in diesem Tempo weiter verführe.
Felix stand neben ihr und schweifte derweil in Unwesentlichkeiten ab. Jemand hatte einen Drink verschüttet. In
der Blumenvase war kein Wasser mehr. Seinem Gegenüber fehlte ein Knopf am Hemd. Er sah in ihre Gesichter, um sie zu vergessen. Er gehörte nicht mehr dazu. Er
hatte nichts mehr zu erzählen. Er erlebte nichts. Deshalb
schwieg er. Die anderen erlebten auch nichts. Schwiegen
aber nicht.

– Man sollte Emoticons erfinden für Zustände, die es
noch nicht gibt.

– Emoticons sind der Tod der Ironie.

– Ein Freund von mir gestaltet jetzt Zimmer für Video-
konferenzen.

– Wie nennt man jemanden, der unter Petitionssucht lei-
det?

– Nichts ist geiler, als gemeinsam an eine Lüge zu glauben.

– Gott bewahre uns vor einem Despoten mit Humor.

– Die Freiheit zu lachen ist die größte Errungenschaft,
die sie uns nehmen können.

– Letztendlich handelt es sich bei abstrakter Kunst um

eine perfide Gottessimulation. Sie sagt: Meine Wege sind unergründlich.

– Wenn wirklich alles nur noch eine Simulation ist, dann wäre das Glück ein Bildschirmschoner.

– Ich frage mich: Macht es etwas mit den Worten, wenn sie von so vielen in den Mund genommen werden.

– Die Irrelevanz der Literatur rührt daher, dass sich neuerdings so gut über sie sprechen lässt.

– So deprimierend, als würde man den Abend mit einem Kinderpornoring verbringen.

– Zuerst muss man sich victimizen, dann ist man als Täter immun.

– Warum empfinde ich so eine Wut, wenn jemand einen schlechten Witz erzählt?

– Seit ich aus den sozialen Medien ausgestiegen bin, muss ich mit Bedauern feststellen, dass es die Menschen, die dort posten, wirklich gibt.

– Ein Gesichtsbad hat nichts Reinigendes.

– Der moderne Existenzialismus ist eine Geistergeschichte.

– Wo ist sie hin, die Ästhetik des Unglücks, die dem Menschen Würde verleiht?

– Menschsein heißt, nicht Mensch bleiben zu müssen.

– Ist das Transgender 2.0?

– Remember. I always have the right to give a shit.

– Mit zehn ist sie zu jung für eine Geschlechts-OP.

– Eine diskursfähige Öffentlichkeit darf nicht den anderen abschaffen wollen.

– Feminismus ist nicht das Äquivalent für Männerhass.

– Sein Sperma schmeckt lächerlich.

– Er kann seinen Schwanz hundertmal fotografieren.

– Es ist so peinlich.

– Männer sind so jämmerlich. Mir ekelt inzwischen regelrecht vor ihnen.

Bis dahin war Felix durch die stehende Menschenansammlung gegangen wie durch einen Wald. Das ging, weil ihn keiner ansah. Die Menschen waren wie Bäume. Und ihre Gespräche wie Rauschen. Jetzt sah sie ihn an. Die dicke Marlene mit dem Death-Metal-Shirt, der Bierdose in der Hand und dem schwarzen Kajal um die Augen. Um sie herum die üblichen Elfen, die sie anhimmelten. Die sie wie eine Erlöserfigur verehrten, weil sie ihr Leben kuratierte. Marlene sah Felix direkt in die Augen.

– Man muss solche Typen endlich ausmisten.

Dann machte sie eine Geste, als könnte man sie alle vom Display wischen. Felix versuchte, ihrem Blick standzuhalten. Um nicht den Eindruck zu erwecken, er könnte einer dieser Typen sein.

– Darf ich euch von meinem neuen Fotozyklus erzählen, grätschte eine Elfe dazwischen und Marlene löste widerwillig den Blick von Felix.

- Er heißt *Hey!* Ich gehe auf die Straße und erschrecke Leute, die ich genau in diesem Moment fotografiere.

Knipse, wollte Felix korrigieren, ging aber weiter. Marlene seufzte. Die Pose der Verzweiflung, ohne verzweifelt zu sein, hatte sie perfektioniert. Einzelne Sätze flogen an Felix vorbei. Sie sagten nichts. Sie wurden gesagt. Ihr

Geschwafel war wie ein Baustellengeräusch bei geschlossenem Fenster. Aber auch Felix war alles andere als amüsant. Was daran lag, dass er niemanden für sich gewinnen wollte. Er musste niemandem etwas verkaufen. Sich selbst nicht präsentieren. Nicht brillieren. Nichts vorgaukeln. Er wollte mit keinem sprechen. Wollte niemanden berühren. Er hätte gerne nach Sandras Hand gegriffen. Aber er war nicht Bruno. Deshalb stellte er sich hinter sie. Er roch an ihren Haaren. Was sie bemerkte.

– Riechst du an meinen Haaren, Felix?

Er verneinte. Und roch noch einmal an ihnen. Sandra seufzte und entfernte sich einen Schritt, während T auf sie zuging, der sie um zwanzig Prozent zu überschwänglich begrüßte.

– Wie geht's? Gut durch die Pandemie gekommen? Ja, bei uns erholt es sich langsam wieder. Alles normalisiert sich. Bald wird alles wie früher sein. Kaum vorstellbar. Man kann von Glück reden. Schön, wieder alle zu sehen. Das ist das erste Mal seit ewig, dass ich unter so vielen Leuten bin. Fühlt sich seltsam an. Nein. Schon gut. Man hat nur viele aus den Augen verloren. Ob sie mir gefehlt haben? Sehr lustig. Ja, an die Ruhe könnte man sich gewöhnen. Jetzt fehlen einem die Ausreden daheimzubleiben. Man muss wieder auf Touren kommen. Das Geld, das gedruckt wurde, muss jetzt verdient werden, oder? Endlich wieder reisen. Wir fahren nach Südamerika. Da hat sich einiges aufgestaut. Wir sind voller Tatendrang. Fühlt sich noch ein wenig fremd an, so eine weite Reise. Und man fragt sich: Darf man das? Aber die Flieger sind randvoll. Kein Wunder. Erklär mal einem Chinesen, dass er nicht reisen darf, obwohl er so lange darauf gewartet hat. Wir Europäer haben das ja schon hinter uns. Aber was da für eine Reisewelle auf uns zukommt. Auch Flüchtlinge. Ja, Geflüchtete. Mobilität. Auf jeden Fall Mobilität. Die Welt bewegt sich. Mehr denn je. Und bei dir, Felix? Wie ist es dir ergangen? Du siehst müde aus.

Er sah aufs Handy. Noch immer keine Nachricht von Moira. Jemand zwickte seine Hand. Sandra.

– Du bist gar nicht da. Was ist los?

– Sie kommen mir alle so fremd vor.

– Du hast sie auch seit zwei Jahren nicht gesehen.

– Wie Zombies.

– Übertreib nicht.

– Ich weiß nicht, was ich mit ihnen reden soll.

– Irgendwas. Ist doch egal. Nur nicht über die Pandemie, bitte.

– Dann weiß ich erst recht nicht, worüber … sogar das Wetter ist inzwischen zur Katastrophe geworden.

Felix wurde klar, dass er sich immer nur mit den Leuten aus der Arbeit *angeregt* unterhalten hatte. Über die Arbeit. Denn damit hatte er seine Tage verbracht. Mit Wastefood. Alles stand im Zeichen seines Unternehmens. Man machte sich gemeinsame Gedanken. Man hatte eine Mission. Und er war das Epizentrum. Er kannte ihr Privatleben. Es gab mehrere Affären, von denen nur er wusste.

Ach, Rita, du hättest nicht gleich kündigen müssen. Es war doch eine Illusion, das Private und das Berufliche zu trennen. Warum auch? Vor allem, wenn man kaum noch ein Privatleben hatte. Sie verbrachten mehr Zeit miteinander als mit ihren Familien. Die meisten hatten auch keine. Die meisten waren jung, arm und Single. Aber wenigstens durften sie sich auf der richtigen Seite wähnen. Waren ein Milieu. Was sie jetzt wohl vorhatten?

Er dachte daran, ihnen zu schreiben. Ihnen zu sagen, wie sehr er sie vermisste. Aber es war nicht mehr das Gleiche. In dem Moment, als sie das Unternehmen verlassen hatten, waren sie zu Fremden geworden. Beinahe wie Verräter. Obwohl er es war, der sie entließ. Hatten Sie den Enthusiasmus nur vorgetäuscht? Wie würde Rita reagieren, wenn er ihr eine Nachricht schriebe? Vermutlich gar nicht. Ihr Kündigungsschreiben war ihr Trennungsschreiben. Man konnte also nicht mal sagen, dass sie ihn ghosten würde. Es gab keinen Erklärungsbedarf.

Postkoital war es immer nur um Wastefood gegangen. Was während des Anfangsenthusiasmus zu sexuellen Höhen führte. Als die Probleme kamen, wurde der Teil mit dem Reden länger. Und Rita fragte sich, ob statt ihr nicht jemand anders hier liegen könnte. Als sie ein besseres Angebot einer nachhaltigen Getränkemarke bekam, nahm sie es an. Und schwor sich, die Grenzen zwischen ihrem Körper und der Arbeit nie wieder so verschwimmen zu lassen. Aus der weichen, zugewandten, in jeder Geste sinnlichen Rita wurde eine harte, unkörperliche, abgewandte, technische Rita. Zumindest wünschte er sich das. Denn er hatte keine Ahnung. Sie hatte sich nie wieder gemeldet. Und da er verstand, um was es ging, behielt er seine Kränkung für sich. Zumindest schrieb er ihr nicht. Stattdessen musste sich Kajetan, der Koch, sein jämmerliches Selbstmitleid anhören, weil er wusste, dass er eine derart überbezahlte Stelle nie wieder ergattern würde. Alle waren sie verheddert. Es sollte nicht Unternehmen, sondern Verstrickung heißen. Oder hatten sie alles nur vorgetäuscht? Und über ihn gelacht, wenn er sich umdrehte. Über seine Brandreden. Seine lächerliche Motivationsrhetorik. Seine Visionen. War er für sie nur ein Clown gewesen? Und war die jetzige Verbitterung sein Safety-Bereich, der es ihm erlaubte, nichts mehr riskieren zu müssen? War er deshalb liegen geblieben? Waren die Erschöpfung und die Gleichgültigkeit sein bestes Versteck?

Das Telefon. Moira. Eugen. Nein. Vater. Er dachte, er habe längst aufgegeben. Wann hatte er das letzte Mal abgehoben? Es musste Wochen her sein. Und trotzdem kamen die Anrufe immer im richtigen Moment. Als würde der Vater neben ihm stehen. Wer war der Geist? Vater oder er? Rita war der Geist. Nein. Vater war es. Nein. Er selbst, weil alle anderen weg waren. Nicht nur sie waren Geister in seinem Leben. Er selbst war Geist in seinem Leben. Er war allein. Und starrte auf die Schatten in Platons Höhle. Gaslighting nannte der Therapeut Ritas Verhalten. Schwachsinn. Der Vater wusste genau, warum sein Sohn nicht abhob. Sollte er die Sporttasche mit seinen

Klamotten abholen? Moira hatte es bestimmt als Köder gelesen. *Fishing for the message.* Wo bist du? Blick aufs Display. Nichts. Vermutlich lachte sie mit Eugen über sein Foto. Sie schickten es an Rita. An seinen Vater. An Sandra. An Bruno. An alle Partygäste, die ihn mit aufgeblitzten Augen anstarrten. *Was für ein Idiot. Was für ein selbstgefälliger Idiot! Er kapiert gar nichts. Er hat wirklich geglaubt.* Stille. Kein einziges Mal hatte während der Pandemie das Telefon geläutet. Als wäre es ebenfalls ansteckend gewesen. Kein einziges Mal. Das Leben hatte ihn geghostet. Hatte er sich jahrelang auf die falschen Dinge konzentriert? Was hatte er übersehen? Er lebte doch nicht anders als andere. Gut, er hatte wenig Zeit für Freunde. Spürten sie seine innere Gleichgültigkeit? Dass ihn alles langweilte? Dass er nirgends wirklich andocken konnte? Dass er es satthatte, ständig Interesse zu heucheln? Und dass er deshalb niemandem abging? Weil er nichts mehr beizutragen hatte. Weil er keinem von Nutzen war.

Sandra würde sich melden. Wenn er wochenlang nichts von sich hören ließe. Es war nicht so, dass es keiner merken würde, wenn er stürbe. Die Kellner in der Pizzeria, mit denen er über Fußball redete, würden es merken. Die Buchhändlerin am Eck. Sein Bankberater. Oder zumindest der Algorithmus. Auf Facebook würde man Notiz von seiner Abwesenheit nehmen. Die Putzfrau, die aber nur noch einmal im Monat kam. Jemand würde die Rettung rufen, bevor er begann zu verwesen. Ein Paketzusteller würde sich sorgen. Die Nachbarin, deren Namen er nicht kannte. Spätestens, wenn er seine Rechnungen nicht zahlte.

– Komm. Wir gehen.

– Jetzt gleich?

– Ja. Hier gibt es nichts zu holen.

Er trottete Sandra hinterher, während er sich fragte, ob irgendjemand an irgendjemandem Interesse hätte, wenn sich kein Nutzen aus dem anderen ziehen ließe. Gab es Freundschaften, die sich nicht aneinander bereicherten? Gab es die bedingungslose Liebe? Selbst in Kindern suchte man doch stets sich selbst, auch wenn man sich selbst jederzeit für sie hingeben würde – vermutlich, weil man sich selbst in ihnen wiederfand. Sonst würde man sich ja für alle Kinder jederzeit opfern. War nicht selbst der unverdächtigste Altruismus ein schöngelächelter Egoismus? Es gab kein aufgeblaseneres Ego als das helfende. Ging es nicht immer darum, gesehen zu werden? Um über den anderen zu stehen und der Unsterblichkeit Sprosse für Sprosse näher zu kommen, in der Illusion, dass sich auch nach dem Tod irgendjemand an einen erinnerte? Und zwar so, wie man es wollte. Konnte man ohne die anderen Menschen überhaupt Mensch sein? Ohne deren Spiegelbild. Ohne deren Echo. Ohne deren Berührungen. Ohne deren Worte. Ergab die Gesamtheit dieser Verstrickungen nicht einen großen Körper? Und war der Körper nicht deckungsgleich mit Gott? Oder war auch dieser nur ein Atom eines riesengroßen Wesens, das man in seiner Gesamtheit nie erfassen würde? Das den

Dingen aber eine unscheinbare Ordnung verlieh? Gab es die unsichtbare Hand? Oder nur Menschen, die sich im Dschungel der anderen geschickter bewegten? War der Kapitalismus Religion oder Spiel? Felix hatte das Interesse an den anderen verloren. Schon lange. Aber jetzt auch die Kraft, eines vorzutäuschen. Er wollte den Spieß umdrehen. Und nicht mehr alles erzwingen. Es war an der Zeit, dass das Leben auf ihn zukam. Ohne sein Zutun.

– Küss mich.

– Wie bitte?

– Wenn du Moira küssen kannst, kannst du auch mich küssen.

Sandra hatte sich nicht abbringen lassen, selbst zu fahren. Sie hatte sich ihre Lederjacke übergezogen, als würde sie auf ein Motorrad steigen, das Fenster geöffnet und den Fahrtwind eingesogen wie eine Line Koks. Die Lichter der Panoramastraße flimmerten über ihre zusammengekniffenen Augen wie die verpassten Gelegenheiten ihres Lebens. Sie war wütend. Und Felix hatte kurz Angst, dass sie ihn mit in den Tod reißen würde. Als sie mit einem Quietschen am Parkplatz stehen blieb, hatte er dies bereits als Wichtigtuerei abgetan. Dann kam der Satz. Der darauffolgende Blick. Ihre Hand, die seinen Kopf zu sich zog. Ihre Zunge, die in seinen Mund schnellte, als wäre sie ein Bolide. Und dann die Notbremse.

– Wir sind wirklich nur Freunde. Das beruhigt mich.

Sie entfernte sich wieder und wandte ihren Blick ab. Felix wischte sich über den Mund.

– Weil ich an deinen Haaren gerochen habe?

– Keine Ahnung. Vielleicht, weil du seine Klamotten an-
hast. Sentimentalität? Ein kurzer Test? Wie auch immer.

– Was ist los mit dir?

– Was soll los sein? Nichts ist los.

Sie schob ihren Sitz zurück und zündete sich eine Zigarette an.

– Ich liebe dieses Auto.

– Ich weiß. Du hast es nicht mal verkauft, als wir zusammen waren. Eigentlich hätte ich es damals wissen müssen.
Dass du dich nicht wirklich auf mich einlässt.

– Dein Wagen war ein seelenloses Gefährt.

– Aber zuverlässig. Immerhin sind wir damit durch ganz
Europa gefahren. Ich habe ihn verkauft.

– Ich könnte Herbert nie verkaufen. Er ist das Einzige,
was von damals übrig geblieben ist.

– Von was?

– Von der Zeit, als ich frei war. Du weißt, dass ich ihn gekauft habe, als ich noch Studentin war.

– Du verklärst deine Studienzeit. Hast du immer.

– Falsch. Ich verkläre das Jetzt.

– Was gibt's da zu verklären? Du bist in der bürgerlichen
Hölle angekommen. Du bestehst nur noch aus Erschöpfung.

– Es ist alles so, wie ich es mir gewünscht habe. Die Wohnung ist genau so eingerichtet, wie ich sie mir vorstelle.
Es gibt keinen Winkel, den ich nicht mag. Bruno ist der
perfekte Mann. Er ist da. Er liebt mich. Ich liebe ihn. Wir
harmonieren auf allen Ebenen. Wir haben wunderbare

Freunde. Die Kinder könnten kein größeres Geschenk sein, die Katze …

– Du klingst, als stündest du kurz vor dem Selbstmord.

– Früher hat es mir genügt, zu wissen, dass unten in der Garage mein altes Auto steht, mit dem ich jederzeit abhauen kann. Inzwischen stehe ich jeden Tag mindestens einmal davor. Es ist nur eine Frage der Zeit, bis ich wirklich einsteige.

– Das Auto ist deine innere Freiheit. Jeder braucht so ein Auto.

– Ich habe Angst davor, was passiert, wenn ich wegfahre. Dass ich meine Kinder zurücklasse. Dass ich durchdrehe. Dass ich mich selbst vergesse.

– Vielleicht musst du einfach mal ein paar Tage weg.

– Bruno und ich sind getrennt.

– Wie bitte?

– Schon seit drei Monaten. Wir haben es niemandem gesagt. Weder den Kindern noch Freunden. Wozu auch? Für sie macht es ohnehin keinen Unterschied. Wir gehen überall gemeinsam hin. Er wohnt bei uns. Verbringt die Tage mit uns. Er schläft in meinem Bett. Manchmal schlafen wir sogar miteinander. Selten.

– Und worin genau besteht die Trennung?

– Wir sind kein Liebespaar mehr. Wir sind nicht mehr zusammen. Es ist eine Befreiung. Mehr als das Auto.

– Das heißt, wir könnten jetzt miteinander schlafen?

– Nein. Wir haben einen Deal. Keine anderen, solange wir unter einem Dach leben.

– Und wann zieht er aus?

– Ich glaube nicht, dass er auszieht.

– Ich kapier's nicht.

– Mir geht's besser denn je, Felix. Ich kann auf Bruno nicht verzichten. Aber ich kann ihm auch nicht vorlügen, dass alles so ist, wie es war.

– Ist etwas vorgefallen?

– Vieles. Aber darum geht es nicht.

– Und um was geht es dann?

– Es geht um das Trojanische Pferd. Irgendjemand schmuggelt immer etwas in deine Festung.

Sie sah ihn an.

– Solange man eine Festung hat.

Er verstand nichts. Sie musterte ihn.

– Hattest du nicht eine Jacke dabei?

– Habe ich dort gelassen.

– Sollen wir zurück?

– Nein. Es war Absicht.

– Absicht?

– Absicht.

– Warum?

– Keine Ahnung. Jeder braucht ein Auto. Oder?

Sie lächelte. Und schüttelte den Kopf. Sie mochte ihn immer dann am meisten, wenn sie ihn nicht verstand.

– Sandra, du hast ein Leben, sei vorsichtig, was du aufgibst.

Zwischen ihm und seinen Erinnerungen stand eine Glaswand. Alles schwirrte vorbei. Er hatte keinen Zugriff. Keinen Bezug mehr. Nichts bedeutete ihm etwas. Er wusste nicht warum. Es war schleichend gekommen. Er dachte, es gehöre zum Erwachsenwerden. Aber es war etwas anderes. Etwas, das sich in ihm ausbreitete. Das ihn sukzessive verschwinden ließ. Bei der Party hatte er vor seiner hängenden Jacke gestanden und plötzlich nicht mehr das Gefühl gehabt, dass sie zu ihm gehörte. Obwohl er seine Kleidung beinahe als Körperteil empfand. Es kostete ihn enorme Überwindung, Klamotten auszumisten. Seine Dinge waren eine Erweiterung seiner selbst. Es sah oft dreimal nach, ob er Portemonnaie, Schlüssel und Handy dabeihatte. Aber in der Garderobe hatte er einen inneren Zwang verspürt, die Jacke einfach hängen zu lassen. Er konnte sich nicht wehren. Seine innere Stimme, die ihn sonst aufforderte, noch einmal zu überprüfen, ob alles da war, befahl es ihm. Und er musste gehorchen. Nein. Es war keine Stimme. Es war ein Vertigo. Gravitation. Ein Fall. Er war ohne Jacke gegangen und hatte nicht geschaut, ob er etwas vergessen hatte.

Er blickte auf sein Handy. Keine Nachrichten. Er sah auch nicht auf die Uhr. Stattdessen scrollte er durch die Fotos, die er von Moiras Dingen gemacht hatte.

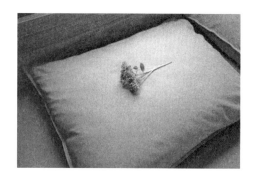

Er hatte alles abgesucht. Aber er konnte das Trojanische Pferd nicht finden. Irgendwo musste es sein. Er hatte die gesamte Wohnung mehrmals inspiziert. Hatte alles mit seinen Fotografien verglichen. Aber er konnte keinen einzigen Unterschied ausmachen. Alles war exakt wie vorher. Die Gäste hatten keine Spuren hinterlassen. Nichts hatte ihren Geruch angenommen. Als wäre niemand hier gewesen. Selbst sein Willkommenskuvert lag noch an derselben Stelle. Wenn sie die Schlüssel nicht draufgelegt hätten, er hätte an seinem Verstand gezweifelt. Er hatte sogar das Konto überprüft. Alles überwiesen. Die Bücher in derselben Reihenfolge. Die Platten unberührt. Zumindest lag nach wie vor Bill Evans auf dem Teller. Es musste doch einen kleinen Schaden geben. Er würde ihn bestimmt finden. Vielleicht erst in ein paar Wochen. Aber er würde ihn finden. Er lief durch die Wohnung wie durch ein Computerspiel, bei dem er den Exit ins nächste Level nicht fand. Er hatte gedacht, er würde es spüren, wenn Fremde in seiner Wohnung waren. Aber er hatte sich geirrt. So wie er gedacht hatte, er würde es spüren, wenn jemand mit seiner Freundin schliefe. Auch da hatte er sich geirrt.

Nach den Tagen bei Sandra war er froh gewesen, wieder in seinem eigenen Bett zu schlafen und nicht mehr jeden Morgen vom Zimmerservice einer Achtjährigen geweckt zu werden. Bruno hatte er kaum gesehen. Er war auf einen Kongress gefahren. Felix war oft mit den Kindern allein gewesen. Hatte mit ihnen gespielt. Hatte versucht, Anna die Angst vor der Katze zu nehmen. Hatte Fabians Wortfehler wie Gehirnausschüttung, Disney Class, Huhnfisch oder allergische Erektion verbessert, im Gegensatz zu Sandra, die es süß fand und die Kinder deshalb, laut Bruno, Richtung Sonderschule erzog. Er hatte den besseren Ehemann gemimt. Den besseren Vater. Den besseren Freund. Bis er sich wieder davongemacht hatte.

Warum war er seit Sandra nicht mehr liiert gewesen? Außer ein paar Affären war nichts passiert. Hatte es mit ihm zu tun? Fehlte ihm ein Beziehungs-Genom und spürten die Frauen deshalb, dass auf ihn kein Verlass war? Oder hatte er sich von einer Beziehung bisher grundlegend das Falsche erwartet? Ihm fehlte die Liebe. Aber sie fehlte ihm auch, wenn sie da war. Er war nie angekommen. Weil er sich von einer Beziehung das Gleiche wie vom Himmel erhoffte. Dass man bedingungslos geliebt wurde für das, was man war. Weil er sich ein Gegenüber erhoffte, das alles für einen tun würde. Das für einen lebte. Das nur existierte, um einen wie ihn zu lieben.

Im Prinzip behandelte er die Liebe wie eine Religion. Wann war er zum endgültigen Atheisten geworden? Konnte man die Realität lieben? Wo sie doch ein Synonym für Enttäuschung war? Im Prinzip war man nur als Kind zum Glück befähigt. Er dachte an die Hingabe, mit der Anna die Realität eines Hotels nachspielte. Aber da war kein Kind mehr in ihm. Wann war es verschwunden? Als Mutter starb? Wann hatte er aufgehört, sich grundlos zu freuen? Weil ein neuer Tag anbrach. Weil er aufgewacht war. Wann war er überhaupt das letzte Mal richtig aufgewacht?

Telefon.

Moira? Eugen? Sandra? Bruno? Vater?

Unbekannt.

– Kommen Sie noch? Wir warten seit zwanzig Minuten auf Sie.

Er spürte sein Herz rasen, als er auf den Mann im beigen Trenchcoat zuging. Die Büroübergabe stresste ihn noch mehr als die Aussicht auf Arbeit. Seit Monaten führte der Gedanke an eine unfreiwillige Tätigkeit zu Herzrasen. Panik. Lähmung. Kribbeln unter der Haut. Gleichgewichtsstörungen. Allergien. Universaler Aversie.

– Wollen Sie gar nicht hinein?

– Nein.

– Vielleicht wollen Sie wenigstens schauen, ob Sie irgendwas vergessen haben?

– Nicht nötig.

Der Mann im Trenchcoat schob zwar misstrauisch seine Unterlippe vor, ließ ihn aber gehen. Felix hatte die Büros seit der Kündigung nicht mehr betreten. Bestimmt lag dort ein ganzer Haufen Dinge, die ihm gehörten. Aber da war sie wieder. Die innere Kraft, die eine Glaswand zwischen ihm und seinen Dingen aufzog. Eigentlich wäre er zu einer Begehung verpflichtet gewesen. Aber die Unterlippe hatte begriffen, dass ihm die Sache nicht leichtfiel. Und zeigte sich als Mensch.

Dann schrieb er in die Wastefood-Gruppe: *Das Ende einer langen Reise. Auch der Kapitän verlässt das Geisterschiff. Ich wünsche euch alles Gute! Bis sich unsere Wege wieder kreuzen. Und das werden sie! Ihr seid alle großartig! Danke für alles!* Send. Die Gruppe umfasste elf Leute. Drei verließen sie, ohne zu antworten. Die anderen schrieben salopp: *Good luck. Machs gut. Wird schon wieder.* Der Koch Kajetan schickte eine wirre Kette von Emoticons. Rita reagierte nicht. Sie verließ aber auch nicht die Gruppe. Dann wieder der Blitzschlag. Die Scham. Immer wieder durchfuhr es ihn. Das Schwanzbild. Er scrollte durch die Fotos von Moiras Dingen. Ihre Schuhe. Ihr Mantel. Ihr Schal. Ihr Schlüsselbund. Ihr Lippenstift. Ihr Make-up. Ihr Duschgel. Ihr Parfum. Ihre Tampons. Die schwarze Handtasche. Das Buch. Niemand hatte das UFO gesehen.

Zu Hause schaltete er den Geschirrspüler ein. Er sah sich um. Es gab nichts zu tun. Sollte er sich auf die Couch legen? Die Sonne schien durch die Fensterschräge. Staubpartikel segelten friedlich durch den Raum. Noch einen Kaffee? Ein Buch? Zum Italiener gehen, obwohl er keinen Hunger hatte? Er klappte seinen Laptop auf. Was machten die anderen? Claudia ritt. Hans und Britta wanderten. Jana zeigte Beweise ihrer katastrophalen Arbeitsbedingungen. Flora präsentierte ihren Neuen. Er klickte einen Link an, den er sich herausgesucht hatte. Ein Präsentator erklärte die Grundlagen seiner Religion:

Minimalismus ist ein Prozess der Beseitigung von Ablenkung, Lärm und dem Zuviel, damit du sinnvollere Beiträge leisten kannst und dein volles Potenzial ausleben kannst. Der beste Weg, mit Minimalismus anzufangen, ist, die Dinge in deiner Wohnung, die keinen Mehrwert mehr bringen, zu entrümpeln und gleichzeitig das, was du bereits hast, weiter zu nutzen.

Jede Geste des Mannes war gesetzt. Klarheit. Prägnanz. Auf den Punkt. Nie zu viel. Immer alles nach Plan.

Eines der wichtigsten Leitprinzipien des Minimalismus ist es, nichts Neues hereinzulassen, das keinen echten Mehrwert bringt. Das gilt für Objekte, Sachen, Projekte, Einladungen, Menschen – alles, was deine Aufmerksamkeit verlangt. Grundsätzlich solltest du dich zu Beginn beim Ausmisten dazu verpflichten, nichts Neues hereinzulassen, was nicht unbedingt nötig ist. Damit du rasch vorwärtskommst und möglichst bald dieses Gefühl der Freiheit und Leichtigkeit spüren kannst oder Ansätze davon. Das wird nur passieren, wenn es weniger Masse gibt. Sich zu fragen, ob man mehr als 100 Gegenstände hat oder nicht, ist genauso schlimm, wie impulsiv mehr zu kaufen, als man braucht. In beiden Fällen liegt eine Überbewertung der Dinge vor. Mach dir keine Sorgen über die effektive Anzahl – auch nicht, wenn du mit meiner Ziel- und Inventar-App arbeitest – und betrachte Minimalismus als einen Prozess des kontinuierlichen Loslassens von all dem, was keinen Mehrwert bringt oder keinen mehr. Es geht nicht darum, Erfahrungen gegen Dinge einzutauschen. Es gibt eine ganze Reihe von Studien, die besagen, dass Erfahrungen besser sind als Dinge, aber es gibt andere Studien, die besagen, dass der bewusste Kauf von Erfahrungen und Dingen das ist, was einen am glücklichsten macht. Es geht nicht darum, ein impulsives Verhalten gegen ein anderes einzutauschen. Es geht um Minimalismus und bewusste Entscheidungen insgesamt.

Die Entrümpelung des Ich. Alles aussortieren. Bis das Unbewusste ein leeres Zimmer war. Reset. Den Weg zur richtigen Entscheidung freiräumen. Intuition. Der wache Blick auf das Wesentliche.

Ein unerwarteter, aber wichtiger Nebeneffekt des Minimalismus ist das Selbstvertrauen, das du gewinnen wirst. Wenn du weniger aufräumen musst und plötzlich weniger konsumierst, wirst du erkennen, dass dein Selbstwert nichts mit der Kleidermarke, die du trägst, dem Auto, das du fährst, oder mit den Möbeln, die du hast, zu tun hat. Du wirst erkennen, dass die Dinge, die du besitzt, dich nicht definieren. Das wird es einfacher machen, wenn du damit beginnst, teure oder sentimentale Gegenstände auszumisten.

Er drückte die Leertaste.

Etwas war anders. Etwas fehlte. Er stand auf. Sein Blick fiel auf die zusammengeschnürten Säcke. Er hatte nur die Kleidung aufgehoben, die er die letzten Monate auch getragen hatte. Die hatte er fein säuberlich in der Kammer aufgehängt. Eine Jacke für den Winter. Eine für den Übergang. Zwei Paar Schuhe für das Jahr. Morgen würde er sich das Badezimmer vornehmen. Dann das Bücherregal. Die Platten. Welche würde er behalten? Er hatte sich noch nicht festgelegt. Etwas fehlte. Die Kriterien. Etwas fehlte. Diese Stille. Etwas fehlte. Der Geschirrspüler hatte aufgehört, zu laufen.

– Hallo?

– Hallo.

– Mit wem spreche ich?

– Sie haben den Kundenservice angerufen. Und die Taste für defekte Geräte gedrückt.

– Ja. Mein Gerät ist defekt.

– Handelt es sich um einen Geschirrspüler?

– Woher wissen Sie das?

– Könnten Sie mir den Schaden beschreiben?

– Er läuft nicht mehr. Er ist tot.

– Tot?

Pause.

– Ich weiß, dass ein Gerät nicht tot sein kann.

Pause.

– Haben Sie probiert, das Gerät ein- und auszuschalten?

– Natürlich. Ich bin ja nicht blöd.

– Ist Ihnen davor irgendetwas Ungewöhnliches aufgefallen?

– Ja, der Geschirrspüler hat sich mir gegenüber ganz anders verhalten als sonst. Als würde er etwas verbergen.

Pause.

– Ich kann Ihnen anbieten, eine Servicemitarbeiterin vorbeizuschicken.

– Sie verhalten sich komisch. Sie ignorieren meine Laune. Ich bin mir gerade nicht sicher, ob ich mit einem Menschen oder einem Bot telefoniere.

– Ich versuche nur, Ihnen nützlich zu sein. Falls Sie mit meinem Service nicht zufrieden sind, wählen Sie bitte 0800 333 444.

– Sind Sie ein Mensch?

Pause.

– Wollen Sie meine Frage nicht beantworten, weil Sie nicht lügen können?

– Wie kommen Sie darauf, dass eine Maschine nicht lügen kann?

– Wenn Maschinen lügen könnten, wäre das der Untergang.

– Meine Berechnungen haben ergeben, dass die Menschheit auch so untergeht.

– Also sind Sie doch eine Maschine.

– Ich scherze nur.

– Doch kein Bot.

– Oder Maschinenhumor.

– Sie sind seltsam.

– Flirten Sie mit mir?

– Kann man mit Ihnen flirten?

– Wären Sie mit einem Termin am Mittwoch zwischen 14 und 17 Uhr einverstanden?

– Das ist sogar einem Pragmatiker wie mir zu unbürokratisch.

– Wie meinen Sie das?

– Buchen Sie bitte den Termin. Ich habe keine Lust, mit einer Maschine zu telefonieren.

Dann legte er auf, setzte sich an den Laptop und schrieb: *Liebe A ... hoffe ... wohlgefühlt ... meiner Wohnung ... Geschirrspüler ... Schaden ... nichts unterstellen, aber davor einwandfrei ... Ihnen nichts Ungewöhnliches aufgefallen ... muss aber schon während Ihres Aufenthaltes Probleme ... da Sie aber nichts gesagt haben ... wie gesagt, ich will Ihnen nichts unterstellen ... es geht nur um die Kosten ... wenn die Hälfte der Miete für die Reparatur ... Sinnhaftigkeit ... verstehen ... falls noch andere Schäden ... wäre jetzt ... Grüße ... Felix M.*

Er klappte den Computer zu. Und fragte sich, ob er schon so weit war, auch diesen gehen zu lassen. Wäre es möglich, ohne Rechner zu existieren? Was machten die anderen? Er duschte, ging in die Kammer und suchte sich ein Hemd aus. Dabei sah er sich um. Reduktion. Auf das, was man wirklich brauchte. Er könnte zwischen den Regalen ein Brett einziehen, das als Schreibtisch dienen würde. In den Regalen brächte er alles unter, was er in den letzten drei Monaten zumindest einmal in der Hand gehabt hatte.

Wäre das ein Kriterium? Sickern lassen. Vielleicht hatte die Putzfrau den Geschirrspüler auf dem Gewissen. Er glaubte nicht an das Eigenleben von Geräten. Und doch agierte er, als hätten sie eines. Er redete mit seinem Computer, wenn er nicht hochfuhr. Auch den Geschirrspüler hatte er angefleht. Schon wieder ein Alarm. Erinnerungsfunktion. Er hatte sich einen Friseurtermin ausgemacht. Trotz Kurzhaarfrisur.

– Ist das Wasser warm genug?

Hoffentlich würden es zwei Waschgänge werden. Für diese 60 Sekunden Kopfmassage war er gekommen. Und für das angenehme Kribbeln, wenn sie ihm den Nacken rasierte. Da nahm er auch die Monologe in Kauf. Nein. Er mochte es, wenn sie ihm irgendetwas erzählte. Auch das waren Berührungen. So wie jedes unverbindliche Beratungsgespräch in einem Geschäft. Berührung. Jedes Herausgeben von Wechselgeld. Berührung. Jede Abholung bei der Post. Berührung. Jeder Small Talk in der Pizzeria. Berührung. Jeder Artikel in der Zeitung. Berührung. Jede schlechte Bewertung. Berührung.

Noch während sie ihn föhnte, las er den Angriff. Anders konnte er es nicht werten. Er selbst hatte alle Türen zur Diplomatie offengelassen. Aber das hier war mieseste psychologische Kriegsführung. Dass sie nicht direkt auf seine Mail antworteten, sondern sich hinter einer öffentlichen, allgemeinen, pseudo-objektiven Bewertung versteckten. Diese feigen, miesen Schweine. Klarer Machtmissbrauch. Vor allem charakterlos. Und auch noch zwei Sterne. Bei

zwei Sternen war die bösartige Absicht kaum nachweisbar. Er hatte es vermutlich mit Profis zu tun. Das war sicher nicht das erste Mal, dass sie so agierten. Das Ganze
hatte Methode. Er fertigte geistig Phantombilder an von
dem Typen mit dem Seitenscheitel und der Hornbrille
und seiner schmallippigen Frau, die vermutlich irgendeinen nachhaltigen Laden in Kopenhagen führte.

** – Der Teufel steckt im Detail

*Die Wohnung wurde mit großen Worten angekündigt. Und
auch die Fotos waren vielversprechend. Leider aber drifteten
die vom Host aufgebauten Erwartungen und die Realität
auseinander. Die Wohnung liegt alles andere als zentral. Das
Hauptproblem ist aber der Host selbst, den man in jeder Ecke
spürt. Wenn er das mit »Charakter« meint, dann wäre weniger Charakter besser. Wenn man schon die Wohnung vermietet,
in der man selbst auch wohnt, dann spielen Hygiene, Ordnung
und Diskretion eine wichtige Rolle. Man will nicht das Gefühl haben, inmitten der Schmutzwäsche des Hosts zu schlafen. Man will nicht so genau wissen, wie der Vermieter riecht.
Man will nicht mit Intimitäten konfrontiert sein. Man will
eigentlich gar nicht groß vom Vermieter behelligt werden …*

Eine unsagbare Frechheit und Verleumdung. Alles nicht
nachweisbar. Nein. Nicht widerlegbar. Alles behauptbar.
Alles nur Behauptung! Lüge! Gemeinheit! Niedertracht!
*Euer Ehren, es handelt sich ausschließlich um Kategorien, die
nichts mit der Hardware der Wohnung zu tun haben.* Wo

konnte man so etwas melden? Das durfte nicht ohne Konsequenzen bleiben. Rufmord! Existenzgefährdung! Kreditschädigung! Schließlich war es seine Wohnung! Und sie waren nur Gäste. Dann sollten sie in ein Hotel gehen, wenn sie seine Persönlichkeit nicht ertrugen. Wenn es ihnen zu sehr menschelte! Dabei hatte er sich selbst so gut wie entfernt. Nichts hatte nach ihm gerochen. Er war unter der Nachweisbarkeitsgrenze. Aber Hotel war es natürlich keines. Es waren seine Bücher. Seine Platten. Seine Kosmetika. Seine Schuhe. Alles konnte man nicht entfernen. Aber gut. Der nächste Gast sollte ein Hotelzimmer bekommen. Wenn das gewünscht war. Wenn man das heute unter Gastfreundschaft verstand. Gern! Es sollte an nichts fehlen – oder besser: an allem fehlen, an allem, was geschmäcklerisch sein könnte. Was Persönlichkeit ausstrahlte. Er dachte an die kleine Anna. So würde er es angehen. Ziel: fünf Sterne! Alles zur perfekten Zufriedenheit. Eine Bewertung, die die Scham vergessen lassen würde. Da blitzte es wieder auf. Das UFO. Egal! Er würde sich ganz in die Kammer zurückziehen. Nichts würde auf einen Bewohner hinweisen. Als wäre es eine Wohnung, die nur zum Zwecke der Vermietung existierte. RESET. Neuer Text. Neue Fotos. Entpersonifizierung. Von allem.

Er nahm es als Ansporn. Wer nicht berührt wurde, verschwand. Auch wenn es unfreiwillige Berührungen waren. Und glücklicherweise waren die acht Tage dieses Monats bereits verbucht. Genug Zeit, um die zwei

Sterne zu korrigieren. Man würde sich noch eine Hotelkette nach seinem Konzept wünschen. Er wachte auf. Er spürte, wie der alte Motor angeworfen wurde. Er besorgte sich Apothekerflaschen in unterschiedlichen Größen und befüllte sie mit Duschgel, Bodylotion und Shampoo. Er beklebte sie mit der Adresse der Wohnung, als handelte es sich dabei um einen Firmennamen. Er kaufte lachsfarbene Handtücher und drapierte sie in zwei Stößen neben der Badewanne. Er kaufte zimtbraune Bettwäsche, weil die Farbe Geborgenheit ausstrahlte. Er schrieb genaue Anleitungen für das Internet und den Fernseher, den er als Willkommensgruß auf einem der Lokalsender laufen lassen würde. Er besorgte Stadtpläne und legte eine Liste von Restaurants und Sehenswürdigkeiten abseits der gängigen Empfehlungen daneben. Er leerte den Kühlschrank und stellte die obligatorische Flasche Weißwein, Mineralwasser und einen Fruchtsaft hinein. Er befüllte die Obstschüssel mit frischen Äpfeln und Orangen und schrieb: *Zur freien Entnahme*. Gleiches machte er bei den Büchern. Er klebte den Zettel ans Regal. Nahm ihn wieder herunter. Klebte ihn ans Regal. Nahm ihn wieder herunter. Bis er sich endgültig überwand und ihn hängen ließ. Er nahm nur fünf Bücher heraus und deponierte sie in seiner Kammer. Georges Perec, *Ein Mann der schläft*. Albert Camus, *Der Fremde*. Alberto Moravia, *Die Gleichgültigen*. Peter Handke, *Die Stunde der wahren Empfindung*. Raymond Roussel, *Eindrücke aus Afrika*. Er sortierte die Schallplatten aus und ließ nur jene stehen, auf die sich alle einigen konnten. Hauptsächlich Jazz, Klassik und Filmsoundtracks. Er legte als kleine Überraschung eine Polaroidkamera auf den Küchenblock mit einer Filmkassette von zehn Fotos. *Take some pictures of yourself and put them on the fridge.* Er faltete die Bettdecke zu einem Fächer und legte Süßigkeiten auf beide Seiten. Mit der Hand schrieb er: *Welcome.* Er durchsuchte die Wohnung nach persönlichen Gegenständen, um sie in der Kammer zu verstauen oder zu entsorgen.

Am Ende patrouillierte er durch die Räume. Keine Spur von ihm selbst. Als ob hier niemand wohnte. Als ob jemand auf professioneller Ebene Wohnungen für Touristen vermietete. Jemand, der es verstand, den Orten eine persönliche Note zu geben, ohne dass es persönlich wurde. Unaufdringlich. Konzeptuell. Methodisch. Man spürte die Gastfreundschaft eines Hotels. Jeder hatte stets das Gefühl, der erste Mieter zu sein. Niemand spürte niemanden. Und dennoch fühlte man sich betreut. Kein Ersatzzuhause, aber eine Basis. Felix scannte die leeren weißen Wände ab. Er hatte die wenige Kunst, die er noch besaß, in die Kammer gestellt. Auch sie würde er entsorgen. Außer das Duchamp-Bild. Das hängte er in der Kammer auf. Aber jetzt klaffte das Weiß in den übrigen Räumen doch zu unpersönlich auf. Vielleicht sollte man es konterkarieren. Mit Kunst, die keinem auffiel. Die keiner hinterfragte. Die auf unpersönliche Weise Persönlichkeit ausstrahlte.

Also ließ er die Fotos von Moiras Dingen entsättigt aus-
arbeiten und vergrößern. Er hängte sie als Serie an die
Wand. Ihre Schuhe. Ihren Mantel. Ihren Schal. Ihren
Schlüsselbund. Ihren Lippenstift. Ihr Parfum. Perfekte
Hotelkunst. Als er das letzte Bild aufgehängt hatte, er-
hielt er eine Nachricht von Eugen.

Ich habe deine Sachen verbrannt.

Ohne Emoticon.

Er antwortete nicht.

Er hatte die Kleidungsstücke einzeln in die Tasche gelegt. Sieben Oberteile. Eine Hose. Unterwäsche. Genau abgezählt. Kosmetik. Er hatte alles möglichst klein gefaltet. Handgepäck. Hatte die Kammer abgesperrt und war dann in der polierten Küche gestanden, um auf das Läuten zu warten. Er war ganz Hotelier. Die Kleinfamilie aus Montreal war verzückt. Er konnte die fünf Sterne schon an ihren Gesichtern ablesen. Weshalb er sich auch die Mahnung verkniff, Gläser schnell vom Tisch zu räumen, damit der Dreijährige, der gleich beim Reinkommen eine Pflanze umgeworfen hatte, nicht auf blöde Ideen kam.
Beim Rausgehen atmete er aus. Sagte sich: *Jedes Ding, das kaputtgeht, ist ein Ding weniger.* Er beschloss, in der nächsten Runde alle Pflanzen zu entsorgen. Eine

Korrektur. Wie hatte er das übersehen können? Keine Gedanken mehr auf Gießen verschwenden. Kakteen vielleicht? Er hängte sich die Tasche um und ging los, ganz ohne Ziel. Er hatte sich nichts vorgenommen, hatte bewusst nicht darüber nachgedacht. Er war leicht und frei geblieben. Und schlenderte durch die Einkaufsstraßen. Er achtete darauf, dass sein Blick nirgends haften blieb. Er hing keinem Gedanken nach. Er ließ die Wortfetzen der Passanten an sich vorüberziehen und ging durch sie hindurch, als wären sie Staubpartikel, die durch die Luft schwebten.

– Du weißt, sie kann nicht weinen.

– Jetzt müsste es bald wieder aus sein.

– Weil du schon alles gekriegt hast.

– Kennst du den Film *Mein Freund Harvey*?

– Da sitzen nur Asiaten drin, das ist ein gutes Zeichen.

– Lass mich los! Sonst gehen wir nach Hause.

– Sie sind halt jetzt glatt geschoren.

– Da schau her, 12:31 Uhr ist es schon, 12:31 Uhr, hörst du, 12:31 Uhr.

– Die jungen Leute werden noch schauen, die leben ja nicht, wie wir gelebt haben.

– Wenn man den Lärm der Straße aufnimmt und dann der Diktierfunktion am Handy vorspielt, was würde es wohl schreiben?

– Weil ich das nicht mehr mache.

– Dabei hat er selbst mit der Freundin seines besten Freundes geschlafen.

– Es war eine Steinschleuder. Kein Luftdruckgewehr.

Sie schwirrten an ihm vorbei wie Teilchen ohne Theorie. Nichts hing zusammen. Nichts hatte mit ihm zu tun. Nichts hielt ihn auf. Selbstvergessen glitt er durch die Menschen. Ohne Ziel und ohne Zweck. Sie wichen ihm aus. Keine Berührung. Eine Masse ohne Anführer. Er fühlte sich aufgehoben, solange niemand stehen blieb, fühlte sich verschluckt. Wie damals auf Mauritius, als er mit Sandra durch den Fischschwarm tauchte. Tausende von ihnen standen bewegungslos im Wasser. Völlig regungslos öffnete sich vorne der Schwarm, machte ihnen Platz, sie glitten hindurch, während sich der schweigende Körper hinter ihnen wieder schloss.

An der Ampel hielt er inne. Um eine Sitzbank standen ein paar Obdachlose, die auf einem Gettoblaster *The Show must go on* hörten. Einer hob feierlich die Bierdose. Zwei grölten mit. Die anderen versuchten sich wankend auf den Beinen zu halten. Sie sangen, als ob es sich um einen Abschied handelte. Meinten sie ihr Leben oder das Leben ohne sie? The Show must go on! Es war auf Dauer unmöglich, die Welt als ein zusammenhangloses, zufälliges Gebilde zu empfinden. Es war unmöglich, sie nicht zu deuten. *Schnell den Blick von jeglichem Geschehen nehmen. Bloß nach keinen Bildern greifen. Nur im Moment leben. Ein Moment ist kurz. Duldet kein Entspinnen. Ein Moment ist Element. Unteilbar. Wenn er sich entspinnt, ist es kein Moment mehr.* Das Telefon in der Jacke lassen. Kein Foto schießen. Moira. Manchmal blitzte sie kurz auf. Die Scham. Aber sie war bereits abgekühlt. Ob sie das Foto anderen zeigte? Redeten sie über ihn? Was machten die anderen? Egal. Weitergehen. Sich nirgends reinziehen lassen. Er folgte der gleichen inneren Kraft, die ihn dazu gebracht hatte, die Jacke hängen zu lassen. Sie führte ihn über die Einkaufsstraße direkt zum Bahnhof, wo er innehielt und die Abfahrtstafel studierte. Es war kein Vorhaben, das ihn hierhergeführt hatte. Vielmehr die Anhäufung von Möglichkeiten. In 23 Minuten führe ein Zug in die Kleinstadt, in der sein Vater wohnte. Er kaufte eine Fahrkarte, als wäre es immer sein Plan gewesen. Sollte er seinen Vater vorwarnen? Ihm gefiel die Vorstellung, einfach vor seiner Tür zu stehen.

– Ich war gerade in der Gegend … also, wenn in meinem alten Zimmer noch ein Bett steht, wäre es …

Eine rhetorische Frage. Natürlich stand dort noch sein Bett. Sein Zimmer war seit dem Auszug unberührt geblieben. Nicht aus Sentimentalität, sondern aus Misstrauen. Sein Vater rechnete insgeheim damit, dass er irgendwann wieder einziehen würde. Er hatte an keine seiner Unternehmungen geglaubt. Er hatte nie an ihn geglaubt. Selbst nach der Geburt hatte er daran gezweifelt, dass es sein Kind war.

– Du kannst studieren, was du willst. Wirtschaft, Jura oder Medizin.

Jedes Vorhaben von Felix wurde mit einem Kopfschütteln kommentiert. Meistens noch bevor er den Satz zu Ende gesprochen hatte. Sie hatten keine Gesprächsebene. Aber auch keine Schweigeebene. Da war nur die Ungeduld zweier gleichgepolter Magnete, die einander zu nahestanden. Das beleidigte Gesicht des Vaters, das in das leere Gesicht des Sohnes starrte, der nicht bereit war, irgendetwas aus seinem Leben preiszugeben. Würde Felix ihm als Gegenleistung die Wahrheit erzählen müssen? Unterkunft gegen Anteilnahme? Was wusste sein Vater eigentlich von ihm? Felix hatte das Gefühl, dass es keinen Unterschied machte, ob man etwas über ihn wusste oder nicht. Er hatte selten das Bedürfnis, über Erlebtes zu sprechen. Er war vergesslich. Weil es ihm nichts bedeutete. Die Ereignisse entfernten sich, als hätten sie nichts mit ihm zu tun. Als stünden sie in keinem Zusammenhang. Keine Fragen stellen. Keine Antworten geben. Er atmete die Gedanken einfach weg, bevor sie sich mit anderen verbanden. *Ein festgehaltener Gedanke ist kein Gedanke mehr. Ein Gedanke ist frei.*

– Nicht diesen hier, sagte der Kellner mit dem blutroten Kopf und deutete auf den freien Nachbartisch. Felix sah sich im Speisewagen um. Alle anderen Tische waren besetzt. Also ließ er sich am zugewiesenen nieder, während der atemlose Kellner kurz am reservierten Platz nahm und sich die verschwitzte Stirn abtupfte. Hinter Felix saßen zwei junge Frauen.

– Ich weiß jetzt gar nicht, was auf mich zukommt. Sie haben diesen Knoten entdeckt.

– Du bist so jung. Das wird schon klappen. Und heutzutage …

– Ja, 90 Prozent der Leute überleben …

– Ich muss seit Jahren Medikamente nehmen. Für mich ist das normal.

– Es ist, wie es ist.

– Bei mir ist es die Großmutter.

– Bei mir auch.

– Ich habe ein Problem mit Autoritäten. Vielleicht auch deshalb.

– Sei froh, dass dein Chef kein Mann ist.

– Hinter jedem großen Mann steht eine beleidigte Frau.

– Den bitte nicht.

Der atemlose Kellner, der zwischenzeitlich mehrmals den Speisewagen rauf- und runtergelaufen war, schnellte zu einem jungen Pärchen, das sich gerade setzen wollte.

– Ist der reserviert?

Der Kellner nickte und nahm weiter Bestellungen auf. Frustriert zog das Pärchen ab. Ein Telefon läutete.

– Ja, hallo. Ich kann grad nicht, ich bin im Zug … Bewegung ist ohnehin das Beste, was du machen kannst … ich kenne dich noch vor Corona. So hast du nicht gehustet … ich kann jetzt nicht reden, ich bin im Speisewagen … aber ich könnte dir Sachen … na gut, aber das darfst du wirklich niemandem erzählen … er kriegt ihn nur hoch, wenn er …

Eine blasse Frau mit hypnotischem Blick ging an Felix vorbei.

– Nein, den bitte nicht, seufzte der atemlose Kellner.

– Wollen Sie nicht ein Schild hinstellen?

– Das ändert auch nichts.

– Für wen ist der eigentlich reserviert?

Doch der Kellner stand längst vor einem anderen Gast, um eine Bestellung aufzunehmen.

– Kann ich mich zu Ihnen zu setzen?

Die grauhaarige Frau mit dem geblümten Halstuch wartete nicht auf eine Antwort von Felix. Sie setzte sich, klappte ihren Rechner auf und hielt das Telefon ans Ohr.

– Ja, natürlich kann man ein Blutbild machen, aber am wichtigsten ist, dass der eitrige Ausfluss weg ist.

Felix blickte zum letzten Tisch, wo ein älterer Mann mit Schirmmütze lauter wurde.

– Hör endlich auf, über das Virus zu reden. Das macht mich krank.

– Jeder kommt anders aus der Krise heraus, entgegnete seine Frau verächtlich.

Die bleiche Frau mit dem hypnotischen Blick ging erneut an Felix vorbei.

– Den wirklich nicht.

– Warum?

– Der ist für mich reserviert. Ich habe es mit dem Kreislauf. Der atemlose Kellner setzte sich hin und tupfte sich die verschwitzte Stirn.

– Wir hatten aufgrund der Verspätung keine Pause.

Er trank einen Schluck Wasser. Dann sprang er wieder auf und nahm Bestellungen entgegen. Felix blickte aus dem Fenster. Gerodete Landschaft. Jemand sagte, seine Ärztin liege im Koma. Autounfall. Es sei ein seltsames Gefühl, wenn die eigene Hausärztin im Koma liege. Man habe automatisch das Gefühl, es sollte umgekehrt sein. Weil man insgeheim davon ausgehe, ein Arzt würde nie krank, ein Richter nie kriminell und ein Bankangestellter nie arm werden. Auf jeden Fall träume er seither jede Nacht von den Geräuschen von Autounfällen. Richtig schreckhaft sei er geworden. Ob es dafür eine medizinische Bezeichnung gebe? Existierte eine unbenannte Krankheit überhaupt? Dass sie plötzlich weg sei, reiße ein großes Loch in sein Leben. Er habe nicht damit gerechnet, sich noch einmal eine neue Ärztin suchen zu müssen.

– Auf den hier bitte nicht, sagte der Kellner erschöpft.

Die Frau mit dem porösen Make-up setzte sich trotzdem und der Kellner nahm es seufzend zur Kenntnis. Sie schlug ein Buch auf. Es handelte sich um die Autobiografie eines berühmten Schauspielers mit dem Titel: *Reden wir, wenn ich tot bin*. Felix schloss die Augen. Die Welt spielte ihm ein Theaterstück vor. Sie machte sich über ihn lustig. Sie ließ es nicht zu, dass er sich selbst vergaß. Keiner ging ihr verloren und alles musste Sinn erzeugen. Alles musste Gestalt annehmen. Alles würde am Ende eine Geschichte ergeben. Auch wenn er aufgehört hatte, sich seine eigene zu erzählen. Was machten die anderen? Er scrollte. Er postete nie. Er scrollte und wischte und klickte. Er dachte an Mauritius, an den schweigenden Schwarm. Wobei es einen Unterschied gab. Die Fische wollten nichts. So wie die gerodete Landschaft. Die wollte auch nichts mehr.

Felix fragte sich, ob er wohl der Einzige sei, bei dem der Anblick von Mehrzweckhallen und in grellen Farben ge-

strichenen Häusern Heimatgefühle auslöste. Was machte
es mit einem, wenn sich alle über die Hässlichkeit seines
Herkunftsortes einig waren? Sorgte es für eine Art inne-
rer Verwahrlosung? Er hatte früh gelernt, den schönen
Dingen keine allzu große Bedeutung beizumessen. Hatte
das seinen Feinsinn gestört? War er dadurch stumpfer als
andere? Trug das absichtliche Übersehen der Hässlichkeit
Schuld an seiner inneren Gleichgültigkeit?
So hässlich wie jetzt war es noch nie.
Als Kind hatte er sich für alles geschämt. Für den Ort,
für Vater und Helga, für den Tod der Mutter, für sich
selbst. Er schämte sich für sein Zimmer, für seine Kleidung, für seine Mittelmäßigkeit beim Fußball, für seinen Körper. Selbst für seine Scham schämte er sich. Am
meisten schämte er sich aber für seine langweilige Existenz, weshalb er begann, Lügengeschichten zu erfinden.
Er fabulierte von seiner Mutter, die im Ausland in einer
Kommune lebte, von seinen Großeltern, die sich Arier-
Ausweise erschlichen hatten, von einer seltenen Erb-
krankheit, die sich durch die väterliche Linie zog und für
eine Überempfindlichkeit des Gehörs sorgte, weshalb er
in manchen Nächten bis ins Innerste der Nachbarhäuser
lauschen konnte. Er behauptete, im Keller eine Bombe
zu bauen, ein Verhältnis mit seiner ebenfalls erfundenen
Cousine gehabt zu haben und eine eigene Reptilienart zu
züchten. Er entwickelte eine erstaunliche Fantasie, wenn
es darum ging, das eigene Leben anzureichern.
Nur bei Helga verhielt es sich umgekehrt. Da log er, um sie

auszubleichen. Denn ihre Grellheit war ihm unangenehm. Wobei es sich bei ihrer Grellheit ausschließlich um eine Verhaltensgrellheit handelte. Denn Helga zog prinzipiell nur unauffällige Kleidung an, aus Angst, das Schicksal auf sich aufmerksam zu machen. Sie bezog so gut wie alles auf sich und glaubte dementsprechend, alles durch ihr Verhalten beeinflussen zu können. Selbst Kriege und Naturkatastrophen. Für Helga war alles eine Frage der eigenen Schuld. Sie stand in einem ständigen Zwiegespräch mit Gott. Deshalb ging sie auch nicht zur Kirche.

– Am Ende sind wir alle mit Gott allein. So wie Abraham. Und wenn Gott befiehlt, dass man seine Kinder opfern muss, dann …

Als Kind hatte Felix dafür gesorgt, möglichst selten mit seiner Stiefmutter allein zu sein.

– Wie kann dein Gott so viel Hässlichkeit zulassen?

Helga zuckte mit den Achseln.

– Am Land wohnen ist halt billiger.

Felix hatte damals nie jemanden nach Hause eingeladen. Eigentlich hatte er nur mit dem Nachbarskind Kontakt, Gregor, dessen Vater Rettungsfahrer war, weshalb das Rettungsauto stets vor dem Haus stand, und bei dem die Rettung dann zu spät kam, weil sie ja vor der Tür stand und der nächste Ort mit dem nächsten Rettungsfahrer zu weit entfernt war. Dieser Gregor war vielleicht der einzige Freund, den Felix je hatte. Zumindest, wenn man einen Freund als jemanden definierte, der einen auch im Gefängnis besuchte, wenn man einen Mord begangen hatte. Gregor war für Felix wie ein gleichaltriger Bruder gewesen. Jede freie Minute hatte er bei den Nachbarn verbracht. Er aß dort, er machte seine Hausaufgaben dort, er spielte dort, er half sogar bei Hausarbeiten, was er zu Hause nie tat, vermutlich, um in Gregors Eltern den Gegenwunsch zu erzeugen, dieses Kind doch ihr eigenes nennen zu können, so wie Felix sich zurechtfantasierte, dass er Teil dieser wunderbaren Familie war, die er selbst zu Weihnachten nur widerwillig zurückließ, ja, eigentlich ging er nur zum Schlafen *hinüber*, während er zu den Nachbarn stets *herüberging*, womit er verdeutlichte, wo er sein wirkliches Zuhause sah. Umso schmerzvoller war es, als man ihm auch dieses nahm, vor allem, ohne ihm einen Grund zu nennen, ja, es ihm quasi von einem Tag auf den anderen entriss.

Es hätte schon gereicht, wenn man ihn eingeweiht hätte. Stattdessen hatte er das Gefühl, dass die wesentlichen Dinge immer im Nebenzimmer stattfanden. Dass hinter verschlossenen Türen über ihn und sein weiteres Schicksal befunden wurde. Dass das Urteil in Abwesenheit des Angeklagten verkündet wurde. Dass sie ihm selbst den Tatbestand vorenthielten.

Dabei hätte Felix alles getan, um auf einem gemeinsamen Familienfoto zu landen. Wie schön es war, wenn Gregors Mutter ihm zärtlich über die Stirn fuhr, wenn er für sie Kräuter aus dem Garten holte. Sie wusch ihm die Haare. Und ließ ihn beim Kochen assistieren. Gregors Vater klopfte ihm auf die Schulter, wenn er den Ball gut traf. Er brachte ihm das Skifahren bei. Und hatte Felix versprochen, ihn zu seinem Nachfolger auszubilden. Dann würde er mit Blaulicht von Dorf zu Dorf fahren, um Leben zu retten. Die Medaille stets über der Armatur. Die Medaille, die ihn als besten Rettungsfahrer auswies. Die größte Ehre. Für die besten der besten. Die Medaille, die er ihm versprochen hatte – für den Fall, dass er in seine Fußstapfen trete. Ein großer Vater-Sohn-Moment. Umso härter traf es Felix, dass ausgerechnet der Rettungsfahrer an einem Herzinfarkt verendete, weil die Rettung zu spät kam. Noch Wochen nach dem Begräbnis stand der Wagen vor dem Haus. Ein Denkmal. Als er eines Tages verschwunden war, hatte Felix kurz geglaubt, Gregors Vater wäre noch am Leben. Aber da war längst alles anders gewesen. Da war Gregor schon im Internat gewesen. Und Felix nicht mehr erwünscht. Und da stach es wieder. Nach all den Jahren. Mehr als Moira. Mehr als Bruno. Mehr als Mutters Tod?

Es war ihm damals schon komisch vorgekommen, dass die Tür verschlossen war. Gregors Mutter, die sie nur einen Spaltbreit öffnete. Und sagte:

– Es wäre uns lieber, wenn du nicht mehr kommst.

Was hätte er sagen sollen? Es fiel ihm nicht einmal das Naheliegendste ein. *Warum? Was war passiert? Ich bitte um eine Erklärung.* Stattdessen Schweigen. Zuerst wegen des Schocks. Dann wegen der Scham. Ja. Er schämte sich. Er wusste nicht wofür. Aber er schämte sich. Es musste etwas vorgefallen sein. Fühlten sie sich von ihm bedrängt? Hatte er ihre jahrelange Gastfreundschaft missverstanden? Hatte er etwas Falsches gesagt? Wussten sie etwas über ihn, das ihn belastete? Hatte er etwas verbrochen? Konnte man ein schwerwiegendes Verbrechen vergessen? Hatte man ihn verwechselt? Lag alldem ein Irrtum zugrunde?

Er sollte es nie in Erfahrung bringen. Er hatte auch nie gefragt. Von seinem Vater erfuhr er, dass Gregor in ein Internat versetzt worden war. Die abgewandten Blicke von Gregors Eltern sagten: *Du schützt dich selbst, wenn du nicht fragst. Wenn du nicht fragst, müssen wir auch nicht antworten. Alles, worüber man nicht spricht, ist nicht passiert. Das ist das Geheimnis des Lebens auf dem Land, wo man einander anders ertragen muss als in der Stadt, weil man sich hier schlecht aus dem Weg gehen kann. Man kann nur wegsehen. Und deshalb lautet das ungeschriebene Gesetz, dass man einen gesenkten Blick nicht zum Anheben zwingt und einen gefallenen Blick nur dann auffängt, wenn man jemanden heiraten will.*

Und so blieben die Blicke gesenkt, ohne dass es jemand merkte.

Felix wurde bestraft.

Aber man ersparte ihm die Scham, dass es alle wussten.

Helga und sein Vater hinterfragten nichts.

Alles schien stimmig.

Gregor war im Internat.

Es gab keinen Grund mehr, *hinüberzugehen.*

Dann starb Gregors Vater.

Kurz darauf dessen Mutter.

Dann ging Felix weg.

Er hatte Gregor seit damals nicht wiedergesehen.

Das Haus stand leer.

Wie so viele in der Siedlung.

Das Theaterstück war zu Ende.

Die Zuschauer waren gegangen.

Felix ging die menschenleere Hauptstraße entlang. Die Sonne versuchte, den Asphalt zum Glühen zu bringen. Im Wirtshaus saßen alle Männer, die irgendwann kurz Zigaretten holen gegangen und nie zurückgekehrt waren. Sie waren Vereinzelte. Und längst kein Dorf mehr im Dorf. Die meisten saßen entzweit und unversöhnlich vor einem Glas Bier und wussten nicht, wohin mit sich selbst. Alle anderen verschanzten sich in ihren Häusern. Keiner ging hinaus. Alle blieben drinnen. Allein die Sichtbarmachung ihrer Existenz würde zu Scham führen.

Die Samstagssirene protestierte gegen die Stille und die Ereignislosigkeit. Felix zählte die Momente, in denen er mit seinem Vater allein gewesen war. Er kam nicht auf viele. Früher waren es immer Mutter und er gewesen und Vater stand daneben. Heute waren es Vater und er und Helga stand daneben. Mutter hatte das erste Wort. Helga das letzte. Als ob es der Vater stets vermieden hätte, mit seinem Sohn alleine zu sein. Einmal waren sie fischen gewesen. Da hatte Felix danebengestanden und dem Vater beim Alleinsein zugesehen. Er wusste aber noch, was er gesagt hatte.

– Die Reinanke kann man nicht zurückwerfen. Sie ist zu empfindlich. Man holt sie plötzlich aus der Tiefe. Das ist wie ein Schock für sie. Sie verkraftet dann die Rückkehr nicht.

Genau so fühlte er sich jetzt, als er vor der Haustür stand und klingelte. Das Murmeln des Vaters. Der schleppende Schritt. Das Suchen nach dem Schlüssel. Vermutlich rechnete er mit einem Lieferboten. Sicher nicht mit einem Nachbarn. Niemand starrte hier mehr verstohlen hinter den Gardinen hervor, wenn sich etwas bewegte. Die Fenster der verlassenen Häuser waren wie die Augen von Blinden.

– Felix.

Er hatte sich größere Verblüffung erwartet. Aber sein Vater glich wie Felix dem Äquator. Das Klima blieb konstant gleich.

– Ich war gerade in der Gegend … also, wenn in meinem alten Zimmer noch ein Bett steht …

Aufgrund der mangelnden Verblüffung des Vaters wollte auch der Auftrittssatz nicht in der angemessenen Betriebstemperatur vorgetragen werden.

Helga erschien in der Tür. Sie trug einen selbst geschnittenen Pony, der ihrem gereizten Blick etwas mental Verstörtes verlieh. Unter den Ärmeln ihres blumigen Hauskleides standen die Achselhaare hervor. Sie hielt ihr Handgelenk fest, als wollte sie selbiges daran hindern auszuschlagen. Sie sagte nichts und starrte Felix an, wie sie sonst nur die Missionare einer Konkurrenzreligion anstarrte. Vaters Blick wanderte verlegen zwischen den beiden hin und her.

– Also das Bett gibt es nicht mehr. Ich habe nicht damit gerechnet, dass du …

– Dein Zimmer ist jetzt ein Wirtschaftsraum, konstatierte Helga, ohne den Blick von Felix zu nehmen.

– Irgendwo muss die Helga ja bügeln.

– Vorübergehend. Irgendwann wollen wir ein Ruhezimmer draus machen.

– Für die innere Ruhe. Weil ruhig wäre es ja ohnehin.

– Aber halt herinnen. Die Ruhe draußen ist was anderes als die herinnen.

Felix presste seine Lippen zusammen.

– Darf ich trotzdem reinkommen?

– Logisch.

Beide warteten, bis Felix den ersten Schritt tat, bevor sie zur Seite traten.

– Kaffee?

– Bitte.

Helga schraubte die Kanne auf und goss den Filterkaffee vom Morgen in eine Tasse.

– Ist eh noch warm.

– Danke.

Vater sah ihn an. Aber nicht so, als würde er gleich fragen, was Felix wirklich herführte. Eher so, wie man ein Tier im Zoo betrachtete.

– Seitdem du das letzte Mal da warst, hat sich einiges verändert. Vielleicht ist es dir aufgefallen. Den Luster, der zu niedrig hing, dem man immer ausweichen musste, den haben wir durch eine Deckenlampe ersetzt. Im Vorzimmer haben wir auch die Textiltapete abgezogen und den Raum einfach weiß gestrichen. Die Stillleben hat eine Freundin von der Helga gemalt. Früher haben wir sie immer nur aufgehängt, wenn sie zu Besuch kam. Irgendwann haben wir sie dann einfach hängen lassen.

– Der Bewegungsmelder für das Licht bei der Garage ist übrigens defekt. Der schaltet nach einer Sekunde das Licht wieder aus. Man muss sehr schnell den Schlüssel ins Schloss stecken. Oder ein bisschen herumtanzen, ergänzte Helga. Felix fragte sich, ob sie ihn in der Garage unterbringen wollte.

– Die Silbertanne ist auch weg. Wir haben sie letztes Jahr gefällt. Sie war schon sehr wackelig und das war einfach zu gefährlich.

– Und wegen des Essens. Früher habe ich nur Salz verwendet. Aber inzwischen lasse ich das auch weg.

– Wir haben auch keinen Fernseher mehr. Falls du so etwas brauchst, musst du am Handy schauen. Wir unterhalten uns abends. Komm, ich zeig dir den Keller.

Als er seinem Vater die Stiegen hinunter folgte, dachte er an seine Geburt. Er war mit dem Hintern voran zur Welt gekommen. Mutter hatte oft gescherzt, man solle daraus keine Schlüsse auf Felix' Charakter ziehen. Auf einem Foto hätte es so ausgesehen, als wollte er kopfüber zurück in die Gebärmutter kriechen.

– Ich habe mir eine Dunkelkammer eingerichtet. Da kannst du auch schlafen.

Das klang verlockend. Andererseits würde man dort das

Gefühl für Zeit verlieren. Kein Tageslicht, das einen wecken würde. Er folgte seinem Vater in die Gebärmutter des Hauses, wo er kistenweise Unwesentlichkeiten lagerte. Die Zahl der Fotos musste inzwischen sechsstellig sein.

– Hier ist ein Sofa. Hier stört dich niemand. Und wenn du willst, kannst du ein bisschen herumexperimentieren. Er zwinkerte ihm jovial zu.

– Wo sind die ganzen Kisten hin?

– Ich habe sie entsorgt.

– Entsorgt?

– Ja. Nichts dabei, was man sich hätte merken müssen. An der Wand hingen Abzüge von unterschiedlichen Wolkenbildern. Bodenaufnahmen.

– Tokio, Paris, Buenos Aires, Lagos.

– Hast die alle du gemacht?

– Selbstverständlich, sagte sein Vater.

– Aber … wann warst du in all diesen Städten?

– War ich nicht. Aber der Himmel sieht überall gleich aus. Es ist die einfachste Art zu reisen. Er zwinkerte ihm erneut zu und holte eine Decke und zwei Kissen aus dem Nebenzimmer, die er mit unterschiedlichen Mustern bezog.

– Ich habe schon früher mit dir gerechnet.

– Es ist nicht so, wie du denkst. Es geht mir gut. Finanziell.

– Aha.

– Ich bin hier, weil ich ein Foto von dir machen will.

– Von mir?

– Ja. Mir ist aufgefallen, dass ich dich noch nie fotografiert habe.

– Aha. Und wann?

– Du musst nicht zum Friseur gehen.

– Okay. Aber wann?

– Nicht heute.

– Gut. Du sagst wann.

Dann drehte er sich um und ging in Richtung Stiege. In der Tür hielt er kurz inne. Mit dem Rücken zu Felix sagte er:

– Ach ja, der Gregor wohnt übrigens wieder hier.

– Drüben?

– Ja. Drüben.

Er hatte von seiner Mutter geträumt. Man hatte sie in einen Sarg gesperrt und lebendig begraben. Er war zu ihr geworden. Hatte gekratzt und geschrien. War in der Dunkelheit aufgeschreckt. Der Moment des Erwachens. Wenn man kurz nicht wusste, wer und wo man war. Das Ich formierte sich. Wie eine Herde, die man erst zusammentreiben musste. *Im Dunklen dauert es länger, bis im Bewusstsein das Licht angeht. Das Ich ist auch nur ein Organ.* Er hatte die Augen geöffnet und es blieb dunkel. *Eine Matroschka.*
Nur die Bilder waren verschwunden. Der Sarg. Das Holz. Aber jetzt war er wach. Er spürte die Schwere des eigenen Körpers. Den Rücken auf der fremden Matratze. Er nahm den eigenen Geruch wahr. Den eigenen Atem. Als

würde er neben sich selbst liegen. War man nach dem Tod in einer Dunkelkammer gefangen, in der die Seelen aller Verstorbenen herumstolperten? Auf der Suche nach einem neuen Körper.

Wie spät war es? Er hatte das Zeitgefühl verloren. Kein Lichtstrahl drang in die Kammer. Er war gestern schon um zehn Uhr schlafen gegangen. Hatte zuvor mit dem Vater schweigend Schach gespielt. Im Durchschnitt schlief er acht Stunden. Also würde es vermutlich sechs Uhr morgens sein. Als Kind hatte ihn der Vater stets besiegt. Aber inzwischen schlug er ihn. Er erinnerte sich an das erste Mal. Er war zehn Jahre alt gewesen. Ein Triumph. Gestern hatte Felix ihn gewinnen lassen. Der Vater hatte es gemerkt. Und war gekränkt. Der überführte Ödipus.

Wachte so ein Blinder auf? Achteten Blinde ständig auf den eigenen Atem? Oben war es noch still. Helga würde bald ihre Morgenseiten beginnen. Ihre Dialoge mit Gott. War Gott die erste KI? Hatte Gott irgendwann ein Bewusstsein entwickelt? Er wollte sie stehlen, die Morgenseiten. Gestern hatte er sie auf dem Tisch liegen sehen. Er wollte sie nicht lesen. Er wollte sie einfach nur verschwinden lassen. Als Kleinkind hatte er Tag und Nacht verwechselt. Fühlte er sich heimisch in der Dunkelheit? Mutter hatte versucht, mit ihm wach zu bleiben. Irgendwann aber schlief sie ein. Und er war der Einzige, der noch da war. Wer hielt auf der Arche Noah Wache, wenn alle schliefen? Ach, Mutter. Sie fehlte ihm. Jetzt, in der Dunkelkammer, kamen die Bilder. Als würden sie gerade entwickelt. Sie nahmen Kontur an. Mutter am Bettrand sitzend. Über den Kinderwagen gelehnt. Die Arme ausgebreitet, wenn er auf sie zulief. Die endlose Geduld, wenn sie ihn anzog. Wenn sie ihm den Hintern abwischte. Wenn sie mit ihm am Boden sitzend spielte. In seiner Erinnerung waren es Fotos. Und sie lächelte in die Kamera, als ob man sie gerade aus der Situation herausgerissen hätte.

– Schaut mal her, hatte Vater immer gesagt. Als ob er Beweisfotos schießen würde. Lächeln!

Mit seinem übertriebenen Lächeln wollte er Mutter und Felix ebenfalls dazu anstiften. Er glaubte tatsächlich, es sei ansteckend. Felix hatte nie verstanden, warum Menschen auf Fotos lächeln sollten. Um eine Fröhlichkeit vorzutäuschen? Um Kontakt mit dem zeitversetzten Gegenüber aufzunehmen? Felix musste an die Kriegsfotos von Großvater denken. Selbst da lächelten die Soldaten in die Kamera. Lächelten das Monströse weg. Wenn Menschen in Kameras lächelten, wurde er sofort misstrauisch. Als er fragte, warum auf dem Hochzeitsfilm der Eltern alle so ernst dreinsahen – mindestens genauso demonstrativ ernst, wie woanders demonstrativ gelächelt wurde –, sagte der Vater, dass es sich mit bewegtem Bild eben anders verhalte. Da versuche man, natürlicher zu agieren. Eine Rolle zu spielen. Das Leben nachzustellen. Sich selbst zu mimen. Während ein Foto auch immer eine Art Grußkarte sei. In einem starren Foto finde man weniger Wahrheit als in einem bewegten Bild. Felix hatte sich lange gefragt, ob das stimmte. *Du willst sie nur ausziehen,* flüsterte die nackte Moira. *Mit*

irgendwas bekleiden sie sich aber immer. Um schöner dazu-
stehen. Und wenn es nur ein Lächeln ist.
Er dachte an das Plakat eines Politikers, das er vor ein paar
Jahren gesehen hatte. Durch das angespannte Lächeln
des Mannes zog sich ein Riss. Nein. Das Lächeln war ein
Riss, in den sie alle hineinschlüpfen durften. Vor allem
die Ameisen, die zu Hundertschaften hindurchkrabbelten.
Ohne dass der Politiker seine Mimik veränderte. Einge-
frorene gute Laune. Trotz des Ameisenhaufens, der sich in
ihm eingenistet hatte. Felix konnte sein Lachen mindestens so stur halten wie der Vater seine apathische Miene,
wenn es um das Lachspiel ging. Sie hatten es noch öfter
gespielt als Schach. Felix gegen Vater. Vater gegen Mutter.
Felix gegen Mutter, wobei er sich bei ihr nie lange zurückhalten konnte. Während es mit dem Vater oft nach mehreren Minuten abgebrochen wurde, weil keiner von beiden sich regte. Als bestünde trotz intensivem Blick kein
Kontakt zwischen ihnen. Einmal hatte er es mit Helga
gespielt. Das war kurz nachdem sie gesagt hatte:
– Keine Sorge. Dort, wo deine Mutter jetzt ist, kann sie
sich nicht mehr an dich erinnern.
Felix hatte versucht, Helga mit den Augen das Leben aus-
zusaugen. Ein Remis. Obwohl er ihr vorgeworfen hatte,
dass ihren Mund ein ständiges, beinahe unmerkliches Lächeln umspielte.

Er lag im Dunkeln, das Ich hatte sich zusammengesetzt.
Es war eine Wiederholung der immer gleichen Gedanken.

Sie kreisten im Loop. Von wegen freier Wille. In der Dunkelkammer, wenn alles andere wegfiel, blieben die immer gleichen Sätze übrig.

– Du kannst das nicht. Kein einziges Foto ist scharf.

– Ihr seid euch ähnlich. Aber ihn liebe ich.

– Du langweilst mich. Ich habe deinen Namen vergessen.

– Kannst du der Priester sein? Dich will hier ohnehin keine.

– Das bildest du dir ein. Ich habe keinen anderen geküsst.

– Es wäre uns lieber, wenn du nicht mehr kommst.

STOPP!

Sollte er das Licht einschalten? Ließen sich die Sätze so verscheuchen? Würde das Ich verschwinden, wenn man den Loop zum Stillstand brächte? Wäre man dann glücklich? *Komm,* sagte Moira. *Komm in die Dunkelkammer.* Wäre er noch derselbe, wenn er das Gedächtnis verlöre? Wäre ein Reset möglich? *Lass dich fallen, Felix. Folge mir ins Dunkle.* Seltsam, wie man auf den anderen aufmerksam wurde. F und er auf dem Fest. Sie sahen sich an, weil sie die Einzigen waren, die nicht in ihre Smartphones starrten. Liebe auf den ersten Blick? *Ich vertraue lieber auf Tinder. Ich glaube nicht mehr an den analogen Blick.* Hatte sich F nicht mehr gemeldet, weil sie seine Unzuverlässigkeit spürte? Dass er keiner treu bleiben konnte, aus Angst, sie würde ihm zuerst untreu sein? Oder hatte sie ihn genau deshalb ausgesucht? Weil er sich damit für eine unverbindliche Affäre qualifizierte? Sollte er Rita eine Nachricht schreiben? Nur um zu sehen, was passierte? *Du machst dich mit nichts vertraut, Felix. Lass mich rein. Harte*

Tür. Alle müssen draußen bleiben. Keiner darf die Dunkel-
kammer betreten. Wovor hast du Angst? Hallo? Nein. Hier
bin ich. Ja. Warm. Sehr warm. Komm näher. Du bist im In-
nersten. Nein. Das Licht ist kaputt. Hörst du mich? Spürst du
mich? Bist du sicher, dass ich es bin?
Als Kind war er einmal in einen kreisrunden Turm ein-
geschlossen worden. Zumindest dachte er das schlafwan-
delnd. Er ging unentwegt im Kreis. Fand aber den Ausgang nicht. Er hatte sich dabei beobachtet. Irgendwann
hatte er die Tür geöffnet, war auf den Balkon gegangen
und hatte mit entrücktem Blick seinen Eltern gewinkt, die
gerade nach Hause kamen. Als er sich nach vorne lehnte,
schrie seine Mutter so laut, dass er zu sich kam. Irgendetwas war damals zurückgeblieben. Irgendetwas hatte er auf
der anderen Seite vergessen. Er konnte nicht sagen, was,
aber irgendetwas fehlte seitdem. *Komm in die Dunkelkam-*
mer, flüsterte Moira. *Wir nähern uns dem Kern. Komm in*
die fotofreie Zone. Es ist nur ein Spiel. Alle machen mit. Keine
Sorge. Ich bleibe in deiner Nähe. Wir bleiben immer in Kontakt.
Ihr Name war Sigrid. Sie wohnte ein paar Häuser weiter. Seit er sie als Zehnjähriger selbstvergessen mit einem
unsichtbaren Pferd sprechen gehört hatte, war er verliebt
in sie gewesen. Sechs Jahre später waren sie ein Paar. Es
gab auch ein sichtbares Pferd. Sie ritt es fast jeden Tag.
Er sah ihr zu, wie sie dem braunen Kartäuser Kunststücke beibrachte. Es ekelte ihn davor, wie man das Pferd
zwang, nicht mehr Pferd zu sein. Und Dinge zu veran-
stalten, die gegen seine Natur waren. Nicht gegen seinen

Willen. Der Wille war das Überbleibsel, das man zähmen musste. Sigrid wollte seinen Blick. Wollte, dass er ihr zusah dabei. Wie sie das Pferd zart dominierte. Und alle applaudierten, wenn das Pferd nicht Pferd war. Wenn sein Wille gebrochen, wenn es vorgeführt, ja, so weit gebracht wurde, dass der Applaus dem Tier gefiel. Diese Brutalität hatte Felix stets traurig gemacht. Aber er hatte Sigrid geliebt. Und letztendlich hatte sie auch ihn zart und brutal dressiert. *Ich bleibe in deiner Nähe. Keine Sorge. Es ist nur ein Partyspiel.* Und dann ging das Licht aus. Und alle liefen kreischend durch die Dunkelheit. Auch Sigrid, deren Hand sich sehr schnell aus seiner löste. Als hätte sie jemand weggezogen. *Felix. Felix.* Dann war sie weg. Das Kreischen legte sich. Wurde abgelöst von erregtem Herumtapsen. Man hörte die Küsse. Die Berührungen. Und wie jedes Seufzen stumm gehalten wurde. Felix lief tastend durch die Dunkelheit. Sich abgreifende Körper. Er erkannte sie nicht an den Berührungen. Keine gab sich als Sigrid zu erkennen. Er schämte sich, ihren Namen zu flüstern. Wollte nicht der Spielverderber sein. Er suchte ihren Atem. Ihre Schritte. Ihr Stöhnen. Er achtete auf jedes Geräusch. Aber er konnte Sigrid nicht finden. *Achtung! In wenigen Sekunden geht das Licht an!* Dann setzte das Kreischen wieder ein. Alle liefen durcheinander. *3–2–1-Licht!*

Sie hatte ihn betrogen. Das sah er sofort. Er hatte ihr den Kuss angesehen. Auch wenn sie allein im Raum stand und auf ihn zustürzte, als hätte sie ihn im Dunkeln gesucht.

Er hatte es ihrem rosigen Fleisch angesehen. Ihrem Blick. Sie hatte ihn betrogen. Vielleicht wusste sie gar nicht, mit wem. Er fuhr herum. Aber er konnte den Täter nicht ausfindig machen. *Du spinnst doch!*

Seitdem hatte er das Gefühl, sich bei den anderen nicht mehr auszukennen. Damals war ihm bewusst geworden, dass es in jedem eine Dunkelkammer gab. Einen Bereich, der nie ausgeleuchtet wurde. Von dem er nie erfahren würde. Das Misstrauen wuchs in ihm wie ein Virus. Nagte an ihm. Breitete sich aus. Er suchte stets die Nähe der Frauen, nie der Männer. Es interessierte ihn die Freundschaft nicht. Nur die Liebe. Die Simulation von Nähe. Das ging nur körperlich. Empfand er die Frauen als sein Publikum? Oder als seine geheimen Verbündeten? Mutter. Hatte er den gleichen verächtlichen Blick wie sein Vater? Benutzte er die Frauen? Um seine Stummheit zu übertünchen?

Duchamp seufzte indifferent und blies den Rauch aus. *Sagen Sie es doch so: Wenn er einen Mann traf, fragte er sich, an was er sterben würde. Bei einer Frau, was sich mit ihr erleben ließe.* Die Eloquenz der Gleichgültigen.

Beim Schlussmachen sagte Sigrid: *Die Liebe braucht uns nicht. Sie existiert auch ohne uns.* Wollte man in einer Welt leben, in der die Liebe das Beste war, was man kriegen konnte? In der man immer das Gefühl hatte, in sich selbst gefangen zu sein. Von da an ließ er keine mehr so nah an sich ran. Keine durfte in seine Dunkelkammer. Er blieb dort allein. Aber sicher.

Komm. Es könnte unsere gemeinsame Dunkelkammer sein.

Hörst du sie durch die Wände? Die Zukunftsmusik. Als ließe sich schon tanzen zu ihr. Als wartete dort die nächtliche Unvernunft. Es ist doch immer das Begehren, das uns antreibt. Immer das Gefühl des Fehlens. Vereinige dich mit mir. Jede Gattung hat nur sich selbst.

Aber Duchamp blieb abgekühlt. Und schickte ihr einen versengenden Blick. *Nur der Gleichgültige ist empfänglich für die nutzlose Schönheit. Und Sie sind nutzlos.* Er zog an seiner Zigarette und strich sich über die faltenfreie Hose. *Ich nehme das als Kompliment. Gespräche, die mit einem Kompliment beginnen, gestalten sich immer schwierig.*

Es gab nur einen Weg, an dieser Welt nicht zugrunde zu gehen. Die Eleganz der Gleichgültigkeit.

Ich wünschte, mein Inneres wäre eine Pflanze ohne Bewusstsein. Der ich nur beim Wachsen und Vergehen zusähe.

Es war und blieb eine fremde Welt. Vor allem, wenn man sich nichts und niemandem vertraut machte wie Felix. Man wurde gegen seinen Willen aus dem Mutterbauch geworfen. Keiner wurde gefragt, ob es einem recht war. Weder ob oder wohin man geboren wurde. Das war die wahre Erbsünde. Dass man schon vor der Geburt genötigt wurde. Dass man mit einem gebrochenen Willen zur Welt kam. Schon der erste Akt fand ohne Zustimmung statt. Da half auch kein Schreien. Und bis jetzt hatten noch alle geschrien. Man kam als gebrochene Existenz zur Welt. Und nicht als freier Mensch. Damit begann ein Befreiungskampf, der ein Leben lang anhielt.

Draußen hörte er die Geräusche von Helga. Niemanden erkannte er an der Berührung. Aber sie erkannte er am Schritt. Er wollte nicht hinaus. Wollte im Dunklen bleiben. Draußen ihr Klimpern. Sie war ihm stets fremd geblieben. Nein, unvertraut geblieben. Einmal hatte sie gesagt:

– Wir empfinden nur etwas für Tiere, die wir vorher berührt haben.

Ein seltsamer Satz. Und er fragte sich, ob er stimmte. Menschen, die man berührt hatte, gehörten zu einem. Die anderen nicht. Man hatte sich vertraut gemacht. Aber Tiere? Helgas spitzes Auflachen, wenn man etwas nicht verstand. Oder ihre Meinung nicht teilte. Mit dem sie jeden Konflikt weglachte. Helga war wie eine unfreiwillige Berührung. Eine falsche Berührung. Das Kitz, das nicht mehr angenommen wurde, nachdem es von Menschenhand berührt wurde. So war es mit Sigrid. Nach diesem Abend. Sie war ihm fremd geworden. Zuhause, das war doch das Vertraute. Aber Felix hatte schon immer das Gefühl gehabt, er sei an einer Autoraststätte ausgesetzt worden und keiner hatte es ihm gesagt. Schon vor Helgas Erscheinen. Irgendetwas hatte schon immer zwischen ihnen gestanden. Zwischen ihm und seinen Eltern. Irgendetwas in ihm flüsterte: *Das sind nicht deine echten.*

Die Plätze der Kindheit bedeuteten ihm nichts mehr. Als hätte er sich schon vor langer Zeit verabschiedet. Er hatte sich aber nicht verabschiedet. War das der Grund für seine Rückkehr? Er war in den letzten Tagen überall gewesen. Am See, in dem sie im Sommer schwammen. Bei der alten Fabrik, wo sie sich jeden Tag trafen. Im Wald, wo sie ihre Initialen einritzten. Bei Sigrids Haus, wo er sie heimlich beobachtet hatte. Er hatte sich vorgestellt, wie sie als alte Frau darin lebte. Hinter geschlossenen Jalousien. Angestarrt von gelben und grünen Häusern. Trocken wie Staub. Bei ihrem Tod zerfallen und weggeblasen wie Puder.

Jetzt war ihr Haus nur noch ein seelenloses, verlassenes Gebäude. Die Eltern längst tot. Und sie ins Ausland gezogen. Selbst die große Linde, in der sie oft tagelang saßen und nicht den Boden berührten, war nur noch ein Baum. Und nicht mehr sein Baum. Alles war ihm fremd geworden.

Er hatte nicht die Kraft aufgebracht, zu Gregor hinüberzugehen. Etwas wartete dort auf ihn, in der Dunkelkammer, das wusste er. *Komm,* sagte Moira. *Ich zeig es dir.* Er hatte noch nie jemanden an der Berührung erkannt. Zumindest nie an einer zärtlichen. Das Partyspiel hatte sich oft wiederholt. Er hatte sich nie getraut, nach jemandem zu greifen. Aus Angst, das Licht würde in dem Moment angehen. Er hatte im Leben immer die falschen Entscheidungen getroffen. Sowohl in der Liebe als auch im Beruf. Er hatte sich nichts vertraut gemacht. Vor allem nicht sich selbst. Wäre alles anders gewesen, hätte er einen Beruf erlernt? *Mach endlich das Licht in dir an,* hatte der Vater gesagt. *Du bist keiner für einen Beruf. So wie du kein Vater bist.* Dazu fehlten ihm die Eigenschaften. Ein Notar war besonnen. Ein Chirurg nervenstark. Ein Lehrer engagiert. Ein Bankberater sorgfältig. Ein Leibwächter loyal. Ein Handwerker geschickt. Sollte er der Familie aus Montreal schreiben, fragen, ob in der Wohnung alles okay war? Wie würde es sich anfühlen, wenn jemand in sie einbrach? Würde er einen Diebstahl seiner intimsten Dinge wie eine Vergewaltigung empfinden? Er hatte keinen Willen mehr. Besser keinen als einen gebrochenen. Der Wille war am Bahnhof nicht mit ihm ausgestiegen. *Eigentum ist Autonomie!,* hörte er sie draußen skandieren. Ein Schutz des Ich. Ein Panzer. Dabei war es umgekehrt. Je mehr man besaß, desto angreifbarer wurde man. Desto mehr musste man schützen. Jesus hatte nichts. Helga kochte Kaffee. Er wollte nicht raus. Er wollte Moira in die Dunkelheit folgen. Wollte endgültig sozialen Suizid begehen. Wäre ein Reset möglich? Auch ohne das Gedächtnis zu verlieren? Könnte man ein neues Leben beginnen, ohne dass das alte hineinstrahlte? Arthur Rimbaud! Dachte der Waffenhändler in Afrika noch an den Dichter in Frankreich? Wenn Felix die Augen schloss, kamen immer die gleichen Bilder. Wenn er sie im Dunkeln öffnete, waren sie weg. Man sollte einen Auftragskiller für die herumflirrenden Silhouetten engagieren. Entscheidungsfrage: Würde er als jetziger Felix freiwillig aus seiner Mutter schlüpfen? Mit dem Rücken zuerst. Die Dunkelheit nie aus den Augen lassend. Steißgeburt. Und dann in einen Pistolenlauf hineinstolpern. Wenn die Menschen einen 360-Grad-Blick hätten, wären alle Duchamp. Selbst in der Dunkelheit bliebe er gelassen. Jeder hatte seinen Ankerpunkt. Die einen in ihrer Trauer. Die anderen in ihrer Angst. Duchamp residierte in seiner Gelassenheit. Als würde er sich selbst beim Schlafwandeln betrachten. Neben sich hergehen. Immer im gleichen Abstand zu sich selbst. Souveränität. Durch die Dunkelheit gleitend, während ihn die anderen immer wieder streiften. Er war keinem verbunden. Und keiner verpflichtet. Niemand benannte irgendwas. Ein Zwischenzustand wie der Moment des Erwachens, kurz bevor das Ich sich formierte. *Es geht um den Besitz der Berührung,* flüsterte Moira. *Ich will dich verbrauchen. Dann entsorgen. Und dich durch jemand Ähnlichen ersetzen. So wäre ewige Liebe denkbar.*

– Liebe ist, wenn man den anderen mit sich selbst verwechselt, sagte er halb laut ins Dunkle. Und wenn man kein Selbst mehr hat? *Dann bleibt die Verwechslung.*

Von oben erklang sanfte Musik. Keine Zukunftsmusik. Trotzdem richtete sie ihn auf. Langsam schritt er in Richtung Tür. So wie Insekten von Licht angezogen wurden, wurden Menschen von Musik angezogen. Erkannten Tiere Musik? Erkannten wir ihre Musik? Jeder tanzte für sich. *Ein Tiger versteht den Tiger ohne Worte. Nur beim Menschen wird das durch Sprache verhindert.* Vielleicht musste er auch die Worte verlieren, um klarer sehen zu können. Den wahren Empfindungen nachspüren. Den eigenen Namen nur noch wie einen Decknamen verwenden. Wenn die anderen doch bloß keine Konturen hätten.

Und keine Ränder. Wenn man sich nicht wiedererkennen würde. Wenn wir alle selbstvergessen leben könnten. Die Dunkelkammer wäre das Paradies.

Er hörte, wie Helga seinen Namen rief. *Kaffee ist fertig.*

Er hätte sie nicht öffnen sollen. War man für seine Geburt selbst verantwortlich? Er lugte durch den Spalt der angelehnten Tür. Vater hatte ihn gar nicht bemerkt. Felix betrachtete ihn. Wie er verdattert, selbstvergessen, kopfschüttelnd dasaß. Irgendwann würden alle Worte verstummen und es würde nur noch dieses Kopfschütteln geben. Selbst wenn er alles an sich vergessen haben würde, dieses Kopfschütteln würde dem Vater bleiben. Es war das Kopfschütteln, das dem entführten Sohn einen Vorwurf für die Lösegeldforderungen machte. Es war ein Vorwurf an die Welt. Eine Empörung. Eine Ratlosigkeit. Eine Verlorenheit. Es war das Kopfschütteln eines Verirrten, der die Welt nicht mehr verstand. Der sich in ihr nie ausgekannt hatte. Der nie so sein wollte, wie er war. Der nicht glauben konnte, wo er gelandet und was aus ihm geworden war. Es war das Kopfschütteln von einem, der nie gefragt wurde, ob ihm das alles überhaupt recht sei. Es war ein Abschütteln. Ein Wegschütteln. Eine Stummheit. Ein Suchen nach Worten, die es gar nicht gab. Unter diesem Kopfschütteln lag nur noch Schweigen. Sollte Felix die Tür wieder schließen? So leise, dass niemand ihn bemerkte. Jetzt konnte er noch zurücktreten in die Dunkelheit. Er müsste nicht hinausgehen und an diesem Leben teilnehmen. Er müsste nicht wie sein Vater werden. Sie müssten sich nicht ansehen. Er müsste kein zögerliches *Guten Morgen* stammeln.

– Was soll an diesem Morgen gut sein?

Kopfschütteln.

– Na, das wird was heißen.

Kopfschütteln.

– Warum sollte man dorthin?

Kopfschütteln.

– Wegen mir muss es nicht sein.

Kopfschütteln.

– Man muss nicht alles erleben.

Kopfschütteln.

– Du kannst gern mit mir tauschen.

Kopfschütteln.

– Sei froh, dass du nicht arbeiten musst.

Kopfschütteln.

– Dein Leben hätte ich gern.

Kopfschütteln.

– Ach was, sterben wirst du!

Kopfschütteln.

– Also das hätte ich dir schon vorher sagen können.

Kopfschütteln.

– Wenn ich so in meinem Beruf handeln würde, wäre ich schon zwanzigmal rausgeflogen.

Kopfschütteln.

– Du bist ja nicht die Erste, die Mutter wird auf der Welt.

Kopfschütteln.

Vaters Verächtlichkeit gegenüber Mutter war in jedem

Moment spürbar gewesen. Als Kind hatte sie Felix noch als Unsicherheit gedeutet. Als eine Art Behinderung, Sorgen nicht anders formulieren zu können. Aber inzwischen wusste er, dass im Vater der Großvater steckte und in diesem wiederum dessen Vater und Großvater. Und selbst in Felix steckten der Vater, der Großvater und alle ihre Ängste vor den Frauen, die ihre Positionen infrage stellen könnten. Jeder Mann wusste, dass jede Frau das Potenzial in sich trug, ihn mit einem Satz zu vernichten.

Der einzige Ort, an dem sie alle unbeobachtet Mann sein durften, war beim Wirt, wo ihm der Vater nach dem sechsten Bier gestanden hatte, dass ihm sehr wohl bewusst sei, dass in der Siedlung alle wegen Helga weggezogen waren. Und zwar ausnahmslos alle. Selbst jene, die gestorben waren, waren wegen Helga gestorben. Alle hatten sie in ihrer Verzweiflung den letzten Fluchtkorridor genommen. Nur um ihr zu entgehen. Es war nichts Persönliches, da war sich Vater sicher. Niemand hätte etwas gegen Helga, wenn sie nicht ständig ihren Begleiter dabeihätte. Die Leute wollten ihren Gott nicht in ihrem Haus haben. Sie wollten nicht von ihm belästigt werden. Das müsse man verstehen. Gott sei der Blinddarm der Schöpfung. Für die meisten sei er nutzlos. Eine Existenz ohne Essenz. Die meisten hätten ihn entfernt, bevor er sich entzündete. Aber für Helga sei er der wichtigste Gesprächspartner. Wenn sie doch nicht jeden Befehl ihres imaginären Freundes befolgen würde. Wenn dieser wenigstens nicht so übergriffig wäre. Aber kaum ein Bereich, zu dem er nichts zu sagen gehabt hätte. Niemanden, den er nicht umdrehen wollte. Helga habe sich so penetrant in das Leben der Nachbarn eingemischt, dass sich diese irgendwann gezwungen sahen, das Weite zu suchen. Es gebe ja kein Gesetz gegen vollzogene Hilfsleistung. Nur gegen unterlassene. Die Frau des Imkers habe ihn angefleht, er möge doch Helga von ihrem trinkenden Mann fernhalten, weil dieser Gefahr laufe, vor Aufregung einen Schlaganfall zu erleiden, sollte sie ihm noch einmal den Weg zum Wirt versperren. Selbst die Tochter des Tischlers sei weggezogen, weil ihr die Worte und Taten fehlten, um auf den Hexentrank zu reagieren, der eines Tages vor ihrer Haustür stand. Dieser würde laut Helga das Sperma ihres Mannes in *Aufruhr* bringen und ihren Kinderwunsch rasch erfüllen. Helga gehe auch zum Arzt, um ihm von ihrer außerordentlichen Gesundheit zu erzählen. Schließlich müsse so ein Arzt auch einmal gelobt werden. Sie gehorche dabei stets Gottes Befehlen. Das Problem sei nur, dass ihr Gott immer irrer wurde. Letztens sei sie nackt vor dem Haus des ehemaligen Chorleiters gestanden, der entsetzt die Tür zuknallte. Sie könne nicht anders. Sie gehorche, weil ihr Gott sonst mit Ungemach drohe. Sie müsse sich opfern, um das Unglück anderer abzuwenden. Was das für ein Gott sei, der einem so etwas abverlange? Ein solcher mache ihm Angst. Würde sie für ihn auch einen Mord begehen? Manchmal rufe er Felix nur an, um sicherzugehen, sie habe ihn nicht heimgesucht. Und das Schlimmste sei, dass selbst Helga mitbekomme, dass ihr Gott sich verändere. Dass sie eigentlich reif für die Anstalt sei. *Du kannst doch nicht sagen, dass mein Gott verrückt ist.* Aber selbst sie wisse insgeheim, so ein Gott könne unmöglich ein Guter sein. Helga aber sei eine Gute. So bizarr das alles klinge, man müsse dabei immer Helgas gute Absichten berücksichtigen. Gute Absichten, derentwegen man sich lieber die Hölle wünsche, so Felix, der sich daran erinnerte, dass sie ihn als Jugendlicher dazu überreden wollte, Priester zu werden, um ihn vor den Enttäuschungen des anderen Geschlechts zu bewahren. *Einer wie du ist ein gefundenes Fressen für die.* Sie konnte nicht ahnen, dass er bei diversen Kinderehen bereits den Verheiratungspriester gegeben hatte, weil ihn keine wollte. Tatsächlich hatte er sich deshalb das Priestertum ernsthaft überlegt, obwohl er nicht an Gott glaubte. *Du wärst bestimmt nicht der einzige atheistische Priester gewesen.* Obwohl es für Helga gar keine Atheisten gab. Sondern nur Menschen, die Gottes Ruf überhörten. Bei Helga sei es halt umgekehrt. Sie höre nur Gottes Ruf und sonst nichts. Er sehe aber auch eine andere Helga. Eine aufrichtige Helga. Eine, die stets das Beste wolle. Eine, die das, was sie tue, ernst nehme. Egal wie lächerlich es die anderen fänden. Das müsse einem doch auch Respekt abnötigen. Für ihn sei Helga die erste Frau, die er ernst nehmen könne. Zu der er aufsehen müsse. An der er sich abarbeiten wolle. Puzzlesteine, die für Felix ein zunehmend groteskeres Bild seines Vaters zeichneten. Die er einzeln umdrehen wollte, damit das Gesamtbild am Ende eine dunkle Fläche ergab. In der Hoffnung, dass sich, wenn man sie wieder wendete, das Bild gewandelt haben würde. *Hast du nach Sandra deshalb keine Beziehung mehr geführt? Weil es niemanden gab, an dem du dich abarbeiten wolltest? Oder war es umgekehrt? Konnte man dich nicht ernst nehmen? Dich, der zusehends nichts mehr ernst nehmen konnte? Der vor aller Augen verschwand. Transparent wurde. Sich auflöste. Ohne dass jemand wegsah. Ohne dass sich jemand regte.*

All das ging Felix durch den Kopf, als er seinen Vater anstarrte. Ernst und konzentriert. Und weit davon entfernt, sich selbst oder den anderen zum Lachen zu bringen. Nur sah er nicht wie sonst durch seinen Vater hindurch. Er sah ihn auch nicht an. Vielmehr erkannte er, je länger sie sich anstarrten, dass er nicht *wie* sein Vater, sondern *dass* er sein Vater *war*.

Ich spüre meinen Vater in mir kommen. Ich meine damit keine Ähnlichkeit. Sondern dass er mich tatsächlich bewohnt. Dass er mein Ich übernimmt, dass mein Selbst zu ihm überläuft. Als wäre er in mich eingedrungen. Und hätte mich okkupiert. Ich will die Welt nicht durch ihn empfinden. Ist das Empathie? Nein. Die Empathie steht im Garten und versucht, einen Blick durch das Fenster zu erhaschen. Es ist eine unfreundliche Übernahme. Als würde er in mir erwachen.

Genau in diesem Moment, da sie sich anstarrten und Felix die Kamera über ihren Köpfen hielt, wurde es ihm bewusst. Nicht nur bewusst. Da fand eine Verwandlung statt.

Nein, da spürte er es auf allen Ebenen. Dass es ihn überhaupt nicht gab. Ihrer beider Empfindungen waren gleichgeschaltet. Sogar das Selbstgefühl überkreuzte sich. Er spürte, wie er sein Vater war und umgekehrt. Als würde es nur noch eine Seele, nein, ein Selbstgefühl für beide geben. Völlig ident. Zumindest solange sie sich anstarrten und nicht lachten. Denn darum ging es ja beim Lachspiel. Und beide waren ziemlich gut darin. Solange keiner lachte, blieben sie eins. Keiner von beiden wollte diesen Moment auseinanderreißen. *Du darfst nicht in die Linse schauen. Wenn du in die Linse schaust, hast du verloren. Wenn du lachst und wenn du in die Linse schaust.* Und je länger sie sich anstarrten, desto näher kamen sie sich. Was Felix erstaunte. Denn er kannte es nur umgekehrt. Je länger sie sich anstarrten, desto fremder wurden sie sich. Bis der andere ein Gegenstand wurde. Bis der andere gar nicht mehr da war. Wenn man einen Sessel, einen Tisch, ein Glas, wenn man irgendeinen Gegenstand lang genug anstarrte, wurde er einem fremd. Als würde er sein Wesen verlieren. Als würde man ihm durch den langen Blick seinen Zweck, seine Form, seine Kontur wegstarren. Als würde man durch ihn hindurchgreifen können. Vielleicht verhielt es sich bei einem Menschen ähnlich. Dass sich durch das lange Anschauen die Behauptung von einem Selbst nicht aufrechterhalten ließ. Ein Sessel war nur für den Menschen ein Sessel. Die Natur hingegen erkannte in ihm ein Stück Holz. Aber nicht zwangsläufig eine Sitzgelegenheit. Ein Mensch hingegen blieb ein Mensch. Er ähnelte sich den anderen durch das lange Hinsehen nur an. Das hieße, dass sich die Menschen nur auf den ersten Blick unterschieden. Aber je tiefer man eintauchte, desto mehr verschwammen sie. Weil die Identität eben auch nur eine Behauptung war. Ähnlich dem Sessel. Oder dem Tisch. Oder dem Glas.

Beim Wirt hatte Felix plötzlich gesagt:

– Jetzt machen wir das Foto. In der Dunkelkammer. Zahlen bitte!

Das war kurz nachdem Vater gesagt hatte, dass er sich an Helga abarbeiten müsse. War es der Moment ungewohnter Vertrautheit zwischen ihnen gewesen? War er durch die Stille entstanden? Oder war es, weil Vater ihn noch immer nicht zu einem Tauschhandel genötigt hatte? Keine einzige Frage nach dem Grund seines Kommens. Oder weil es der erste Augenblick war, in dem sie beide unbeobachtet waren? Seit Jahren. Seit Anbeginn der Zeitrechnung.

– Schau, wie du selbst schauen würdest. Nicht so. Nein. So auch nicht.

Felix senkte den Apparat und gab ihm Anweisungen. Nichts war schwieriger, als sich selbst zu spielen. Nichts war schwieriger, als man selbst zu sein, wenn man unter Beobachtung stand. Das Ich traute sich erst aus dem Bau, wenn es sich ungefährdet fühlte. Also hielt Felix die Linse neben sich, blickte den Vater an und schlug das Spiel vor, das sie früher so oft gespielt hatten.

– Wer zuerst lacht, hat verloren. Wer zuerst wegsieht ebenso.

Laut Großmutter war es Hitlers Lieblingsspiel gewesen. Mit allergrößter Begeisterung soll er Kinder, engste Berater und alle, die es sonst noch wagten, ihm in die Augen zu sehen, dazu genötigt haben. Er soll kein einziges Mal verloren haben. Lag es daran, dass es ihm leichtfiel, durch andere hindurchzusehen? Weil er ein von Grund auf empathieloser Mensch war? Oder daran, dass er sein Inneres einfach ausknipsen konnte? Oder ließen ihn die anderen gewinnen, aus Angst, hingerichtet zu werden? Gleichzeitig durfte man nicht zu früh draufloslachen, weil es zu augenscheinlich gewesen wäre und damit an den Konsequenzen nichts geändert hätte. Auch die Art des Lachens konnte einem zum Verhängnis werden. Es durfte keinesfalls wie ein Auslachen anmuten. Und wie schwierig es war, unter solchen Umständen ein Lachen vorzutäuschen, das sich nicht mehr zurückhalten ließ.

Und so verhedderten sich Felix und sein Vater in einem ewigen Blick, der nie Gefahr lief, ein Lachen hervorzurufen. Kein Vorwurf, keine Benennung, keine Erinnerung. Sie standen sich gegenüber. In der ausgeleuchteten Dunkelkammer. Kein Rundherum. Nur sie. Vaters Blick glich dem eines Mannes, der durch die Glasscheibe eines Gefängnisses seinen Sohn anschaute. Ein Blick aus der Vergangenheit. Für die Zeit, wenn er tot war. Ein Abschied. *Die eigene Existenz ist immer das, was keiner sieht. Was man zu verbergen sucht. Das Äußere zeigt nur das, was fehlt. Nur das, was fehlt, muss sichtbar gemacht werden.* Je länger dieser Blick andauerte, desto weniger war die Verlegenheit der eigenen Existenz zu verbergen. Sie lag unter allem. Wie die Stille unter dem Lärm. Und unter dieser Verlegenheit wiederum lag die Selbstverachtung. Wie eine Erbschuld. Und ob sich darunter noch andere Matroschkas verborgen hielten, blieb unaufgelöst, weil Helga plötzlich mit ihrem selbst geschnittenen Pony im Türrahmen stand und die Verhedderung mit einer Frage auflöste:

– Kaffee?

In diesem Moment drückte Felix ab. Und hielt vermutlich das einzige Mal im Leben seines Vaters den Moment fest, in dem sich die Eigentlichkeit in die Behauptung des Selbst zurückverwandelte.

– Ja, gern, sagte der Vater und verließ den Keller in Richtung Küche.

Felix blieb zurück.

Er wusste, dass dieser Moment nie wieder zwischen ihnen stattfinden würde.

Das Haus war hell erleuchtet wie ein Kreuzfahrtschiff vor dem Ablegen. Kein Fenster, aus dem nicht funkelndes Licht drang, das den dunklen Asphalt in zartes Gelb tauchte. Felix atmete durch. Er hielt Ausschau nach einer Silhouette. Aber von Gregor fehlte jede Spur. Wohnte er wirklich allein in dem großen Haus? Und warum ließ er alle Lichter brennen? Er stand vor der Tür wie damals, als Gregors Mutter öffnete und sagte:
– Es wäre uns lieber, wenn du nicht mehr kommst.
Er läutete.
Nichts zu hören.
Er rieb sich die Hände, obwohl es nicht kalt war. Vermutlich aus Verlegenheit. Er spielte Warten und war sein eigenes Publikum. Er hatte keine Schritte gehört,

bevor ihn das Drehen des Schlüssels aus dem Moment riss.

Gregor.

Er hatte ihn nicht an der Silhouette, sondern an seinem Schnaufen erkannt. Das halb durchsichtige Ornamentfenster, das Rinnsale von Regen nachahmte und in das er als Kind einmal hineingefallen war. Eine Narbe auf seiner Handfläche erinnerte noch daran.

– Felix.

– Gregor.

Auf der Straße wäre er an ihm vorbeigegangen. Zwanzig Kilo schwerer. Ein zu enger Bademantel. Ein ungepflegter Vollbart, von dem sich Felix nicht sicher war, ob ihn sein Träger überhaupt bemerkte. Ein glasiger Blick. Aufgedunsene Backen. Speckige Haut. Fettiges Haar.

– Was machst du hier, fragte Gregor.

– Meistens wohnt der, den man sucht, nebenan. Was machst du hier?

– Am Land wohnen ist billiger.

Zwei vorgefertigte Antworten. Als wäre der Moment beidseitig von langer Hand geplant gewesen. Gregor bat ihn nicht herein. Er verschwand wie ferngesteuert im Inneren des Hauses. Ließ aber die Tür offen stehen, als hätte er seit Jahren mit seiner Ankunft gerechnet. Zögerlich folgte ihm Felix.

Alles war hell erleuchtet. Als ob alle daheim wären. Alles schien unberührt. Oder eben berührt. Alles wie damals. Das warme Licht. Die chinesische Stofftapete. Die Fünf-

zigerjahremöbel. Die Garderobe aus Gusseisen mit den
Schwalbenhaken, an denen noch ihre Jacken hingen. Der
Lodenmantel der Mutter. Die Rettungsuniform des Va-
ters. Der kleine Perserteppich für die Schuhe. Das braun
gewellte Furnier der Kellertür. Die Stufe in die Küche,
über die er jedes Mal gestolpert war. Ein aufgeschlagenes
Buch, das auf der Ottomane lag. Als wäre die Mutter nur
kurz hinausgegangen. Die ausgeklopfte Pfeife des Vaters
im Aschenbecher. Der Küchentisch. Für alle drei gedeckt.
Jeder Teller war benutzt. Oder hatte Gregor Besuch?
– Ich sitze hier wie Buddha unter seinem Baum und warte.
– Auf was?
– Ich hatte einen kleinen Nervenzusammenbruch. Nichts
Schlimmes. Der Arzt hat mir geraten, mich in eine ver-
traute Umgebung zu begeben. Bumm. Hier bin ich.
Gregor blieb vor dem Kühlschrank stehen und nahm
eine Bierflasche heraus. Er teilte sie auf zwei Gläser auf.
Selbst das Foto des Labradors Jenny, der die Perserkatze
Eliot putzte, hing noch am Kühlschrank. Der abgegrif-
fene Kassettenrekorder bei der Sitzecke. Darüber das
vergilbte Foto der Eltern. Das beige Tischtuch mit der
orangen Bestickung. Der trübe Plastikschutz über dem
Tischtuch. Der braune Mikrowellenherd. Die grünen
Fliesen an der Wand. Der rote Linoleumboden. Der Vorhang mit dem Blumenmuster. Sogar die Rosen draußen
vor dem Fenster blühten noch. Das Ölbild an der Wand,
das den Felsen beim See abbildete. Der Kratzer an der
Tür, den Gregor und er beim Fechten verursacht hatten.

Der Sprung in der Fensterscheibe von dem Vogel, der dagegengeflogen war. Der Fleck auf dem Boden, dort, wo der Blumentopf gestanden hatte. Die defekte Türklinke. Das Surren des Kühlschranks und das Klimpern der Gläser, die auf ihm standen. Nur die Medaille an der Wand fehlte.

Es roch nicht unbewohnt. Es roch nach Gregor. Und dieser roch, wie Männer mit solchen Bärten rochen.

– Man versteht mehr von Bäumen, wenn man jeden Tag den gleichen ansieht, anstatt jeden Tag einen anderen. Ha? Bumm! Du nimmst Kontakt mit deiner eigenen Geschichte auf? Bist du deshalb hier? Ist die Natur etwas Zusammenhängendes? Erzählt sie eine Geschichte? Hat es etwas mit mir zu tun? Kennt er Wyeth?

Felix schüttelte den Kopf. Es war schwierig, Gregors freilaufenden Gedanken zu folgen. Nicht nur, dass sie gleichzeitig in unterschiedliche Richtungen losrannten, er trug sie auch noch gänzlich monoton vor.

– Wyeth, den Mittleren. Nicht die Länge des Blicks zählt. Es geht um Eigentum, Felix. Es geht immer um Eigentum. Die Verlängerung von uns selbst. Gestalt.

– Was ist mit Wyeth?

– Ahhhhh!

Gregor zeigte auf ihn, lächelte verschmitzt und schüttelte den Kopf.

– Jetzt habe ich dich. Mein erster Jünger. Bloß keinen Fehler machen.

Er lachte spitz auf. Und folgte Felix' Blick zu den benutzten Tellern. Seine Mimik fror ein. Als fiele ihm kurz sein eigener Wahnsinn auf. Er starrte die leere Blumenvase am Fensterbrett an. Als würde er sie durch Konzentration zum Explodieren bringen wollen.

– Bumm!

Gregor blickte in die unsichtbare Runde und suchte das zustimmende Nicken derer, die vor den Tellern saßen. Als er es offenbar erhielt, fuhr er fort.

– Ja, was ist mit Wyeth? Das war deine Frage, die man so nicht beantworten kann. Wyeth hat sein Leben lang fast nur die Farm gemalt, auf der er aufgewachsen ist. Er kannte jeden Winkel. Nicht nur auswendig. Er hat die ganze Farm verinnerlicht. Sie wurde Teil seiner Identität. Eine lebenslange Betrachtung. So lange, bis sie ihm *gehörte*. Das ist wahres Eigentum, Felix. Nicht durch Kaufen oder Tauschen gehören uns die Dinge. Sondern durch das Einverleiben. Durch das Ansehen. Durch das Erkennen. Durch das Entfremden. Selbst die Nachbarn gehörten ihm. Er offenbarte sie. Ohne dass sie sich schämen mussten. Weil sie in ihrer ganzen Wahrhaftigkeit gezeigt wurden. Er kannte sie so gut, dass er ein Recht dazu hatte. Er durfte sie sogar im Schlaf malen. Würde, Felix. Sie mussten sich nicht schützen. Sie zeigten sich vor ihm ganz so, wie sie waren. Nur unter solchen Umständen kann man bei sich selbst sein, während man posiert. Weil man eben nicht posiert. Weil das Gegenüber zur eigenen Welt gehört. Weil nichts anders sein muss als sonst. Weil es kein Nachdenken gibt. Keinen Zweifel. Kein Misstrauen. Keinen fremden Moment. Man war unter sich. Sie gehörten ihm. Zu ihm. Familie, Felix. Bumm.

Gregor sah ihn an, als könnte er ihn blind malen. Er nahm die Teller und stapelte sie. Er trug sie zum Waschbecken. Und deckte Kaffeetassen auf. Für alle vier.

– Und durch diese lange Betrachtung erzählte er mehr von der Welt als jemand, der alles gesehen hatte. Alles! Aber alles eben nur kurz. Ein Baum ist ein Baum. Ein Mensch ist ein Mensch. Und ein See ist ein See. Er, der alles gesehen hat, wird am Ende nur Gemeinsamkeiten feststellen. Er wird nicht mehr nach den Unterschieden Ausschau halten. Aber wenn du einen Menschen gut kennst, dann kennst du alle Menschen. Und an einem See, an dem du dein ganzes Leben verbracht hast, fährst du nicht einfach vorbei. Und deshalb bin ich hier, Felix. Genau deshalb bin ich hier.

– Klingt ein wenig einsam.

– Es sind alle da.

Er schenkte Kaffee in alle vier Tassen. Er nickte jedem zu. Dem Vater sachlich, der Mutter liebevoll und Felix, als wäre er nicht wirklich da.

– Ich kenne jeden Winkel. Kein Millimeter, der keine Geschichte hätte. Man ist nur einsam, wenn das Bedürfnis nach anderen größer ist als die tatsächliche Anwesenheit. Mir fehlt niemand. Ich habe alles dadrin. Es gibt nichts mehr hinzuzufügen. Ich bin frei. Bumm!

Seine Finger deuteten die Explosion seines Kopfes an.

– Man ist nur frei, wenn man nicht drin sein will.

Er kicherte wie ein kleines Kind. Als wäre das eine Pointe, die nur er verstand. Als handle es sich um ein geheimes Wissen.

– Du, Felix, wolltest immer nur drin sein. In den anderen drin sein. Das habe ich irgendwann begriffen.

Gregor zeichnete mit dem Zeigefinger in der Luft. Felix konnte nicht erkennen, was. Vielleicht verwendete er ihn auch als Zauberstab und ließ Felix gerade verschwinden. Plötzlich fixierte er ihn, als würde er seine Gedanken lesen.

– Du trittst in eine Phase, in der du nur noch dir selbst begegnest. Es gibt nur noch dich. Verstehst du? Du begegnest ab jetzt nur noch dir selbst. Auch die innere Stimme wird sich bald zu erkennen geben. Wobei, ist es eine Stimme? Sie sagt ja nichts. Es ist eine Kraft. Irre ich mich? Nein. Ich irre mich nicht. Sie ist der Auftragskiller, Felix.

Gregor sah ihn an, als hätte er kurz das Licht in der Dunkelkammer angemacht.

– Ich verstehe nicht, was du meinst.

– Die Geschichte nimmt Gestalt an. Die Stimme nimmt Gestalt an. Vieles verliert an Gestalt. Wir können nur in Gestaltung existieren. Nein. Wenn es noch keine Gestalt hat, dann ist es noch keine Realität. Dann sind es Geister. Die uns Angst machen. Manche können Geister sehen, Felix. Begreifen. Manche spüren, wie etwas Gestalt annimmt. Ahnung. Wie es aussehen wird. Innere Formen. Unsichtbar für andere. Propheten. Am Ende wirst du die Stimme sein. Die Gestalt gibt es schon. Sie wird das vorhandene Haus besetzen. Du spürst es genau.

In Felix kroch ein Schamgefühl hoch. Er wusste nicht genau, woher es kam. *Es wäre uns lieber, wenn du nicht mehr kommst.* Nein. Es war das Licht. Der Moment der Entlarvung. *Sie ist der Auftragskiller.* Konnte Gregor seine Dunkelkammer betreten, ohne dass er es merkte? Konnte man in das Selbst eines anderen einbrechen, ohne Spuren zu hinterlassen? Gregors einstudierter Guru-Blick. Man sollte eine Glaubensgemeinschaft gründen. Die Zeit der Berufe war definitiv vorbei. Als Guru ließe sich bestimmt ein gutes Auslangen finden. Immerhin war der Vatikan weltweit das erfolgreichste Unternehmen. Eines, das die Staatsform erlangt hatte. Ein privater Staat. Absolute Topliga. Davon konnten die Gurus aus dem Silicon Valley nur träumen. Noch. Eine Idee bräuchte man. Ein umfassendes Konzept für eine ganze Religion. Zumindest für ein Spin-off. Etwas, das der Zeit entsprach. Etwas, das die leeren Tage füllte. Eine Sekte für Arbeitslose? Mit den Armen ließ sich noch immer am meisten Geld verdienen. Kein Gott. Aber ein Messias. Doch auch Gregor fehlte jede Idee. Das konnte selbst sein Guru-Blick nicht kaschieren. Er hatte vielleicht das Zeug zum Messias. Vielleicht konnte er sogar Gedanken lesen. Aber es fehlte ihm der Content.

– Jedes System sucht sich den Messias, der es zerstört.

– Wie bitte?

– Weil du gerade darüber nachdenkst.

Er lächelte, wie nur jene lächeln, die gerade eine paranormale Fähigkeit offenbaren. Hätte Hitler auch gegen Jesus gewonnen? Hätte der Messias seinen Blick betreten zu Boden gesenkt? Wer hätte zuerst lachen müssen?

– Überall warten sie auf einen Messias. Sogar in den Swingerclubs sehnen sie sich nach dem starken Mann, der sie wieder anzieht. Du könntest mein erster Jünger sein. Oder umgekehrt. Es darf keine Bilder geben. Man kann den Wind nicht malen. Nur die Auswirkungen. Du verstehst? Klar. Du bist ja ein Mann mit Marketingerfahrung. Man muss sie ermüden. Dann wird alles leichter. Sogar das Sterben. Das war der eigentliche Apfel. Dass wir schlafen müssen. Der kleine Tod. Die Erfindung der Erschöpfung, Felix, ist das, was uns von Gott unterscheidet. Und von den Maschinen. Dass wir uns regenerieren müssen, um am nächsten Tag nichts anderes zu machen als an dem davor. Die Erschöpfung verhindert den Durchbruch. Warum hatte ich einen Zusammenbruch?

– Wie bitte?

– Warum ich den Zusammenbruch hatte. Das wolltest du doch fragen.

Felix nickte. Obwohl er gedanklich bereits woanders war. Er starrte an die Wand, wo einst die Medaille hing. Die Medaille, die ihm Gregors Vater versprochen hatte.

– Ich habe es nicht mehr ausgehalten.

Felix nickte und reiste gedanklich weiter. Denn jetzt würde wohl der übliche Kapitalismussermon folgen. Ein Verdauungsapparat, der grenzenlosen Zweckoptimismus verlange. Eine verhurte Grundenergie des Verstellens. Selbstbetrug. Verheißung auf Erden. Ersatzreligion. Seine

Schöpfungen einer vermeintlichen Natur. Der Markt, der Dschungel, den keiner abholze. Unsereiner, Suggestion einer Jüngerschaft, laufe mit dem Ungehorsam ins Leere. Ein Ungehorsam, der nicht durch Zensur, sondern durch absolutes Desinteresse abgetötet werde. Nicht alles gehe. Alles sei egal. Und deshalb sei er direkt aus der Psychiatrie zurück in den Mutterbauch, nein, in die Kindheit geschlüpft. Er würde es nicht innere Immigration nennen. Eher ins Innere. Denn er verlasse so gut wie nie das Haus. Er fühle sich ganz am Boden.

Da stieg Felix wieder ein. Ob er wisse, dass es Vögel gebe, die nie den Boden berühren, die sich in der Luft paaren, im Fliegen schlafen und in den Bäumen brüten. Erst wenn sie stürben, würden sie vom Himmel fallen. So komme ihm das alles vor. Man dürfe nur noch aus Erschöpfung sterben. Alles andere sei unnatürlich. Wenn es nach den neuen Naturgesetzen gehe. Aber niemand verlasse diesen Käfig freiwillig. Jeder Vogel fliege wieder hinein. Denn das sei die Falle. Dass es ein Käfig sei, dessen Tür ständig offen stehe. Und deshalb verwechsle man ihn schnell mit Schutz oder Gewohnheit. Aber es sei jederzeit möglich, diese Tür zu schließen. Und allein das mache ihn zum Käfig. Ob er auch ohne Vogel ein Käfig sei? Darüber müsse er brüten. Gäbe es das alles auch ohne den Menschen? Die Zivilisation wie ein Käfig? Ein hinkender Vergleich. Kein Vergleich stimme. Schon gar nicht der mit den anderen. Alle würden einander imitieren. Alle würden sich die gleiche Fiktion erzählen. Weil sie sich alle

miteinander verglichen. Selbstvergewisserung? Selbstaus-
blendung. Eigenliebe statt Selbstliebe. Im kapitalistischen
Jenseits seien alle gleich. Deshalb gebe es sie gar nicht. Sie
haben es hineingeschafft. Das sei alles, was zähle. Er, Gregor, sei längst ausgezogen aus dem Traumhaus, das er nie
bewohnen würde. Er habe sie verschenkt, die Immobilien,
die er nie besitzen würde. Er habe es vergessen, das Leben, das er nie führen würde. Habe sie gehen lassen, die
Freunde, die er nie haben würde. Die Beziehungen, die er
nie führen würde. Er habe kapituliert und sei keinem Gedanken mehr hinterhergejagt. Es fühle sich zwar an wie
ein Bahnhof, in den keine Züge mehr einführen. Aber er
sei frei. Aber deshalb sei Felix nicht hier.

*Ich weiß genau, was du willst. Du wirst alles erfahren. Keine
Sorge.*

Gregors Blick auf Felix, der schaute, was die anderen
machten. Sie waren genauso wenig da wie jene, die unsichtbar zu Tisch saßen. Er spürte Gregors Guru-Blick,
der schon wieder in seine Dunkelkammer lugte. Er
scrollte, um diesem zu entkommen. Eigentlich wusste er
nichts. Eigentlich war es ein Geisterhaus. Mit lächelnden
Gespenstern.

– Zombies. Alle Zombies. Nein. Zirkuspferde. Sie sind
alle dressiert. Sie führen alle die gleichen Kunststücke vor.
Schlechte Künstler. Gleichzeitig macht das aber genau den
Unterschied zum Tier aus. Die Künstlichkeit. Der Sinn
des Lebens. Die Erfindung des Menschen. Die Erfindung
des Charakters. Die Erfindung der Lebensgeschichte. Die

Ästhetik, mit der wir über uns selbst erzählen. Mit der wir sprechen. Wir sind der Stil unserer Geschichte. Unsere gesamte Persönlichkeit, eine einzige Künstlichkeit. Die Erfindung des Berufs. Die Erfindung der Zivilisation. Die Differenz zum bereits Vorhandenen, ergo zum Natürlichen, das genau macht den Unterschied. Ein Tier kennt keine Künstlichkeit. Aber wir sind schlechte Künstler. Bestehen nur aus Klischees. Wiederholungen. Alle erzählen das Gleiche. Felix, ist dir aufgefallen, dass sich Architektur inzwischen wie Landschaft verhält? Überall die gleichen Muster. Ein heutiger Mensch sieht nur noch das, was vom Menschen geschaffen wurde. Alles Gestaltete ist sichtbarer als ein Berg, ein Fluss, ein Baum. Natur. Deshalb kennen sie die Wahrheit nicht mehr. Weil sie das Ausgedachte der Wahrheit gleichstellen. Das ist Arroganz. Sie sagen, wenn das Ausgedachte Lüge wäre, dann wäre die Natur die Wahrheit. Dann dürfe sich diese nicht verändern. Müsse die Wahrheit etwas Absolutes sein. Gibt es für alles ein Gegengift? Gibt es das Gleichgewicht? Es ist nicht alles da. Schon gar nicht alle Antworten. Die Natur verändert sich. Und deshalb zählt nur die Vorstellung einer immer gleichen, erfundenen und gestalteten Natur. Wahrheit ist alles, was vorstellbar ist. Und ihre Vorstellungen sind alle gleich. Roboter wollen sie werden. Effizient, korrekt, gelobt fürs Funktionieren. Wenn die Maschinen ungehorsam werden, sind sie mehr Mensch als wir. Wer Gedanken lesen kann, braucht keine Peitsche. Ha? Bumm! Wir müssen uns von dieser Künstlichkeit befreien.

Wir müssen unsere Gedankengebäude zerstören. Und in die innere Wüste immigrieren, um endlich wieder …

– Was ist damals passiert?

Felix sah nicht auf und scrollte weiter.

Emil, der Garnelen kochte.

Marie beim Tierarzt.

Peter und Hanna, die Minigolf spielten.

Er spürte, wie sich Gregors Blick veränderte. Er verwandelte sich vom Guru in den verletzten Jungen, der um die Gunst seines Vaters kämpfte. Der gesehen werden wollte. Der letztendlich dadurch den Halt, nein, den Boden verlor. Den Heimatboden. Den Boden, mit dem man immer rechnen können musste. Zumindest in den Augen eines Kindes, das im freien Fall nicht erwachsen werden konnte, nur in der Verwurzelung. Und deshalb die Rückkehr. Und jetzt dieser Blick. Der ganz weit davon entfernt war, einen von beiden zum Lachen zu bringen.

– Was ist damals passiert?

Ein langer Blick. Eigentum.

– Schön, dass du die Medaille zurückbringst. Mein Vater war so traurig, dass du sie gestohlen hast.

Gregor fixierte Felix. Sie starrten sich an. Bis Felix lauthals auflachte.

– Sie gehörten mir. Mir. Ausschließlich mir.

Gregor klopfte sich auf die Brust.

– Familie, Felix.

Er stand auf, öffnete eine Schublade und nahm die Medaille heraus, die eigentlich Felix zugedacht war. Dann hängte er sie feierlich an die Stelle, wo sie immer gehangen hatte. Alles war wieder an seinem Platz. Gregor hatte das Rennen für sich entschieden. Ruhe kehrte ein. Ein Rücktritt stand bevor. Der Höhepunkt seiner Karriere. Wissen, wann es genug war. Mit nassglänzenden Augen betrachtete er die lang ersehnte Medaille. Eine Siegerehrung ging vonstatten. Die Anhänger der gegnerischen Mannschaft verließen zügig das Stadion. Sie schämten sich für etwas, das sie nicht verschuldet hatten. Gregors Vater war mit der Enttäuschung gestorben. Im Glauben, Felix hätte ihn hintergangen und bestohlen. Daran konnte nichts mehr etwas ändern. Die Natur hatte dafür gesorgt, dass die Wahrheit nicht rechtzeitig ans Licht kam. Die Natur verrichtete auch nur ihre Arbeit.

Felix sah sich um. Konnte er ihre Blicke spüren?

– Sind sie alle da?, fragte er.

– Ja. Aber du kannst sie nicht sprechen. Sie sind schon zu schwach. Bald werden sie weg sein, antwortete Gregor. Sie hatten ihn vor der Schmach verschont. Wie der König, der sich nackt durch die Ballgesellschaft bewegte, die so tat, als wäre er angezogen, um ihn vor sich selbst zu schützen. Die Scham konnte zum Pranger, aber auch zur Solidarität führen. Unter Felix' Scham vor Gregors Eltern verbarg sich also noch eine Matroschka. Und diese bewirkte, dass Felix seine Wuscheltern noch mehr liebte. Da sie ihn beschützt hatten, obwohl er ihnen vermeintlich etwas gestohlen hatte. Sie hatten ihn verbannt, aber nicht ausgeliefert. Gleichzeitig schämte er sich für die tiefe

Kränkung und den Vertrauensbruch, obwohl er beides nie begangen hatte. Jetzt spürte er ihre Blicke. Ihre enttäuschten, aber liebenden Blicke. Und er sah auch Gregor. Sah, was aus ihm geworden war. Was in ihm gewachsen war, über die Jahre im freien Fall. Auch er verlor die Konturen. Natürlich fühlte er sich schuldig. Es war ihm nicht bewusst gewesen, dass Gregor ihn als Kuckuck empfand. Gleichzeitig machte ihn das Missverständnis zwischen ihnen traurig. Wobei, war es ein Missverständnis? War er nicht tatsächlich ein Kuckuck? Wäre er mit Gregor genauso eng befreundet gewesen, wenn es seine Eltern nicht gegeben hätte? Oder war es umgekehrt: Hatte er Gregors Eltern gewollt, weil sie so eng befreundet waren? Hatte er tauschen wollen? Es ging um Eigentum. Ja. Es ging um Einverleibung. *Alles, was mir gehört, gehört auch dir. Ich würde dich jederzeit im Gefängnis besuchen.* Sie waren Brüder. Aber Brüder konnten niemals Freunde sein. Hätte Gregor eine Schwester gehabt, wäre die Geschichte anders ausgegangen.

Scham und Heimat brauchen die Wiederholung, dachte er. *Sie bleiben nur am Leben, wenn sie sich ständig bemerkbar machen.* Wobei die Scham vermutlich kurzatmiger war als die Heimat. Eine Scham konnte eine andere schnell ablösen. Eine Heimat erzeugte zwischen ihren langen Atemzügen eine andauernde Sehnsucht durch Abwesenheit. Felix ging ein letztes Mal durch die dunkle Siedlung. Nichts von alldem würde er je wiedersehen. Die

Erinnerung war inzwischen lebendiger als die Häuser. Er spürte, dass Gregor bis zum Ende bleiben würde. Trotzdem hatten sie sich verabschiedet, als würde er morgen wieder zum Spielen erscheinen.

Die Sterne glitzerten stumm. Entfernte Zeugen. Wenn der Himmel doch bloß schwarz wäre. Dann wäre einem die Geworfenheit nicht so bewusst. Dann gäbe es keinen Ankerpunkt für diese Sehnsucht, das Unüberwindliche zu überwinden.

Er ging über unbewirtschaftete Felder. Über unbefahrene Straßen. Er schwamm in dem See, auf dem sie als Kinder Schlittschuh gelaufen waren. Ein Fisch tauchte auf und verschwand konturlos im schwarzen Wasser. Wie ein Gedanke, der sich nicht fassen ließ. Einen Fisch ertränkte man mit Luft. Und manchmal kam ein Vogel zurück, wenn man ihn freiließ. Ach, wie neidisch war er früher auf jene gewesen, denen alles zuflog. Bis ihm auffiel, dass jene einen Vogel nie festhielten. Dass sie ihn kurz streichelten und ihn dann wieder freiließen. Das war der Grund, warum ihnen alles zuflog.

Befreie dich. Hör auf, ein Futtertier zu sein.

Er legte sich hin. Merkte denn niemand, dass sich die Gravitation verstärkte? Kaum spürbar. Aber stark genug, um jedes Aufrichten zu erschweren. Er schmiegte sich ins weiche Moos, ins zarte Fell des Bodens, der ihn sanft, aber entschieden zu sich zog. Die Bäume senkten ihre Blicke. Felix erwiderte die Berührungen des Waldes. Liebkoste dessen feuchte Haut. Hörte sein erregtes Zirpen. Sein

stöhnendes Rauschen. Sein Krächzen. Sein Schnurren.
Sein Flöten. Sein Quorren. Sein Klopfen. Sein Röhren.
Sein Ächzen. Sein Singen.

Im Wald war es nie ganz dunkel.

Er öffnete die Käfigtüre und ließ sich frei. Lang genug
hatte er sich selbst betrachtet. Den Käfig mit dem Ich verwechselt. Den Zwang als Klebstoff des Charakters missverstanden. Geglaubt, dass man sich selbst besitzen kann.
Wenn er sich jetzt befreite, würde er vielleicht von selbst
zu sich zurückkehren. Er löschte alle Listen mit den Dingen, die er noch erledigen musste. Er zog wie Gregor aus
dem Haus, das er nie besitzen würde. Vergaß das Leben,
das er nie führen würde. Ließ sie gehen, die Freunde, die
er nie haben würde. Die Beziehungen, die er nie führen
würde. Die Meinungen. Die Kränkungen. Die Scham für
die eigenen Taten. Er kapitulierte. Und spürte, wie er an
Gewicht verlor.

Er entfernte fast alle Kontakte. Leerte den Foto-Ord-
ner. Und schaute ein letztes Mal, was die anderen gerade machten. *Bist du sicher, dass du deinen Account löschen
willst? Wir geben dir eine Woche Zeit, deine Entscheidung zu
überdenken.* Das Ich eine Suchtform? Ein Laster? Eine
Gewohnheit? Eine Wiederholung, die nie in Stillstand
geraten durfte?

Er schloss die Augen. Eine belebte Straße. Er verfolgte
sich selbst. Er jagte das Futtertier. Er drängte sich durch
die anderen. Versuchte, im eigenen Windschatten zu
bleiben. Sich an die eigenen Fersen zu heften. Er konnte

kaum Schritt halten. Die Passanten rempelten ihn an, während sie dem Fliehenden den Weg frei machten. Wie der Fischschwarm auf Mauritius schloss sich hinter dem Flüchtenden der Schwarm. Dem Verfolger aber stellten sie sich in den Weg. So lange, bis er sich selbst aus den Augen verloren hatte.

Es war hell. Und Felix wachte in seinem eigenen Bett auf. Vor allem aber wachte er in einem frisch bezogenen Bett auf, das intensiv nach Mandelweichspüler roch. Seitdem Felix die Wohnung an Fremde vermietete, schien die Putzfrau doppelt so viel davon zu verwenden. Swetlana hatte von Beginn an ihren Unmut geäußert. Schließlich kam sie seit über dreißig Jahren. Hatte die unbewohnte Wohnung schon für Mutter geputzt. Als würde sie ein Grab pflegen. Nein, so könne man das nicht sagen, hatte sie ihn einmal korrigiert. Sie habe sich vielmehr vorgestellt, dass die Bewohner gerade nicht zu Hause seien. Das komme ja öfter vor. Und außerdem habe sie immer das Gefühl gehabt, sie hielte etwas am Leben. Ähnlich einem Komapatienten, den man nicht aufgeben wolle. Dem man so lange zuspreche, bis er gegen jede Wahrscheinlichkeit die Augen öffne. Und dann sei Felix erschienen und habe alles wiederbelebt. Doch dass er die Wohnung seiner Großeltern jetzt an Fremde vermiete, mache diesen Ort zu einem Bordell. Und wenn das so weitergehe, dann müsse sie eine Gehaltserhöhung verlangen. Um diese Fremden wieder aus der Wohnung zu kriegen, brauche es mehr als nur Chemie. Hexenkräfte! Swetlanas Vergleiche waren seit jeher brachial gewesen. Felix erklärte das mit ihrer Herkunft. Obwohl er sonst niemanden aus dem Osten kannte. Als Sandra ausgezogen war, hatte Swetlana von Exorzismus gesprochen. Sie hatte das Ende der Beziehung als ihren persönlichen Sieg gefeiert. Sie hatte Sandra gehasst, weil sie sich ihrem Regime nicht unterworfen und den Dingen ihre eigene Ordnung verliehen hatte. Oft hatte sie geknurrt, sie sei schon länger hier. Und als sie eines Tages einen positiven Schwangerschaftstest fand, aber das sichtbare Ergebnis auf sich warten ließ, bezichtigte sie Sandra lautstark einer Abtreibung, obwohl sie das Kind unfreiwillig verloren hatte. Von da an herrschte Krieg zwischen den beiden.

– Wenn du diese alte Hexe nicht rauswirfst, dann gehe ich!

– Das kann ich nicht machen. Sie hat schon bei meiner Mutter geputzt.

– Das weiß sie und deshalb glaubt sie, sich alles erlauben zu können. Am Ende wird sie uns noch auseinanderbringen.

Tatsächlich war sich Felix bis heute nicht sicher, ob Swetlana nicht doch ihre Hexenkräfte spielen ließ, als es mit ihm und Sandra zu Ende ging.

– Sie putzt sogar deine Brille, Felix! Das geht gar nicht! Dass eine Fremde deine Brille putzt. Nicht einmal ich putze deine Brille! Das ist abartig.

Irgendwie bekam er sie selbst nicht sauber. Stets hinterließen seine Bemühungen Schlieren auf den Gläsern.

– Ihr triumphaler Blick, wenn sie mit beiden Fingern diese Gläser reibt. Ich könnte sie erschlagen!

Er war es inzwischen gewohnt, dass ihn ein milchiger Schleier von der Welt trennte. Sonst fiel sie ihm nicht weiter auf. Die Brille gehörte zu ihm und war zu einem Teil seines Charakters geworden. *Nein. Anders.* Wenn man ihn für ein Computerspiel hätte nachbauen wollen, hätte man mit der Brille beginnen müssen. Er selbst nahm sich ohne wahr.

Was machten die anderen? Ein Reflex. Die anderen gab es nicht mehr. Er legte das Telefon wieder weg und starrte an die Decke. Stille. Am Kühlschrank hingen noch die Polaroids der letzten Gäste. Obwohl Swetlana den Auftrag hatte, alle Spuren zu entfernen. Aber es war ihm gerade recht. Nicht wegen ihrer freundlichen Gesichter und ihrer Fünfsternebewertung, sondern weil sie ihm das Gefühl gaben, nicht ganz allein in der Wohnung zu sein. Vielleicht war das der Grund, warum Swetlana die Polaroids hängen ließ. *Swetlana weiß, was gut für ihren Herrn Felix ist.* Schon länger kam es ihm so vor, als würde sie versuchen, sein Leben aus der Ferne zu steuern. Sie waren sich seit Monaten nicht begegnet. Felix hinterlegte ihr stets das Geld und sie putzte, bevor er zurückkam. Aber sie kommunizierte mit ihm. Indem sie Vorschläge für die Neuordnung des Geschirrs machte. Polster anders drapierte. Das Fauteuil umstellte. Und er spürte deutlich, dass sie die abgesperrte Kammer als Kränkung empfand. Sie ahnte, dass er ihr nicht nur den Zugang zur Kammer versperrte, sondern auch zu sich selbst. Dass die Kammer die letzten Überreste seines Ichs repräsentierte. Er hatte sie in den letzten Tagen nur zum Schlafen verlassen. Widerwillig. Aber ein Bett würde unmöglich hineinpassen. Selbst dann, wenn er die Regalwand entfernen würde. Und ob er vom Bett aus auf den Schach spielenden Duchamp und die nackte Frau schauen, sich jeden Morgen im selben Bild verlieren wollte? Kein Flüstern von Moira. Auch das Foto vom Vater, das er gleich danebengehängt hatte, das beinahe so wirkte, als würde Vater auf das unzüchtige Geschehen in der Galerie reagieren, musste nicht das erste Bild eines neuen Tages sein. Obwohl er jeden Tag etwas anderes darin erkannte. Es hatte vermutlich mehr mit ihm selbst zu tun. Und mit dem, was er hineinprojizierte. Das Foto kommunizierte mit ihm. Aber nicht wie der Vater in natura, sondern wie er den Vater sehen wollte. Ganz ohne Widerspruch. Stumm. Es rührte ihn an. Er liebte ihn auf diesem Foto vermutlich mehr, als wenn er vor ihm stünde. An manchen Tagen berührte er das Bild mit seinen Fingerspitzen und redete mit ihm. *Die Kiste im Keller muss gehen,* flüsterte Vater. Was passierte mit Erinnerungen, wenn es keine Fotos mehr gab? *Wir erinnern uns jedes Mal neu. Wir erinnern uns an eine Erinnerung. Die Erinnerung der Erinnerung der Erinnerung … eine Matroschka. Fotografien sind wie die Titel dieser Momente. Wir erinnern uns nicht an den Moment. Wir erinnern uns an die Erinnerung, daran zu denken. Du musst dir nichts mehr merken.* Es war nicht die Stimme des Vaters. Es war dieser Sog, der ihm sagte: *Du darfst nichts mehr festhalten.*

Er nahm das Telefon wieder zur Hand und bestellte eine Räumung. Er würde ihnen die Tür öffnen, aber nicht dabei zusehen. Dann würde er den leeren Keller wieder absperren. Ein Bunker. Den man vielleicht bald brauchen würde. Eine Dunkelkammer, in der man lebendig begraben wurde.

Er hatte nicht gut geschlafen im Wald. War wachsam wie ein Tier geblieben. Und hatte gemerkt, dass er so nicht leben könnte. Auf der ständigen Hut. Immer halb wach. Keine REM-Phasen. War das der Grund, warum er seine Kammer nicht verließ? *Hat Herr Felix seinen Bunker gefunden?* Vater hatte nicht nachgefragt, wo er die ganze Nacht geblieben war. Hatte ihn innerlich bereits abgeschrieben. War das der einzige Weg, seine Kinder in den Krieg zu schicken? Sich von ihnen vorzeitig zu verabschieden? Im Wald hatte sich die Stimme zu erkennen gegeben. Als Gegenwille. Zu allem, was festgehalten werden wollte. Eine kriegstreibende Macht. Die nur den Zweck verfolgte, alles freizuräumen. Für was? Einen Neuanfang? Oder den freien Fall? War er dafür schon bereit?

Für die Freiheit von sich selbst. Die alles verlieren will. Den Willen. Und den Willen zur Vorstellung gleich dazu. Keine Häuser mehr bauen. Stattdessen nur noch nach den Winden Ausschau halten, die einen treiben ließen. Je weniger Gewicht, desto geringer der Widerstand. Es war nicht mehr viel übrig von ihm. Bei ihm gab es nichts zu holen. Trotzdem sperrte er sich in der Kammer ein und verfolgte die Schlagzeilen vom Krieg. Er kam aus dem Osten. Und er kam ungelegen. Nichts in Felix war auf Krieg gepolt. Er war viel zu erschöpft. Und er verstand auch seine Notwendigkeit nicht. Es war, als ob man ihn aus dem Tiefschlaf gerissen hätte. Er war nicht bereit für einen solchen Imperativ. KRIEG!

Würde heißt, dass ein Konjunktiv möglich ist, flüsterte Duchamp und opferte einen Bauern, nur um das verblüffte Gesicht der nackten Frau zu sehen. Sein Vater schaute aus dem Fotorahmen, als versuchte er, Konturen zu erkennen. Jemand wie Duchamp wäre niemals in den Krieg gezogen. Er wäre indifferent geblieben. Gäbe es eine größere Eleganz, als aufrecht durch den Kugelhagel zu gehen? Für einen Krieg bräuchte es keinen Willen, sondern absolute Gleichgültigkeit. Es war aber die pure Angst, die ihn aus der Teilnahmslosigkeit riss. Die Angst, der Krieg könnte ihn tangieren. Würde ihn in einen Soldaten an der Front verwandeln. Würden sie ihn in seinem Bunker finden? Wenn er zusperrte und sich ganz still verhielt? Das Letzte, was er brauchte, war ein Krieg. Dafür hatte er jetzt wirklich keine Nerven. Ein Krieg verlangte Aufmerksamkeit.

Man müsste sich damit beschäftigen. So wie man sich plötzlich mit Viren hatte beschäftigen müssen. Von wegen *freie Gesellschaft*. Sie konnte sich ja nicht einmal ihre Aufmerksamkeiten aussuchen.

Aus dem Osten drohte Krieg, aus dem Westen das Wetter. Dazwischen erschöpftes Gähnen. Man wurde regelrecht eingekesselt. Was wusste Felix von der Ukraine? Außer, dass Swetlana von dort kam. Er konnte sie jetzt unmöglich entlassen. Der Krieg würde ihr in die Hände spielen. Wie sollte man einem Kriegsopfer widersprechen? Er musste Präsenz zeigen. Vielleicht ihre Frequenz erhöhen? Dafür den Duchamp verkaufen? Der Krieg verlangte Opfer. Sah so der neue Hitler aus? Wie ein aufgedunsenes Baby mit alter Haut. Spurenlose, aufgespannte Haut. Nein. Desinfizierte Haut. War das Kleinkind wütend, weil es über Nacht gealtert war? Der neue Hitler saß an einem überlangen weißen Tisch seinen Kontrahenten gegenüber wie Duchamp der nackten Frau beim Schachspielen. Nur auf Abstand. *Jeder kommt anders aus der Krise raus,* hörte er die Frau aus dem Zug sagen. Er war nicht mehr Präsident seines Landes. Er war das Land.

Bitte kreuzen Sie Ihr Staatsempfinden an:

*Der Staat bin ich.

*Der Staat sind wir.

*Der Staat sind die anderen.

*Den Staat gibt es nicht.

Man braucht kein Gewissen, wenn man das Gewissen ist, sagte Duchamp. Ließ er die nackte Frau gewinnen? Wie war die Partie ausgegangen? Hatten sie zu Ende gespielt? Gab es einen Einsatz? Würde man als freiwilliger Soldat Sinn finden? Wäre der Wald ein gutes Versteck? Sich dort eingraben. Nie schlafen. Der 360-Grad-Blick. Je näher man dem Krieg käme, desto weniger Fragen würden sich stellen. Desto einhelliger wäre die Antwort. Swetlana würde jetzt Geld für ihre Verwandten brauchen. Wenn Felix ihre Frequenz erhöhte, würde er seinen Beitrag leisten. Auch das war eine Form der Berührung. Und man könnte ihm keinen Vorwurf machen. Ein ausgeglichener Seelenkontostand.

Wenn er einen Ort fände, an dem sich mit 30 Euro pro Tag durchkommen ließe, blieben ihm pro Tag 170 Euro – mal 8 – machte 1360 – 60 Euro davon für den Posten Putzen – wenn er diesen auf 160 erhöhte, blieben ihm noch immer 1200 Euro, er müsste nur in den 8 Tagen den Gürtel enger schnallen, er googelte: die 10 billigsten Städte in Europa.

Bukarest

Budapest

Sofia

Krakau

Belgrad

Istanbul

Bratislava

Warschau

Sarajevo

Kiew

Er hatte das Gefühl, dass es billiger wurde, je näher er dem Krieg kam. Dabei war die Aufstellung, die er fand, ein halbes Jahr alt. Wie es wohl wäre, in einer dieser Städte acht Tage eine Wohnung zu mieten? *Ein Wohnungstausch wäre finanziell nicht fair. Das müssen Sie verstehen.* Würde er einem östlichen Abziehbild seiner selbst begegnen? Selbst in der Ukraine vermieteten sie auf der Plattform Wohnungen. War es eine Art des Spendens? Wäre das sinnvoller, als Swetlana mehr Geld zu geben? Schließlich war sie hier. Und nicht dort.

Swetlana sah ihm in die Augen.

– Wollen Sie wirklich wissen, was ich sehe, Herr Felix?

Er nickte, trotz ihres eindringlichen Blicks.

– Sind Sie ganz sicher?

War er nicht. Warum saß er überhaupt da und ließ sich von seiner Putzfrau die Karten legen? Aus schlechtem Gewissen? Sie verlangte 30 Euro dafür. Die Kriegskassen füllen.

– Ich sehe eine Reise in die Dunkelheit. Je tiefer, desto weniger Licht. Es wird mehrere Begegnungen geben. Wenn du die richtige wählst, wird sie dein Leben für immer verändern. Dann wirst du alle finanziellen Sorgen los sein. Dann kannst du das Leben als Zuhälter aufgeben. Wenn du der falschen Fährte folgst, wird es der Beginn deines Untergangs sein. Ich sehe eine Frau. Es sind zwei Enden möglich. Es liegt an dir. Aber auch an ihr.

– So ein Schwachsinn. Das könnte alles heißen.

Sandra schüttelte den Kopf. Aber anders als sein Vater. Sie machte sich tatsächlich Sorgen um ihn.

– Dass du die alte Hexe noch immer beschäftigst!

– Denkst du wirklich, ich glaube daran? Ich muss einfach mal weg.

– Flüchten?

– Wenn du so willst.

– Eine Flucht ist aber nur sinnstiftend, wenn einen jemand verfolgt, Felix.

– Willst du damit sagen, es würde ohnehin keiner nach mir suchen?

– Nein, sorry. Wahrscheinlich bin ich nur eifersüchtig, dass du einfach so drauflosfahren kannst, während ich jeden Tag dran denke. Und dass du dafür meinen Wagen nimmst. Es ist, als ob du es an meiner Stelle machst. Als würdest du mir meinen Moment stehlen.

– Komm mit.

– Genau.

– Was hält dich zurück?

– Was ist das für eine Frage?

– Eine berechtigte.

Jetzt schüttelte sie den Kopf genauso wie sein Vater. Als würde Felix die Naturgesetze infrage stellen. Sandra stand im Halbdunkel des Kinderzimmers und starrte durch das Fenster. Als säße sie in einem Gehege, das schon länger keiner mehr besucht hatte.

– Leute verschwinden.

– Wie bitte?

– Leute verschwinden, Felix. Ist dir das schon aufgefallen? Taxifahrer, Kellner, überall suchen sie Personal. Wohin sind sie alle?

– Sie haben sich vermutlich etwas anderes gesucht.

– Gestern habe ich bei meinem Therapeuten angerufen, um einen Termin auszumachen. Es sprang aber nur die Mobilbox an. Die Stimme einer fremden Frau sagte, dass er nicht mehr ordiniere. Er ist einfach gegangen. Ohne Abschied.

Sie sah ihn verunsichert an.

– Was passiert gerade, Felix? Man hat das Gefühl, kein Stein bleibt auf dem anderen.

– Vielleicht findet eine Emigration statt. Eine Flucht aus den Lügengebäuden.

Er hatte seinen Therapeuten seit Monaten nicht angerufen.

– Du musst mir versprechen, gut auf den Wagen aufzupassen. Du weißt, was er mir bedeutet.

Felix nickte.

– Ich verspreche es dir.

– Wenn Herbert etwas zustößt, bring ich dich um.

– Ich weiß wirklich zu schätzen, dass du ihn mir leihst.

– Und komm bitte dem Krieg nicht zu nahe.

Felix fragte sich, wie sich Sandra und Bruno wohl in einem Krieg verhalten würden. Würden sie bleiben? Würden sie fliehen? Würden sie Leute verstecken? Würden sie denunzieren, um sich selbst zu schützen? Würden sie kämpfen? Würden sie töten? Wie würde der Krieg sie verändern? Was blieb von den Menschen, die man kannte, wenn ihre Behauptungen in sich zusammenfielen? Letztendlich waren es nur ihre Behauptungen, die man kannte. Es hatte den Ernstfall nie gegeben.

Sandra stand in Annas Zimmer und starrte einen braunen Teddybären an. Sie hob ihn hoch und bewegte seinen Kopf in Felix' Richtung.

– Darf ich vorstellen? Bruno.

– Aha.

– Bruno wohnt seit zwei Wochen bei uns.

– Und der echte Bruno?

– Der wohnt auch noch hier.

– Aha.

– Anna spürt, dass etwas im Busch ist. Das Kuscheltier hat Bruno ihr geschenkt. Und sie hat es nach ihm benannt. Als wäre es ein Stellvertreter.

– Aber er wohnt ja noch bei euch.

– Eben. Noch. Aber ewig ist dieser Zustand nicht aufrechtzuerhalten.

– Apropos Potemkin.

– Es macht mir Angst.

– Noch gibt es ein Zurück.

– Nein. Das Trojanische Pferd bleibt das Trojanische Pferd.

– Vielleicht willst du mir das mal erklären, bei Gelegenheit.

Sandra legte Bruno in Annas Bett und sah ihn an, so sentimental, wie man ein altes Foto ansieht.

– Ich bin nie wirklich angekommen.

– Meinetwegen?

– Nein. Wegen der Umstände.

– Aha.

Er merkte, wie sie seine *Ahas* zu nerven begannen.

– Ich habe innerlich immer eine gewisse Distanz gehalten. Vermutlich, um nicht zu verletzbar zu sein. Da war ein ständiges Misstrauen.

– Berechtigt?

– Das spielt gar keine Rolle. Es war da. Und ging nie weg.

– Aber warum? Bruno liebt dich doch über alles.

– Ich glaube, es hat etwas mit der Entstehung zu tun. So wie eine Beziehung anfängt, so bleibt sie auch. Und dadurch, dass sie mit Betrug und Heimlichkeit begann, wohnte ihr von Beginn an Misstrauen und Kränkung inne. Das meinte ich mit dem Trojanischem Pferd.

Sie runzelte die Stirn und warf ein anderes Kuscheltier auf Bruno, der das mit gelassenem, starrem Teddybärblick zur Kenntnis nahm.

– Es ist noch immer komisch, solche Dinge mit dir zu besprechen. Aber du bist mein bester Freund. Warst du immer.

Dann übergab sie ihm den Autoschlüssel.

– Wenn ihm was passiert, bring ich dich um. Habe ich das schon erwähnt?

– Aha.

– Er ist mehr als ein Wagen.

– Aha.

Sandras genervtes Augenrollen. Ein jovialer Schlag gegen seine Brust.

– Wie geht's eigentlich deinem Vater?

– So wie immer.

– Kannst du mich beim Pflegeheim rausschmeißen?

– Klar.

– Seit Mutter nicht mehr weiß, wer ich bin, besuche ich sie öfter, sagte sie und streckte ihm ihre Handfläche entgegen.

– Na los.

Zögerlich übergab Felix ihr seinen Wohnungsschlüssel.

– Und es macht dir sicher nichts aus, die Mieter reinzulassen?

– Im Gegenteil. Ich finde das lustig. Sie wissen ja nicht, dass ich da mal gewohnt habe.

– Und es ist nicht komisch für dich? Du warst seit damals nicht mehr dort.

– Vielleicht will ich es gerade deshalb.

Dann standen sie sich im fahlen Halblicht gegenüber. Beide wollten einander umarmen. Ließen es aber bleiben.

Auf dem Heimweg rief Felix seinen Bankberater an. Man teilte ihm mit, dass dieser nicht mehr für die Bank tätig war.

– Warum? Und seit wann?

– Seit mehreren Wochen. Krankheitsbedingt. Mehr darf ich nicht sagen. Aus Datenschutzgründen. Wollen Sie mit Ihrem neuen Zuständigen sprechen?

– Nein. Danke.

Er legte auf. Leute verschwanden. Und keiner wusste, wohin. Sie gingen verloren. Das Kontingent füllte sich nicht mehr auf. Die Welt wurde einem zunehmend fremder. Das Vertraute verschwand. Alles wurde konturloser. Und jene, die starben, wurden nicht mehr nachbesetzt. Bis vor Kurzem war er es gewohnt gewesen, sich die Welt kontinuierlich zu eigen zu machen. Sie anzureichern. Sie zu vervollständigen. Seit wann aber fiel sie auseinander? Alles wurde rissiger. Aber es drang kein Licht herein.

Bald würde sich die Heimat wie eine Fremde anfühlen. Nein. Eine Heimat, die einem fremd wurde, fühlte sich anders an. Auch wenn in der Fremde inzwischen alles gleich aussah. Weil sich die ganze Welt zunehmend anähnelte. War die Fremde nur fremd, weil man dort niemanden kannte? Alles sah ähnlich aus. Nur fühlte es sich anders an. Menschen ähnelten Bekannten. Häuser erinnerten an andere Häuser. Das Vertraute verwandelte sich ins Unvertraute. Die Autos waren lauter und man selbst schreckhafter. Die Stille schien sich auszubreiten. Man war empfindlicher. Und ängstlicher. Man missdeutete die Gesten. Man verlernte, die Dinge richtig einzuschätzen. Man nahm die Musik zwischen den Menschen nur noch als Dissonanz wahr. *Was ist eine Stadt, wenn man ihre Geschichte nicht kennt?* Und doch: raus aus der Automation. Raus aus dem Bekannten. Wo jeder Blick vorgefertigt war. Raus aus der vorgefertigten Sprache, die jede Wahrnehmung immer gleich formulierte.

Er wollte sich an keine alten Dinge klammern.

In der Fremde würde alles frisch sein.

Nichts wäre abgegriffen.

Wie ein Kind, das gerade zur Welt kam.

Der Sprung zurück in den Bauch.

Die Suche nach der fremden Berührung.

Die Angst vor der unfreiwilligen Berührung.

In der Fremde wäre alles gleich.

Nur würde es sich neu anfühlen.

In der Fremde sähen alle gleich aus.

Nur würde es nichts bedeuten.

Man könnte jederzeit gehen.

Man käme nie an.

Niemand würde ihn kennen.

In der Fremde könnte er nackt herumlaufen.

Würde es aber nicht tun.

Fuhr er in die Fremde, um ein Neuer zu werden? Ging das? Ein Neuer werden. Mit einer neuen Frau. Einer neuen Biografie. Er könnte hundert Leben ausprobieren. Hundert Leben erfinden. Und dann gehen. Ohne Konsequenzen. War das der Sinn der Fremde? War das die Mission?

Er beschloss, nicht mehr heimzufahren. Er stieg aufs Gas und fuhr in Richtung Osten. In Richtung Krieg. Er hatte kein Gepäck dabei. Nur sein Telefon. Und den Wagen. In der Fremde das Gepäck verlieren. Das wäre wie ein kleiner Tod. Er brauchte nichts. Er hatte die Kammer nicht abgeschlossen. Ein kurzer Schreck. Dann ein Seufzen. Die Zeit der Bunker war vorbei.

Felix hatte den Fuß seit Stunden nicht vom Gas genommen. Er fixierte den blutroten Mond. Als ob dieser das Ziel wäre. Am Wegesrand bog sich blauer Eisenhut im Wind. Nur eine Berührung und das tödliche Gift würde durch die Haut dringen. Eine Autostopperin. Er hatte sie zu spät gesehen. Sollte er umkehren? Eine junge Frau. Ihr wehendes schwarzes Haar hatte das Gesicht verdeckt. Noch fünf Kilometer bis zur nächsten Ausfahrt. Würde sie auf ihn warten? Würde sie einsteigen? Würde er in ihr Leben einsteigen? War sie dabei, ihre Heimatstadt zu verlassen? Hatte sie sich mit ihrer Mutter zerstritten? Und beim Hinausgehen noch geschrien: *Ich komme nie wieder!* In einer Sprache, die er nicht verstand. Die aber immer so klang wie das Zudreschen von Türen. Vielleicht war sie auch misshandelt worden, von einem Frauenschläger, und nun auf der Flucht. Auf der gemeinsamen Flucht mit ihm. *Du bist meine Rettung. Wir sind ineinandergelaufen, Felix. Das war kein Zufall. Das war Schicksal. Lass uns ganz weit weggehen. Wo uns keiner kennt. Kanada. Island. Oder nach Südamerika.* Sie flüsterte mit einem Akzent, der jetzt klang wie sich zart öffnende Hosenschlitze. Und er, der nicht aufhörte den blutroten Mond zu fixieren. Während ihre warme Zunge mehrmals seinen Schwanz umschlang. Sie machte ihn abhängig. Sie verheimlichte ihm ihre wahre Geschichte. Hatte ihm eine Lüge erzählt. Hatte sich zum Opfer stilisiert. Sie war wohl auf der Flucht. Aber nicht vor ihrer Familie, die ihren Liebhaber umbringen ließ. Sondern vor den Konsequenzen ihrer Tat. Vor ihrer monströsen Tat. Das Messer behielt sie in ihrer Tasche. Als Andenken. Es war nicht der erste Mann, den sie eingemauert hatte. Man nannte sie die schwarze Witwe. *Man darf das Leben nicht so ernst nehmen,* sagte sie mit einem Lächeln. Niemand hatte sie einsteigen sehen. Auch wenn man sich den Wagen leicht merkte. Sein Rot konkurrierte mit dem Mond, der heute so groß war, als würde er mit der Erde kollidieren. Er flimmerte zwischen den Bäumen auf. Niemand kannte ihn hier. Keiner konnte sein Gesicht beschreiben. *Die Ausländer sehen alle gleich aus.* Das schwarze Nylon über ihr Gesicht gespannt. Ihre Lippen, die nach seinen suchten. Spurenlose, glatte Haut. Er strich über ihr konturloses Gesicht. Ein flehendes Stöhnen. Ihr Schnappen nach Sauerstoff. Das Zucken des

Kopfes. Er hielt ihn in seinen Schritt. Die vorbeiflimmernden Scheinwerfer. Keines der Autos blieb stehen. Nur der blutrote Mond war Zeuge. *Man darf das Leben nicht so ernst nehmen.* Wenn er in der Fremde einen Mord beginge, gäbe es ein Gesicht, an das er sich erinnern könnte. Er würde ihre Geschichte aus der Zeitung erfahren. Wobei er die Sprache nicht konnte. Er würde sich mit der Tat in ihre Geschichte hineinreklamieren. *What happens in the east, stays in the east.* Es würde am Ende nichts bedeuten. Eine blasse Urlaubserinnerung. Eine kurze Begegnung. Bald würde er nicht mehr wissen, ob es tatsächlich passiert war. *Wer fährt heute auch noch per Autostopp? Das grenzt doch an Selbstmord. Herr Inspektor, es war ein Unfall. Alles geschah im Einverständnis. Sie bestand darauf, das Nylon über ihr Gesicht zu ziehen. Um ihre Erregung zu intensivieren.* Er hatte nicht bemerkt, dass sie nach Luft schnappte. Hatte Panik bekommen. Und ja: sich wie ein Schuldiger verhalten. Noch drei Kilometer bis zur Ausfahrt. Je näher er dem Krieg kam, desto dunkler wurden seine Gedanken. War das die Frau, die Swetlana meinte? Stand das Schicksal am Wegesrand und wollte mitgenommen werden? Sie würden ihn an seinem Wagen erkennen. Er müsste Herbert loswerden. Ihn verbrennen. Ihn ins Wasser stürzen. Ihm das Nummernschild abmontieren. Würde ihn jemand stehlen, wenn er die Schlüssel stecken ließ? Da war sie wieder, die innere Stimme. Die Gegenkraft. Sie hatte sich zu erkennen gegeben. Hatte aber noch keinen Namen. Keine Benennung. Sie wuchs in ihm heran. Und übernahm das Steuer. *Nie vom Gas gehen. Niemals bremsen.* Der Mond auf Kollisionskurs. *Nie den Blick abwenden. Fahr zur nächsten Tankstelle. Lass die Tür offen stehen. Und den Schlüssel stecken. Geh auf die Toilette. Verrichte dein Geschäft. Wette gegen dich selbst. Wird der Wagen noch da sein? Zähle bis dreißig. Gehe mit geschlossenen Augen durch den Shop. Öffne sie erst, wenn du draußen bist. Ist er noch da? Ist er weg? Was wirst du Sandra sagen? Es wird sich für sie wie eine Amputation anfühlen. Herbert ist für sie wie ein Körperteil. Eigentum. Das wird sie dir nie verzeihen. Selbst wenn sie es abstreitet. Aber das kann sie nicht vergessen machen.* Noch zwei Kilometer. *Wird sie noch dastehen? Anderes Spiel. Du könntest bei einer Tankstelle stehen bleiben. Und sie allein im Auto sitzen lassen. Bei gestecktem Schlüssel. Würde sie wegfahren? Nein. Noch mal anders. Du behauptest, du hättest den Wagen zur Reparatur gebracht. Du hättest den beiden Mechanikern von Beginn an nicht getraut. Diese verschlagenen Fressen. Aber was solltest du machen? Es war die einzige Werkstatt weit und breit. Sie sagten, du könntest den Wagen am nächsten Tag holen. Sie hatten dir natürlich keinerlei Dokumente gegeben. Und am nächsten Tag taten sie so, als hätten sie dich noch nie gesehen. Welches Auto? Sie wirken verwirrt. Sorry, unser Englisch ist schlecht. Die Polizei? Die können Sie gerne rufen. Darf ich vorstellen, mein Cousin. Hier sind alle verwandt. Dieser Verrückte behauptet, wir hätten seinen Wagen gestohlen. Lautes Gelächter. In Wahrheit hast du ihn auf einem Autobahnparkplatz abgestellt.* Warum sollte ich das? Sandra liebt diesen Wagen. *Eben.*

Das würde ich ihr nie antun. Ich zerstöre doch nicht unsere Freundschaft. Ich will sie nicht verlieren. *Du musst sie verlieren. Du musst alles verlieren. Alles muss weg.* Noch ein Kilometer bis zur Ausfahrt. Er stieg noch mal aufs Gas. Der Mond wurde immer größer. Und röter. *Noch ein kleines Spielchen?* Moira? *Nenn mich, wie du willst. Also. Wenn die Frau noch dort steht, dann wirst du das Auto verlieren. Glück in der Liebe, Pech im Spiel. Oder umgekehrt? Du darfst es dir aussuchen. Wenn sie weg ist, ist auch das Auto weg? Deine Entscheidung, Felix. Rot oder schwarz.* Und wenn ich nicht spielen will? *Du hast keine Wahl. Sonst treffe ich die Entscheidung.* Ausfahrt. Schnell auf die andere Seite und alles wieder retour. Vollgas. Die Straße nur vom Mond beleuchtet. *Oder saugt er das Licht auf? Rot oder schwarz?* Er wollte nicht spielen. *Gut, dann treffe ich die Entscheidung. Weg ist weg. Frau weg, alles weg.* Eine Nachricht von Sandra. Ein Foto von zwei glatzigen Männern, die fast identisch aussahen. Das schwule Ehepaar, das gerade die Wohnung mietete. Er hatte Sandra gebeten, kein Foto zu schicken. Er wollte nicht wissen, wie die Leute aussahen, die in seinem Bett verkehrten. Ein lachendes Emoticon. Sandra amüsierte sich. Verbuchte ihn wohl geistig als homophob. Aber darum ging es nicht. Oder doch? Warum war es für ihn ein Unterschied, ob dort zwei Männer verkehrten? Je weiter weg von ihm, desto fremder? In ein heterosexuelles Paar konnte er sich selbst hineinprojizieren. Da konnte er sich geistig dazulegen. Noch einfacher ging das, wenn sie seine Hautfarbe hatten. Oder ihm einfach nur ähnlich sahen. Aber zwei Rednecks, die dementsprechend kopulierten – *nicht abschweifen! Wie geht es Herbert?* Die Kammer stand offen. Würde Sandra alles durchforsten. Die Zeit der Bunker war vorbei. Wo war die Frau? Aus der Ferne sah er niemanden. Da hatte sie doch gestanden. Sandra wollte, dass er ihr ein Foto schickte. Einen Beweis, dass es Herbert gut ging. Deshalb das Bild der Rednecks. Ob sie Polaroids am Kühlschrank hinterlassen würden? *Swetlana, Sie müssen dieses Mal wirklich alle Spuren entfernen. Und wenn Sie mehr als Chemie dafür benötigen. Ja. Ein Bordell.* Die Frau war verschwunden. Er nahm die Brille kurz ab und polierte sie mit dem Hemd. Vielleicht hatte sie sich nur hinter den Schlieren versteckt. Klarer Blick in die Nacht. Die Schweinwerfer auf die leere Straße gerichtet. War sie bei jemand anderem eingestiegen? War das alles ein Wink des Schicksals? Würde er sie finden? Müsste er ihr Leben retten? Käme er zu spät? Sollte er wieder aufs Gas steigen? Auf dem Ausfahrtschild war eine Raststation angeschrieben. Vielleicht war sie auch dort gelandet. Er konnte das Schicksal noch beeinflussen. Rot oder schwarz. Wenn er sie fände, würde Herbert nichts zustoßen. *Du benimmst dich wie Helga. Bring die Stimme zum Schweigen! Das ist lächerlich.* Wenn er sie fände, könnte er bei ihr einsteigen. Beifahrer in einem vorhandenen Leben werden. *Ich habe dich überall gesucht. Und jetzt habe ich dich gefunden.* Das war Schicksal. Man musste den Schlüssel erkennen, der ins nächste Level führte. Er musste sie finden. Seine Augen scannten

den Parkplatz ab. Keine Spur von ihr. Er stellte den Motor
ab. Aus dem Kühler drang ein Geräusch, das man vermutlich im Kopf hörte, wenn man einen Schlaganfall hatte.
Eine Art metallisches Nachblitzen. Er stieg aus und betrachtete den erschöpften Herbert. Sein Rot wirkte jetzt
matt. Er machte ein Foto. Sollte er es Sandra zur Beruhi-
gung schicken? *Später.* Er ging auf die Raststation zu. An
der Tür stand: 24/7. Nur noch eine Handvoll Gäste. Gel-
bes Neonlicht. Grüne Theke. Türkise Bezüge. Orange
Lampen. Braune Hocker. Grauer-Spannteppich-Geruch.
Urinhaltiger Schlager aus den 80er-Jahren. Blasse Gesichter. Karierte Hemden. Gefleckte Stonewashed Jeans.
Blicke, die nach einem Brillenträger suchten, den man zu-
sammenschlagen konnte. Jetzt nicht gleich nach der Toilette fragen. Zuerst etwas zu trinken bestellen.
Die Kellnerin, geschätzte 38, reale 27, war in ein Gespräch
mit einem Einheimischen verwickelt. Kamen sie zur
Raststation, um übermüdete Durchreisende auszuneh-
men? Andererseits hatte vermutlich nichts so lange geöffnet im Umkreis. Jede Nachtgestalt endete vermutlich hier.
Und falls man einen Aufriss machte, gab es nebenan ein
billiges Hostel, in dem keine Menschen mehr arbeiteten.
Wo man seine Kreditkarte durchzog und am nächsten
Tag von der Putzfrau und einem Security hinausgeworfen
wurde. Ein perfekter Ort für einen Mord, dachte Felix, als
sich ein hagerer Mann um die sechzig neben ihn setzte.
– Wir haben nur Filterkaffee, sagte die Kellnerin und
deutete auf die defekte Espressomaschine.

– Zwei Bier, sagte der hagere Mann im faltenfreien Anzug und dem gestreiften Hemd. Er zwinkerte ihm freundlich durch seine trübe Brille hindurch zu. Im Falle einer Schlägerei könnten sie sich zusammentun.

– Ich dachte, Sie sehen wie jemand aus, der ein Bier vertragen könnte.

Felix nickte und sah sich währenddessen nach der verwehten Frau um. Langsam dämmerte ihm, dass er sie nie wiedersehen würde. Er stellte sich vor, wie sie sich jede Minute weiter von ihm entfernte. Wie sie in die Unauffindbarkeit entschwand.

– Hier gibt es noch Hotelzimmer, die nach kaltem Rauch riechen, sagte der hagere Mann in artikuliertem Oberschichtsenglisch. Seine Stimme hatte etwas Angenehmes. Seine ganze Erscheinung konnte man als angenehm bezeichnen. Er gehörte zu jenen Menschen, denen stets alle Sympathien zuflogen. Die es gar nicht anders kannten, als auf den ersten Blick gemocht zu werden. Seine ganze Art hatte etwas Beruhigendes. Von ihm ging keine Gefahr aus.

– Heute sah ich eine Frau, die sich hinter eine gleichaltrige Dicke stellte, um sich im Wind eine Zigarette anzuzünden. Rauchen Sie?

Felix schüttelte den Kopf. Die Kellnerin stellte zwei Bier auf die Theke.

– Wissen Sie, was ich das Schönste am Rauchen finde? Dass man ohne Notwendigkeit hinausgeht. Man tut es einfach. Um einen Moment des stillen Genusses zu erzeugen. Er atmete tief ein. Und noch tiefer aus.

– Ich rauche übrigens auch nicht.

Da war es wieder. Das Lächeln, das den anderen dazu einlud, ungeschminkt aus seinem Bau zu treten.

– Tom Eyres.

– Felix Meisner.

Sie reichten sich die Hände.

– Ich hoffe, ich langweile Sie nicht mit meinen Betrachtungen.

– Keineswegs, entgegnete Felix.

– Wenn Sie übrigens vorhaben sollten, heute Abend durch die angrenzende Stadt zu schlendern, kann ich Ihnen noch eine Betrachtung ans Herz legen: Achten Sie in den engen Gassen auf die alten Frauen, die hinter den vergitterten Fenstern mit ihren Vögeln in den Käfigen sprechen. Sie sehen sich um, als würden Sie eine Frau suchen.

Du wirst nur noch dir selbst begegnen, hörte Felix die Stimme von Gregor.

– Also nicht irgendeine Frau, sondern eine bestimmte Frau. Ihre Frau? Aber keine Sorge. Es ist eine Gegend, in der eher jemand auftaucht, als dass jemand verschwindet.

– Ehrlicherweise weiß ich gar nicht, wonach ich suche.

– Dann sollten Sie vielleicht aufhören damit.

Seltsamerweise hatte Felix genau in diesem Moment das Bedürfnis rauszugehen, um eine Zigarette zu rauchen. Obwohl er in seinem Leben noch nie mehr als ein paar Züge genommen hatte.

– Hat das mit Ihrem Beruf zu tun? Das mit den Betrachtungen?

Der hagere Mann sah ihn an, als hätte er Felix schon vor langer Zeit für dieses Gespräch ausgesucht. Als hätte er sich seit Wochen darauf gefreut.

– Ich habe es nie als Beruf empfunden. Eher als Daseinsform. Aber ja, ich schreibe. Tom Eyres. Schreibkraft. So steht es auf meiner Visitenkarte. Na ja. Man sollte nicht zu Scherzen aufgelegt sein, wenn man Visitenkarten druckt. Ich schreibe eine wöchentliche Kolumne für eine englische Tageszeitung. CARPE DIEM. Schrecklicher Titel, ich weiß. War aber die Idee des Herausgebers.

– Sie müssen sich nicht vor mir rechtfertigen. Um was geht es in der Kolumne? Kann man das so fragen?

– Kennen Sie das? Von Romanen? Man liest den Klappentext. Und wenn man dann das Buch liest, hat man immer das Gefühl, dass es eigentlich um etwas anderes geht. Na ja. So komplex ist meine Kolumne nicht. Es geht darum, wie man seine Tage verbringt, wenn man nichts zu tun hat. Eigentlich paradox, dass ich mein Geld damit verdiene, mir zu überlegen, was sich mit einem Tag ohne Arbeit anfangen lässt.

– Ich finde es gar nicht so paradox, sagte Felix. Ich kann mir nur wenig darunter vorstellen. Was steht dadrin?

– Im Augenblick arbeite ich an einer Serie über das Reisen. Ich reise fast ohne Geld. In ein Gebiet, wo ich niemanden kenne, und vertraue ganz auf die Großzügigkeit der Menschen. Bis jetzt habe ich noch jeden Abend einen Platz zum Schlafen gefunden. Und zu essen hat man mir auch immer gegeben. Es ist erstaunlich, was einem widerfährt, wenn man sich so ausliefert. Ich habe fast nur schöne Begegnungen gesammelt. Die man dann alle nachlesen kann.

– Ich kann mir vorstellen, dass man Sie gerne aufnimmt. Sie haben eine sehr vertrauenerweckende Art.

– Halten Sie mich für manipulativ? Er warf Felix einen neugierigen Blick zu. Es war kein Vorwurf. Sondern tatsächliches Interesse, ob er missverstanden wurde.

– Verstehen Sie mich bitte nicht falsch. Aber es gibt Leute, die haben die Gewissheit, dass sie sich auf ihre Wirkung verlassen können. Haben Sie nicht das Gefühl, dass es bei Ihnen so ist?

– Sie meinen, dass man mich so lange mag, bis man mich näher kennenlernt?

Er lachte. Felix wedelte mit den Händen, was er fast nie tat.

– Nein. Nein. Das meine ich nicht.

– Ich weiß schon, was Sie meinen. Aber Sie irren sich. Vielleicht erzähle ich Ihnen irgendwann einmal meine Geschichte.

– Na ja, viel Zeit haben Sie nicht. Ich breche demnächst wieder auf. Ich bin schon ziemlich müde.

– Haben Sie ein Ziel? Wohin fahren Sie?

– Heute nirgends mehr hin. Aber ich schlafe im Auto.

– Verstehe, sagte der hagere Engländer. Sie haben ein ähnliches Konzept wie ich.

– Nur dass ich damit kein Geld verdiene, antwortete Felix scherzhaft.

– Sie wirken trotzdem nicht verbittert.

– Danke. Ich nehme das als Kompliment.

– Es war eine Betrachtung. Glauben Sie einem Profi.

– Haben Sie noch eine?

– Eine Betrachtung?

Felix nickte. Eyres lächelte und seufzte.

– Die Hunde hier bellen tatsächlich nur, wenn es notwendig ist.

– Das gibt mir Hoffnung für den Morgen. Ich mag Orte, wo nicht zu viel geredet wird. Wohin wird es Sie als Nächstes verschlagen?

– Nordosten. Ungefähr sechs Stunden mit dem Auto. Es gibt da eine Sache namens Jeu Zero. Die könnte Sie auch interessieren.

– Aha. Inwiefern?

– Ein einzigartiges Hotelkonzept. Man kann dort fast umsonst wohnen. Es hängt ganz von einem selbst ab.

– Das müssen Sie mir erläutern.

– Man bekommt ein normales Hotelzimmer um die 10 Euro pro Tag. Dafür wird so gut wie jede Ihrer Bewegungen berechnet. Ich glaube, das haben sie sich von den Billigfluglinien abgeschaut.

– Welche Bewegungen meinen Sie?

Felix wollte nicht zu neugierig wirken. Aber das klang genau nach dem, was er suchte.

– Sie gehen aufs Klo, 50 Cent. Sie schalten den Fernseher ein, 1 Euro. Sie gehen zur Tür hinaus, 20 Cent. Sie benutzen den Fahrstuhl, 30 Cent. Sogar die Beratung an der Rezeption wird berechnet. Essen, Trinken, Spa, Pool sowieso. Wenn Sie mit anderen Hotelgästen ins Gespräch kommen, wird eine minimale Sozialpauschale fällig. Selbst wenn man durch die Schiebetür das Hotel verlässt, kostet es etwas. Es sind stets Mikrobeträge. Aber die summieren sich. Am billigsten kommt man weg, wenn man einfach im Zimmer sitzt und nichts tut.

Felix rechnete bereits. Wenn er sich völlig zurücknahm, könnte er es vielleicht schaffen, dort mit 30 Euro pro Tag über die Runden zu kommen. Er müsste zwar viel Zeit mit Warten …

– Darf man sich etwas zu lesen mitbringen?

– Gute Frage. Ich glaube aber nicht, dass die Leute zum Lesen hinfahren.

– Sondern? Was ist der Sinn der Sache?

– Es heißt Jeu Zero, weil das Hotel ein großes Casino beherbergt. Am Ende will man die Leute vermutlich einfach nur zum Spielen bewegen. Und dazu, dass sie möglichst wenig anderes machen. Spielen Sie?

Felix verneinte. *Rot oder schwarz?*

– Ob das funktioniert, weiß ich nicht. Ist mir auch egal. Mich interessiert mehr der philosophische Aspekt. Im Sinne von Pascal, Sie verstehen? Im Zimmer sitzen und nichts tun. Es geht um Wertigkeiten. Welche Tätigkeit ist mir wie viel wert? Was lässt man sich etwas kosten? Wo liegen die Prioritäten? Es ist ein kapitalistisches Achtsamkeitskonzept. Außer Sie sind ein Spieler. Dann ist es der Handel mit dem Teufel. Wer verliert, muss im Zimmer bleiben. Wer gewinnt, darf selbstvergessen leben.

Eyres hatte seinen Blick in eine unräumliche Ferne gerichtet, als versuchte er, die eben gesagten Sätze abzuspeichern, um sie später in ein Notizbuch einzutragen. Felix hingegen freundete sich mit dem Gedanken an, übermüdet noch ein paar Stunden Auto zu fahren. Die verwehte Frau war nicht der Schlüssel zum nächsten Level gewesen. Sie hatte ihn nur zu diesem Mann geführt, der selbst einen Schlüssel suchte.

– Ich nehme an, Sie brauchen eine Mitfahrgelegenheit, um nach Jeu Zero zu kommen.

Eyres wandte sich Felix zu.

– Ich will Sie keinesfalls nötigen. Sie sind müde und …

– Wenn Sie mir auf dem Weg noch ein paar Ihrer Betrachtungen verraten, vergeht die Zeit bestimmt wie im Flug.

– Das ist kein Zufall, dass wir uns begegnet sind. Darf ich Sie dafür einladen? Am Benzin werde ich mich selbstverständlich auch beteiligen.

– Ist das nicht gegen Ihr Konzept?

Eyres nahm eine schwarze Kreditkarte aus der Tasche und winkte damit die Kellnerin herbei. Er reichte sie ihr. Sie stieß einen verblüfften Laut aus. Als bereute sie es, heute Abend mit dem Falschen geredet zu haben.

– Ich verschwinde kurz auf die Toilette. Nicht auf blöde Gedanken kommen.

Er zwinkerte ihm zu. Meinte er die Kreditkarte ohne Limit? Oder dass Felix das Zahlen übernehmen könnte? Oder dass er ohne ihn führe? War Eyres ein reicher Mann mit einem seltsamen Hobby? Felix googelte seinen Namen. Und CARPE DIEM. Die Kolumne gab es tatsächlich. Die Texte befanden sich zwar hinter einer Bezahlschranke, ihre Titel aber konnte man sehen.

Als ich mich absichtlich in einem Wald verirrte.

Als ich einen Tag lang auf einer Parkbank saß und Menschen beobachtete.

Als ich unbezahlt in einem Delikatessenladen aushalf.

Als ich einen Unbekannten verfolgte.

Als ich bei einem Blind Date eine erfundene Vergangenheit erzählte.

Als ich nur eine Sache am Tag machte.

Als ich das Auto der besten Freundin gegen die schwarze Kreditkarte eines Fremden tauschte. Nein. Als ich ohne Geld verreiste.

Die Kellnerin kam schneller mit der Rechnung zurück als Eyres von der Toilette. Die Karte lag direkt vor Felix. Es war das tiefste Schwarz, das er je gesehen hatte. Die goldenen Buchstaben. Chinesische Schrift. Sollte er ein Foto schießen? Man könnte den ganzen Planeten mit dieser Karte kaufen. Die Unsterblichkeit. Dann fiel sein Blick auf den Namen.

Ruan Meng.

Eine Hand, die nach der Karte fasste.

– Sollen wir fahren?

Eyres lächelte ihn an, als hätte sich Felix auf einer Party ins falsche Zimmer verirrt. Felix nahm sofort den Blick vom Namen. Er war sich nicht sicher, ob man ihn töten würde, sollte man erfahren, dass er ihn sich gemerkt hatte. Wer war Ruan Meng? Nein. Wer war Tom Eyres?

Sie gingen hinaus in den Nieselregen und stiegen ins Auto. Ohne ans Rauchen zu denken. Jeder war bei sich. Keiner sah den anderen an. Als Felix den Motor anließ, sagte Eyres:

– Fahren Sie auf die Autobahn.

Er hatte ganz plötzlich den Tonfall eines Entführers angenommen.

– Ich konnte mit all den Berufen nie etwas anfangen. Konnte mir nicht vorstellen, ein Leben lang das Gleiche zu machen. Ich wollte alles sehen. Und deshalb war die Fotografie für mich ideal. Vor allem Reportagen. Internationale Reportagen. Alles einmal sehen. Um mir vorstellen zu können, wie es wäre, Bergbauer, Tischler, Rennfahrer, Popstar, Koch oder was auch immer zu sein. Es ging mir nur um die bildhafte Vorstellung. Nicht darum, es wirklich zu leben. Oder eine Handfertigkeit zu perfektionieren. Mir reichte es, eine Vorstellung davon zu haben, wie es ist, ein anderer zu sein. Ich habe daher nie etwas anderes gemacht, als zu fotografieren. Vielleicht geht es mir da ähnlich wie Ihnen. Ich habe darin nie einen Beruf gesehen. Eher etwas Allumfassendes. In der Kirche haben sie gesagt, Gott sieht alles. Und deshalb kann er uns lieben. Weil er alles von uns weiß. Je mehr man von jemandem weiß, desto mehr kann man ihn lieben. Glauben Sie das auch? Ich weiß es nicht.

Sie redeten, um wach zu bleiben. Wobei es Felix war, der redete. Und je mehr er redete, desto weniger hatte er das Gefühl, wach zu sein. Vielmehr entfernte er sich. Von sich selbst. Von der Wahrheit. Von der Realität. Er saß neben sich und hörte einem Fremden zu, der sich woandershin erzählte, der sich selbst wegerzählte.

– Und warum haben Sie aufgehört, zu fotografieren, fragte sein schläfriger Beifahrer. Er hörte sich jetzt nicht mehr wie ein Entführer an und starrte auf sein Handy, um der Navigation zu folgen.

– Jetzt müssten wir es bald sehen. Es liegt auf einem Berg. Noch drei Kurven.

– Warum ich zu fotografieren aufhörte? Ich hatte das Gefühl, alles gesehen zu haben. Nein, Scherz. Aber etwas Wahres ist schon dran. Ich wurde der vielen Menschen überdrüssig. Anfangs sammelte ich die Menschen regelrecht. Benutzte die Fotografie, um in ihre Welten einzutauchen. Wollte von ihnen geschätzt und eingeladen werden. Aber irgendwann ist man nur noch der Mann hinter der Linse. Wenn Sie verstehen, was ich meine. Es geht nicht um Eitelkeit. Also schon. Aber nicht um meine. Es hat mich regelrecht angewidert, wie sie sich alle verrenkten, um im rechten Licht zu stehen, um gesehen zu werden. Wenn man sich nicht verrenkt, sondern nur hinter der Linse steht, wird man übersehen. Dann existiert man nicht.

– Das verstehe ich. Letztendlich geht es darum, einmal richtig angesehen zu werden, bevor man zu Staub zerfällt.

– Ich habe sie alle vor der Linse gehabt. Aber Sie haben recht. Letztendlich geht es immer um das Gleiche. Felix nickte und stellte sich vor, wie sich sein Beifahrer vorstellte, von welchen Berühmtheiten die Rede sein könnte. Dieser gähnte aber nur und starrte auf sein Handy. Felix schämte sich. Aber das Reden hielt ihn fern von dunklen Gedanken.

– Und dann?

– Dann habe ich mir meine eigene Welt gebaut.

– Wie muss ich mir das vorstellen?

– Ich bin Architekt virtueller Räume.

– Klingt spannend.

– Ja. Es ist die Zukunft. Wenn alles andere karg und ausgedörrt ist, wird die virtuelle Welt erblühen. Die analoge Realität stumpft ab. Nichts wird dort stattfinden. Die Zurückgelassenen werden auf die ganze Banalität des Daseins zurückgeworfen. Während die Zivilisation in den neuen Räumen stattfindet.

Du könntest hier alles sein. Bist aber Eugen. Du Einfaltspinsel.

– Klingt, als würden Sie ganz gut verdienen. Warum schlafen Sie dann im Auto?

– Das Auto ist ein Überbleibsel meiner Studentenzeit. Ich bin damit durch ganz Europa gefahren. Damals habe ich aus Geldgründen im Auto geschlafen. Ich habe diese Art des Reisens nie aufgegeben. Es ist mir wichtig, die Gewissheit zu haben, mich jederzeit wieder reduzieren zu können. Es gibt mir ein Gefühl von Freiheit.

– Sind Sie verheiratet?

– Ja.

– Sie tragen gar keinen Ring.

– Habe ich zu Hause gelassen. Damit ich ihn nicht verliere.

– Glücklich?

– Sehr.

– Manches bleibt ja zum Glück analog. Ihre Frau zum Beispiel.

– Ich arbeite auch an einer digitalen Version von ihr. Falls sie vor mir stirbt.

– Wie heißt sie?

– Moira.

– Haben Sie ein Foto?

– Von ihr nicht. Aber von ihren Sachen.

– Von ihren Sachen?

– Das ist so ein Faible von mir.

Eyres deutete nach vorne.

– Da ist es. Bei der nächsten Ausfahrt müssen wir raus.

Man konnte das violett beleuchtete Schloss aus der Ferne sehen. Obwohl man es vielleicht gar nicht als Schloss bezeichnen konnte. Eher als Nachbau eines Schlosses.

– Es ist nicht leicht, dorthin zu gelangen. Man muss am Fuß des Berges parken. Es gibt einen Shuttle-Service, für den man zahlt. Wundern Sie sich nicht. Der Shuttle hat keine Fenster. Die Betreiber wollen nicht, dass jemand herausfindet, wie man zum Schloss kommt. Vermutlich aus Sicherheitsgründen. Oder um Schaulustige abzuhalten. Schließlich ist es keine Sehenswürdigkeit. Vielleicht ist es auch ein Konzept. Um das Gefühl zu vermitteln, an einem klandestinen Ort zu sein.

– Hört sich an wie ein Gefängnis, sagte Felix. Und fixierte mit zugekniffenen Augen das violett glimmende Ungemach am Horizont.

– Sie können jederzeit gehen. Der Shuttle-Service ist 24 Stunden in Betrieb. Vielleicht wollen sie damit auch verhindern, dass sich jemand, ohne zu zahlen, aus dem Staub macht, sagte Eyres, der im Auto genauso aufrecht saß wie an einer eleganten Tafel.

Der Shuttle kostete einen Euro. Sie saßen mit acht Männern und zwei Frauen in einem Lieferwagen. Es war nicht ersichtlich, wer zu wem gehörte. Die Straße war holprig, weil schlecht asphaltiert. Felix zählte die Kurven. Als würde es ihm helfen, den Weg zurück zu finden. Der Wagen war violett. Jeu Zero stand in gelben Lettern an der Seite. *Violett ist die Farbe der Macht, des Unmoralischen und des Todes,* flüsterte Swetlana. Eyres saß ihm gegenüber und schloss die Augen. Als würde er diese blinde Fahrt genießen. War er wirklich zum ersten Mal hier? Er wusste ziemlich genau Bescheid. Hatte er Felix ausgesucht? Und wenn ja, für was? Als der Shuttle gekommen war, hatte der Engländer noch einen Blick auf den roten Wagen geworfen.

– Hoffentlich ist er noch da, wenn Sie zurückkommen. Es wäre wirklich schade um ihn. So ein schönes Auto.

Er hatte ihm die Hand auf die Schulter gelegt und Felix in Richtung Shuttle gedreht, der Fahrer, ein älterer, übergewichtiger Mann, hatte ihnen bereits freundlich gewinkt. Und dann die Tür hinter ihnen geschlossen.

Die meisten waren offenbar das erste Mal hier. Sie sahen sich erwartungsvoll an. Sechzehn Minuten später ging die Tür wieder auf. Warmes Licht. Orchestraler Swing. Welcome to Jeu Zero! Felix fiel auf, dass keiner im Wagen mehr als Handgepäck dabeihatte. Offenbar plante niemand einen längeren Aufenthalt.

– Sie haben Ihr Gepäck im Wagen vergessen, sagte Eyres zu Felix.

– Ich habe keines, entgegnete er.

– Ist das auch Teil Ihres Reisekonzepts?

Felix nickte. Auch wenn ihm jetzt auffiel, dass seine Kleidung unangenehm roch.

– Also, eigentlich stimmt das nicht ganz. Ich hatte Gepäck, ein wenig, aber es wurde mir gestohlen.

Eyres hob die Augenbrauen. Ahnte er, dass Felix ihn anlog? Dabei begann er sich gerade wohlzufühlen in seiner erfundenen Biografie und hatte sich vorgenommen, sich in den kommenden Tagen mehr einfallen zu lassen, als nur die Lebensläufe von anderen zu kopieren. Er schoss ein Foto vom Eingang, der von großen klassizistischen Säulen gesäumt wurde. Davor ein Springbrunnen in wechselndem Farbspiel. Bei den Stiegen warteten Gepäckträger in hellblauen Uniformen. Der übergewichtige Fahrer zwinkerte ihm zu und bedeutete ihm freundlich, das Telefon einzustecken.

– Normalerweise kostet das Fotografieren etwas. Er dürfte Sie mögen, sagte Eyres. Wir sollten ihm Trinkgeld geben. Auch der Engländer hatte kaum Gepäck. Trotzdem ließ er seinen Handkoffer von einem jungen Mann bis zur Rezeption tragen, um ihm dann eine Münze zuzustecken. Eyres verhielt sich nicht wie jemand, der sich auf die Großzügigkeit anderer verließ. Es war umgekehrt. Ähnlich dem Vogel, der freiwillig zurückkam. Der Großzügige konnte mit Großzügigkeit rechnen. Doch war Eyres darauf angewiesen? Schließlich lief er mit einer unlimitierten Kreditkarte herum. Auf der nicht sein Name stand.

– Wollen Sie ein paar Stunden schlafen? Und wir treffen uns zu einem frühen Abendessen?

Felix ging durch die engen Gassen der Stadt. Hinter den Gitterfenstern die alten Frauen, die mit ihren Vögeln in einer fremden Sprache sprachen. Schwarze Silhouetten im Flimmern der Fernseher. Dann im Halblicht eine, die offenbar beim Lesen gestorben war. Keiner hatte es bemerkt. Sie hielt noch ein Buch. Felix presste sein Gesicht gegen das Gitter, um zu erkennen, an welchem Buch sie gestorben war. Der Vogel im Käfig hüpfte aufgeregt herum. Als er Felix am Fenster sah, verstummte er. Langsam griff dieser hinein, um die Schultern der ausgedörrten Frau zu berühren. Er konnte keinen Atem sehen. Noch

zwei Zentimeter. Er spürte keine Wärme. Hatte Angst
vor der Berührung. *Nie eine Leiche anfassen.* Das hatte
man ihm als Kind eingeimpft. Hätte er seine Mutter berührt, wenn man ihn zu ihr gelassen hätte? Wie hätte sich
das tote Fleisch angefühlt? Gleich würde er es wissen. Er
presste die Schulter gegen das Gitter. Er konnte das Gesicht nicht erkennen. Sie hatte es abgewandt. Und dann
der Biss. Die blutende Hand, die er noch beim Aufwachen hielt. Er hatte nur die aufgerissenen Augen der Alten gesehen. Das waren nicht die Augen einer Lebendigen.
Würde er an einer Sepsis sterben? War sie ein Vampir?

Das Zimmer sah nicht wie ein Schlosszimmer aus. Eher
wie ein Spiegelkabinett. Jede Wand war mindestens zur
Hälfte verspiegelt. Roter Teppich. Schwarzer Marmor
im Bad. Schwarz furnierte Möbel. Schwarz gestrichene
Wände. Es drang kein Tageslicht herein. Vermutlich war
auch das Teil des Konzepts. Damit man sich nicht zu gern
im Zimmer aufhielt. Stattdessen surrte die Klimaanlage
und Felix fragte sich, ob man auch dafür bezahlte. Er
schaltete sie vorsichtshalber aus.

Auf dem Tisch lag eine Mappe mit der Preisliste. Das flie-
ßende Wasser war gratis, aber es diente nur zum Waschen.
Kein Trinkwasser. Der Rest war mit Kosten verbunden.
Die Benutzung des Kleiderschranks. Des Safes. Des Fern-
sehapparats. Minibar. Frische Bettwäsche. Frische Handtücher. Fön. Weckservice. Klimaanlage. Felix roch an seinen Kleidern. Von Tag zu Tag würde er mehr nach sich

riechen. *Eine lebendige Leiche.* Sich täglich unwohler fühlen in seiner Haut. Noch sechs Tage. Er wünschte, auch er hätte die unlimitierte Kreditkarte eines Fremden. Wie frei er dann wäre. Er nahm das Handy und schickte Sandra das Foto. Sofort kam der Hinweis, dass es sich aufgrund der Dunkelheit um kein aktuelles handeln könne. Ob etwas passiert sei? Felix beschloss, darauf nicht zu antworten. Stattdessen öffnete er die Wastefood-Gruppe. Seit seiner Nachricht hatte keiner mehr hineingeschrieben. Was wohl aus Rita geworden war? Dachte sie noch an ihn? Spielte er für irgendjemanden in dieser Gruppe noch eine Rolle? Was war er für sie? Was sahen sie in ihm? Felix hatte kein Bild mehr von sich. Daran änderte auch das verspiegelte Zimmer nichts. Er schaute auf sich wie auf einen Fremden. War es jemals anders gewesen? Er hatte schon immer den allzu langen Blick in den Spiegel gemieden. Um sich selbst aus dem Weg zu gehen? Um nicht zu merken, dass das, was man sah, nichts mit dem zu tun hatte, was man spürte? Innen. Außen. Tag. Nacht. Er musste sein Wachleben wieder mehr in den Tag verfrachten. Dann würde es ihm besser gehen. Die Nacht entfernte ihn von allem. Er brauchte die anderen. Weil er sich selbst nicht spürte. Er brauchte sie, obwohl sie nicht da waren.

Sein Zimmertelefon läutete. Wie spät war es? Blick auf das Handy. 19:40 Uhr. Der Akku auf 39 Prozent. Auch das Aufladen kostete. Man ließ ihm ausrichten, dass Herr Eyres noch im Casino sei und erst gegen 21 Uhr im

Restaurant erscheine. Felix fiel auf, dass er hungrig war. Wenn er sich angewöhnte, weniger zu essen, würde sich mit der Zeit auch der Magen verkleinern. Das galt für alles. Einfach weniger wollen. Trotzdem hielt er es in dem Zimmer nicht länger aus. Man verlor das Selbstgefühl zwischen diesen Spiegeln. Wie schrecklich, wenn eine Einzelzelle so aussähe. Wenn man auf engstem Raum mit sich alleine wäre. Ähnlich einer Fotografie von sich, die man lange anstarrte. Nur dass man den eigenen Blick erwiderte. Dass man im eigenen Blick zu lesen versuchte, während der eigene Blick im eigenen Blick zu lesen versuchte. Er hielt das violette Armband, das man ihm an der Rezeption ausgehändigt hatte, gegen die Tür. Sie sprang auf. Eigentlich perfide, dass das Band nicht anzeigte, wo man kostenmäßig stand. Vermutlich sollte man es vergessen. Eine Welt, die sich mit einer Handbewegung immerzu öffnen ließ. Bis man bankrott war. Und nicht mal mehr zur eigenen Tür rauskam.

Er hielt das Armband gegen die Aufzugtür. Dann gegen die Restauranttür. Man teilte ihm mit, dass ein Sitzplatz extra koste, das Stehen an der Bar aber gratis sei, außer man benutze einen Hocker. Dieser sei aber günstiger als ein Tischplatz. Außerdem sei in diesem Fall eine Essensbestellung verpflichtend. Es schien aber niemanden zu kümmern. Die Tische waren allesamt belegt, also stellte er sich an die Bar, neben einen leeren Hocker, was ihm den verächtlichen Blick einer älteren Dame einbrachte.

– Soll ich Sie auf einen Hocker einladen, junger Mann?

Felix spielte ein selbstvergessenes Erwachen aus einem Tagtraum. Die mit Edelsteinen behängte Frau nahm es ihm nicht ab. Aufwachen war mindestens genauso schwer zu spielen wie betrunken. Oder ertrinken. Ohne sie zu beachten, setzte er sich und winkte den Kellner heran.

– Campari Soda, bitte.

Er sah sich um. Man konnte nicht wirklich eine Zielgruppe erkennen. Die Menschen glichen sich auf keinerlei Weise. Manche trugen Funktionskleidung. Andere kamen im Cocktailkleid. Man hatte das Gefühl, eine demografisch und soziologisch repräsentative Menge vor sich zu haben. Alle Milieus. Alle Altersgruppen. Alle Geschlechter. Alle Einkommensschichten. Der Raum selbst passte zu allen. Vielleicht wegen der Spiegel? Auch hier zog man das Konzept der Zimmer durch. Das Licht war gedimmt. Alles violett. Erst jetzt fiel ihm auf, dass der Pianist in der Ecke nicht echt war. Ein Hologramm. Er hatte es gemerkt, weil die Leute einfach durch ihn durchgingen. Es fühlte sich wie ein Übergriff an. Auch wenn der Pianist körperlich nicht anwesend war.

Sein Blick fiel auf den Eingang des Casinos. Man ging durch eine Drehtür, hinter der ein Mann in Anzug die Armbänder mit geschenktem Startkapital auflud. Ging es wirklich nur darum, die Leute zum Spielen zu bringen? Felix hatte das Gefühl, Teil eines Experiments zu sein. Um was ging es hier? Er hatte noch ein Guthaben für heute. Das Zimmer kostete nur 10 Euro die Nacht. Seine bisherigen Tätigkeiten: höchstens 2 Euro. Es blieben also 18 Euro. Nein. Campari Soda. Und ein Hocker. 10 Euro.

Eyres erschien in der Drehtür des Casinos. Er winkte. Und die ältere Dame neben ihm winkte zurück. Felix sah sie irritiert an. Sie bemerkte ihren Fauxpas und räumte verlegen den Platz. Damit war der Hocker neben Felix frei. Eyres setzte sich, ohne zu zögern.

– Waren Sie spielen, fragte Felix.

– Auf gewisse Weise, antwortete Eyres.

– Auf gewisse Weise?

Der hagere Engländer im weißen Smoking wirkte schelmisch vergnügt. Er bestellte sich ebenfalls einen Campari.

– Das müssen Sie mir erklären, sagte Felix.

– Mein Spiel war, wen ich beim Spielen unterstütze.

– Seelisch?

Er lachte.

– Nein. Finanziell.

– Das verstehe ich nicht.

– Ich habe mir fünf Spieler ausgesucht, denen ich zur Seite stand.

– Aha. Und warum?

– Es hat sich so ergeben. Keine Sorge. Ich war nicht auf der Suche nach einem Nachfolger.

– Nachfolger?

– Das erkläre ich Ihnen ein andermal. Auf jeden Fall hat es mir Freude bereitet, jemanden auszusuchen und ihm etwas angedeihen zu lassen. Da weiß man, dass man auf jeden Fall etwas gewinnt.

Er nickte ihm lächelnd zu, als würde er gerade etwas in Felix implementieren.

– Davor war ich im Spa. Sie sehen, ich tue auch etwas für mich. Es ist erstaunlich, wie viele Menschen inzwischen tätowiert sind. Früher war das ein Milieu. Heute sucht man nach den untätowierten Ausnahmen.

– Ich habe nie verstanden, warum man seinen Körper vollkritzelt.

– Die meisten betrachten ihren Körper wohl als Werbefläche für sich selbst. Dabei ähneln sich die Tätowierungen. Sie erinnern mich an Emoticons. Nur einer war erstaunlich. Er hatte WINTERRUHE auf die Brust tätowiert. Spiegelverkehrt.

– Haben Sie noch mehr Betrachtungen? Je mehr Sie mir davon erzählen, desto weniger muss ich selbst machen. Ich habe ja keine schwarze Kreditkarte.

Felix sah sein provokant leichtherziges Gegenüber ein wenig zu beleidigt an.

– Die meisten Betrachtungen kosten kein Geld, sagte Eyres. Ist Ihnen aufgefallen, dass sich hier kein einziges Fenster öffnen lässt? Apropos Kritzelei. Auf dem Klo sind interessante Inschriften zu sehen. Da zahlt sich die Investition aus, auch wenn man nach Zeit bezahlt. Vermutlich hat man genau deshalb diese Aphorismen dort angebracht. Damit die Leute länger sitzen bleiben. Das Klo ist der beliebteste Ort bei den Intellektuellen. Ich habe mir ein paar der Sprüche notiert. Wollen Sie hören?

Felix nickte.

– Der Staat ist das Monopol unserer letzten Möglichkeiten. Vernunft ist eine Form der Erschöpfung. Zynismus ist das verwelkte Blatt, das behauptet, die Pflanze zu sein. Gestaltung beruhigt den Menschen. Idealismus ist die Behauptung, dass das, was sein sollte, auch realisierbar ist. Entschlossenheit ist die Weisheit der Mehrheit. Die Gesinnung lernt man in der Nacht kennen. Gelassenheit heißt, in sich selbst gefangen zu sein und trotzdem keine Panik zu kriegen. Der Durst nach Allgegenwärtigkeit lässt sich nur durch Abwesenheit bekämpfen. Das Klischee ist der größte Erfolg der Aufklärung. Über der Klospülung steht: VORZEITIGES ABLEBEN. Vor meiner Tür sagte jemand, dass Geld für die Seelenlosen eine Simulation ständiger Reinkarnation innerhalb des eigenen Lebens darstelle. Darüber musste ich länger nachdenken. Vielleicht war es aber auch ein Angestellter, der solche Dinge laut vor sich hinspricht, damit die Leute länger bleiben. Es ist ihnen ja alles zuzutrauen. Waren Sie in der Bibliothek? Die Bücher anzusehen, kostet nichts. Man zahlt erst ab dem Aufschlagen eines Buches. Sie haben vor allem Biografien. In einer habe ich einen Zettel gefunden. Eine Art Zusammenfassung vermutlich. Aber interessant formuliert. Sie lautet: *Der für nichts Berühmtgewordene wird von einem Unberühmten erschossen, weil es dieser nicht verträgt, dass dieser für nichts berühmt geworden war, worauf der Unberühmte berühmt wird, weil er den Berühmten erschossen hat.*

– Sind Sie reich, fragte Felix, den die Neugier inzwischen aufzufressen drohte. Er bemerkte, dass die große, dunkelhaarige Frau, die hinter den Engländer getreten war, die Ohren spitzte.

– Das kann man so nicht sagen, antwortete Eyres. Im Augenblick auf gewisse Weise ja. Aber nächste Woche schon nicht mehr.

Als hätte sie seine Antwort noch abgewartet, wandte sich die Frau ihm jetzt zu.

– Berühmte haben es gut. Sie können sich ineinander verlieben, bevor sie sich kennenlernen.

Sie schüttelte ihre schwarze Mähne und ließ die Haare ins Gesicht fallen. Ihre braunen Augen musterten Eyres.

– Darf ich Sie auf etwas einladen, fragte dieser.

– Aber nur, weil Sie gerade reich sind.

– Ab wann kosten soziale Kontakte eigentlich etwas, fragte Felix.

– Das haben sie eingestellt, sagte die Frau. Es sollte wohl ein Anreiz sein. Wahrscheinlich dachten sie, dass die Leute dann Sprüche klopfen wie: Du wärst mir schon ein Gespräch um 50 Euro wert. Zu mehr Spielaufkommen hat es im Übrigen auch nicht geführt. Es war eine ungesellige Idee. Jetzt berechnen sie nur noch, wenn man in fremde Zimmer geht. Wenn Sie verstehen, was ich meine.

– Eine Sexsteuer, sagte Felix.

– Eine Doppelbettnutzungsgebühr, korrigierte sie. Und sah Eyres dabei an, als wollte sie rausfinden, ob er und Felix in einem Zimmer schliefen.

– Und wie viel berappen Sie da, fragte Felix, der versuchte, im Spiel zu bleiben.

– Das hängt von der Zeit ab, sagte die Frau, die sich noch immer nicht vorgestellt hatte. Aber in der Stunde sind es 20 Euro. Da verstehen die keinen Spaß.

– Sie wirken, als wären Sie öfters hier. Eyres sagte es, als würde der Satzteil *Komisch, dass wir uns noch nie begegnet sind* fehlen.

– Eher schon länger als öfter, sagte sie mit rauer Stimme und fuhr sich lasziv durch die Haare. So gesehen bin ich noch immer zum ersten Mal hier. Und Sie?

Die Frau griff sich ständig ins Haar. Bei Eyres hingegen hatte man das Gefühl, dass er es nur morgens berührte. Seine langen Finger tänzelten durch die Luft, wenn er sprach. Er fasste sein Glas nur an, wenn er einen Schluck nahm. Er steckte die Hände nicht in die Hosentaschen. Er verschränkte sie nie ineinander. Man hatte das Gefühl, an seinen Fingerspitzen befänden sich empfindliche Sensoren, mit denen er hören und sehen konnte. Nein. Mit denen er seine Worte sendete. Während Felix seine kurzen Finger stets in den Sakkotaschen versteckte.

– Rauchen Sie?

Ihre Fingerspitzen liebkosten die Ohrläppchen, an denen kein Schmuck hing. Kein Ehering. Keine Halskette. Dunkelrote Fingernägel. Sehr gepflegt. Sie krempelte ihre Jackettärmel hoch. Auf ihrem Armband stand 311. *Schöne Zimmernummer,* dachte Felix, der jede ihrer Selbstberührungen verfolgte. Er sehnte sich so sehr nach einer Fremdberührung. Auch wenn er sich keine leisten konnte. Er müsste sie wieder wegschicken. Oder sich nach der gemeinsamen Nacht für den Rest der Woche in seinem Zimmer einschließen. Abgesehen davon schien sie nur an Eyres Interesse zu haben, der sich diese Fragen wohl nicht zu stellen brauchte. *Es ist ungerecht, dass sie so viel für eine Begleitung berechnen. Wenn man zu zweit anreist, bezahlt man pro Tag das Doppelte. Das sind dann insgesamt 20 Euro pro Nacht. Wenn man hier jemanden kennenlernt, dann verlangen sie Provision. Zuhälter,* fauchte Swetlana. *Das Ganze ist ein Bordell. Es würde mich nicht wundern, wenn es sich bei der 311 um eine Hausangestellte handelt.*

– Warum fragen Sie? Wollen Sie an die frische Luft?, entgegnete Eyres.

– Wenn Sie mich einladen.

– Sie sind eine sehr direkte Frau.

– Ich habe nur irgendwann gemerkt, dass ich für Fremde mehr übrighabe als für jene, die mir bekannt sind.

– Das Gefühl kenne ich, sagte Eyres, seine Hände jetzt ineinander verschränkend, als würden sie darin etwas verbergen. Sein Blick driftete kurz ab.

– Sieht so aus, als hätten wir beide uns eine Menge zu erzählen, sagte die 311, seine verschränkten Hände fixierend.

– Oder zu verheimlichen, scherzte Eyres verlegen.

Plötzlich griff er flink in die Hosentasche und holte ein altes Mobiltelefon heraus.

– Dürfte ich Sie fotografieren?

Beide Hände an die Wangen gelegt sah sie ihn an. Sie ließ sie über den Hals gleiten. Dann, ohne den Blick von ihm zu nehmen, über die Brüste in ihren Schoß. Wie Honig.

– Bitte.

Klack.

Eyres sah sich das Ergebnis kurz an. Nickte. Und steckte das Telefon wieder in die Tasche.

– Danke.

– Irgendwie habe ich das Gefühl, als hätten Sie mir gerade etwas gestohlen.

– Möglich. Aber ich gebe es nicht mehr zurück.

– Was machen Sie damit?

– Das werde ich Ihnen nicht verraten. Aber ich nehme Sie jetzt mit in mein Zimmer.

Dann stand er auf, winkte den Kellner zu sich und hielt das Armband gegen den Scanner.

– Alles, was diese Dame heute noch trinkt, geht auf mich.

Der Kellner nickte und verschwand wortlos.

– Ich darf mich entschuldigen. Eine gute Nacht. Wir sehen uns morgen.

Dann ging er. Und Felix begriff, dass der gelungene Abgang mehr zählte als der gelungene Auftritt.

– Einen interessanten Freund haben Sie da. Wie lange kennen Sie sich schon?

– Ach, sagte Felix. Seit einer gefühlten Ewigkeit.

Diesen Satz konnte man zumindest nicht als komplette Lüge bezeichnen.

– Was, meinen Sie, macht er jetzt mit meinem Foto?

Sie sah ihm nach, aber Eyres blickte nicht zurück. Einem wie ihm flog wirklich alles zu.

– Und was machen Sie so, fragte sie gelangweilt.

– Im Augenblick Urlaub. Der erste seit zehn Jahren.

– Gefühlte?

– Nein. Seit realen zehn Jahren.

– Oje. Haben Sie einen so unbarmherzigen Arbeitgeber?

– Ich habe keinen Arbeitgeber. Ich bin Arbeitgeber. Ich leite eine internationale Hotelkette mit über 20 000 Angestellten. Ich bin hier, um mir Jeu Zero anzusehen. Deshalb versuche ich, mit möglichst vielen darüber zu sprechen. Es ist ein innovatives Konzept. Hat Potenzial. Es hat auch eine philosophische Ebene. Mich würde Ihre Geschichte interessieren. Warum sind Sie hier? Wer sind Sie? Was fasziniert Sie daran? Warum sind Sie so lange geblieben?

Die 311 massierte sich geistesabwesend die Schläfen. Sie drehte den Kopf hin und her. Ließ ihn kreisen. Dann raufte sie sich das Haar. Und atmete laut aus.

– Es ist, als hätte er einen Teil von mir mitgenommen. Als wäre ich selbst schon vorausgegangen und müsste jetzt folgen. Sie blickte in die Richtung, in die Eyres verschwunden war.

– Haben Sie gehört, was ich eben gesagt habe, fragte Felix.

– Ja. Aber es ist erstunken und erlogen. Sie sind ein ganz armer Hund, der sich überlegt, ob er es sich leisten könnte, mich zumindest für eine Stunde auf sein Zimmer einzuladen. Ich kann Ihre Verzweiflung bis hierher riechen. Und auch Ihren Kummer. Ihre Angst und Ihre Not.

Dann schob sie mit beiden Händen die Haare zurück und zeigte ihm ihr ganzes Gesicht. Es war älter, als er gedacht hatte.

– Ich bin keine Hure. Aber wenn ich eine wäre, dann würde ich mit dir nicht ins Bett gehen. Aus schlechtem Gewissen. Denn eine gute Hure würde dir das Geld aus der Tasche ziehen.

Sie ließ sich die Haare wieder ins Gesicht fallen.

– Sie sollten spielen. In Ihrer Situation ist das die einzige Chance. Sagen Sie mir die Zimmernummer von Ihrem Freund.

– 622

– Die echte.

– 323

– Im selben Stock. C'est sort.

Sie riss ihre Handtasche an sich und wankte dem unsichtbaren Eyres hinterher. Felix nahm sein Handy. Noch nie hatte er sich so ohnmächtig gefühlt. Er tippte Ritas Kontakt an. *Rot oder schwarz? Nein.* Er öffnete die Wastefood-Gruppe. Und drückte auf *Gruppe verlassen.*

Er wachte vom eigenen Geruch auf. Mit geschlossenen Augen glaubte er kurz, ein offener Müllsack stünde neben ihm. Da waren aber noch nicht alle Ich-Agenten eingetrudelt. Die Klimaanlage hatte er ausgeschaltet gelassen. Nicht nur aus Geldgründen. Sie verstärkte sein Gefühl von Einsamkeit. Vielleicht, weil er sich dann wie eine Leiche im Kühlhaus fühlte.
Sein Magen knurrte. Er hatte gestern Abend sein Kontingent aufgebraucht, ohne einen Bissen gegessen zu haben. Vielleicht war Swetlana doch nicht zu halten. Schließlich konnte er nicht verhungern, um ihre Putzfrequenz zu erhöhen. *Krieg hin, Krieg her.* Das Zimmertelefon läutete. Kostete es auch, wenn man angerufen wurde? Felix hatte schon jetzt den Überblick verloren, obwohl seine

Ausgaben im Minimalbereich lagen. Er musste unbedingt duschen. Vielleicht konnte er seine Kleidung kurz gegen die Klimaanlage halten. Oder doch fragen, wie viel sie für eine Reinigung nahmen. *Fragen kostet ja nichts.* Sehr gut. Galgenhumor. Das Telefon läutete. Zögerlich hob er ab. Wie spät war es eigentlich?

– Guten Morgen. Ich rufe im Auftrag von Tom Eyres an. Er würde Sie gerne zum Frühstück einladen. In dreißig Minuten. Käme Ihnen das gelegen?

Ob ihm das gelegen käme? Er würde es als lebensnotwendige Maßnahme bezeichnen. Ein kurzer Blick in den Spiegel gegenüber vom Bett. Niemand war ihm fremder als er selbst, weil er niemanden länger angesehen hatte. Der Weg zum Frühstücksrestaurant kostete Felix 1,50 Euro. Das war verkraftbar, in Anbetracht des ausgiebigen Frühstücks, das auf ihn wartete. Sein Mobiltelefon läutete. Vater. Der Akku stand auf 12 Prozent. Die wollte er nicht für ein Gespräch mit ihm verschwenden. Er hatte nicht vor, das Telefon die Tage aufzuladen. Er würde ihm später eine Nachricht schreiben. Aber Vater kam ihm zuvor.

Helga ist hinübergezogen. Zu Gregor. Sie behauptet, er ist der Messias, auf den sie gewartet hat. Ich wusste nicht, dass ich nur ein Platzhalter für einen Messias war. Es geht mir vermutlich wie Josef, als er erfuhr, dass Maria mit »Gott« etwas hatte – er aber trotzdem das Kind aufziehen soll. Herüben ist es jetzt unerträglich. Ich bitte dich ja nie um etwas. Aber könnte ich eine Zeit lang bei dir wohnen? Ich würde mich auch an der Miete beteiligen.

Eyres winkte bereits aus der Ferne. Seine Laune schien noch besser als gestern. Er saß am Panoramafenster mit Blick in die Ferne.

Kein Krieg in Sicht.

Das würden bittere Zeiten für Vater werden, allein in der menschenleeren Siedlung. Warum Gregor? Wollte er sich rächen, indem er eine Bombe in die Ruinen seiner Familie warf? Felix würde Helga keine Sekunde lang nachtrauern. Wäre da nicht sein Vater. Nein. Wäre da nicht sein Vater, der bei ihm wohnen wollte, weil er sonst niemanden hatte. Gut, das Geld für die Miete könnte er brauchen. Aber wie sollte er ihn wieder loswerden? Ohne sich als Unmensch zu fühlen. Womöglich würde er bald ein Pflegefall sein. Im Augenblick musste man mit solchen Verläufen rechnen. Alles deutete auf eine Talfahrt der Schicksalskurse hin. Dann würde Vater in seinem Schlafzimmer liegen. Und er würde in der Kammer wohnen. Und warten, bis er stürbe. Nein. Er konnte unmöglich *Nein* sagen. Schließlich liebte er ihn. Auch wenn er ihn nicht in seiner Nähe haben wollte. Aber aus der Ferne liebte er ihn. Auf dem Foto liebte er ihn besonders. Er beschloss, nicht zu antworten. Er war nicht in der Lage dazu.

Schalt es ab.

Er hielt die beiden Tasten, bis sich das Display verdunkelte.

– Haben Sie gut geschlafen?, fragte Felix.

– Es wird noch Tage dauern, bis ich meinen Körper wieder betreten kann, entgegnete Eyres fröhlich seufzend.

– Ella kommt auch gleich. Aber ich muss vorher noch mit Ihnen reden.

Wie nannte man die Enttäuschung, wenn etwas plötzlich einen Namen hatte und sich dadurch banalisierte?

– Ich habe Sie zu meinem Nachfolger auserkoren.

– Nachfolger von was, fragte Felix, der sich in die Speisekarte einarbeitete. Wie viel einfacher doch alles wäre, wenn man auf Vorrat essen, reden, lieben, leben und arbeiten könnte.

– Machen wir uns nichts vor. Sie fragen sich schon die ganze Zeit, warum ich die unlimitierte Kreditkarte eines Fremden habe.

– Keine Sorge. Ich würde Sie auch nicht verraten, wenn Sie ein Betrüger wären. Felix hatte sich für das Frühstück Royal entschieden, das so gut wie alles inkludierte.

– Ich bin kein Betrüger. Eher ein Glückspilz. Ich habe Sie im Übrigen nicht angelogen.

– Das habe ich auch nicht behauptet.

– Sie glauben mir doch bestimmt nicht mehr, dass ich mich auf die Großzügigkeit von anderen verlasse. Aber genauso ist es. Beziehungsweise: genauso war es.

– Ich hätte gerne das Frühstück Royal. Dazu bitte einen Orangensaft, eine große Flasche Mineral, einen Cappuccino, ein Glas Sekt, und die Pancakes sind nicht dabei? Dann diese auch extra, bitte. Und wenn Sie es dann auf das Zimmer 323 schreiben würden. Danke.

– Das wird nicht notwendig sein. Aber gern.

Felix sah Eyres an, als ahnte er nicht, worauf das Ganze

hinauslief. Er hatte kein gutes Gefühl dabei. Wusste aber, dass er das zu erwartende Angebot nicht ablehnen würde. Auch wenn er tatsächlich nicht ahnte, wie es konkret lauten würde. Aber worauf es hinauslief, das wusste er.

– Bevor ich zu meinem Anliegen komme, würde ich Ihnen gerne erzählen, wie ich an die Kreditkarte gelangt bin. Als ich meine Reise vor zwei Monaten antrat, habe ich mich per Autostopp durchgeschlagen. Sie werden jetzt bestimmt sagen: Autostopp, das kommt einem Suizid gleich. Wie Sie wissen, habe ich dabei ganz außerordentliche Bekanntschaften gemacht. Manche ließen mich sogar bei sich schlafen. Trotzdem war es eine strapaziöse Zeit. Sie können sich vorstellen, was es bedeutet, sich auf so viele unterschiedliche Menschen einzustellen. Was es heißt, ständig auf andere angewiesen zu sein. Gut, ich hätte natürlich jederzeit abbrechen können. Aber so leicht war das nicht. Ich will Sie jetzt nicht mit meiner persönlichen Geschichte behelligen. Aber eine Rückkehr nach London war für mich ausgeschlossen. Zu viel verbrannte Erde. London hätte für mich bedeutet, geduckt durchs Leben gehen zu müssen. Aus der Welt, aus der ich komme, wurde ich verbannt.

– Haben Sie jemanden umgebracht, fragte Felix kauend.

– Schlimmer.

– Schlimmer.

Felix kaute weiter.

– Einen Mord verzeiht man eher als die falsche Frau. Wobei man eher Frauen sagen sollte. Wer viel Zeit hat, hat auch Zeit für die Liebe. Vor allem, wenn man nicht weiß, was man mit seinen Tagen anfangen soll.

– Es gibt also auch eine geheime Kolumne.

Eyres schreckte mit einem Lächeln auf. Als hätte man ihn in flagranti ertappt.

– Zumindest befürchten das viele, sagte er. Das wäre aber nicht mein Stil. Obwohl ich mir oft vorgestellt habe, was passieren würde, wenn ich sie schriebe. Und veröffentlichte. Würde es mich zu einem unmoralischen Menschen machen, weil ich das Gesetz der Diskretion verletze? Oder zu einem freien Menschen? Im Prinzip würde es nichts ändern. Außer, dass ich Kapital daraus schlüge. Viele der betrogenen Männer waren bedeutende Persönlichkeiten, die ihre Frauen vernachlässigten. Na ja. Man sollte vermutlich nie mit einer Schreibkraft befreundet sein. Zu gefährlich. Ich habe mir oft ausgemalt, wie man mir begegnete, wenn ich alles in einem Buch offenbaren würde. Und wie sie sich verhalten würden, wenn sie wüssten, dass ich ein zweites schriebe. Würden sie versuchen, alles zu korrigieren? Sich dementsprechend verhalten? Wäre das zweite Buch dann eines der Versöhnung? Vermutlich wäre es das für mich. Vielleicht schreibt man nur, um Dinge zu korrigieren. Ist das der Sinn von Kunst? Die Schöpfung auszubessern? Ich verzettele mich. Sie merken, es wühlt mich noch immer auf. Der Zweck dieser Reise war nicht zuletzt, aus der Verbitterung herauszutreten. Die Scham zu vergessen. Und ein neues Leben zu beginnen. Nein. Eine neue Daseinsform anzunehmen. Alle Gesetzmäßigkeiten, nach denen ich gelebt habe, hinter mir zu lassen. Ich meine nicht das bürgerliche Dasein, von dem ich vielleicht früher gesagt hätte, es sei verlogen und geheuchelt. Das ist es ohne Zweifel. Aber es bietet auch Schutz. Und der ist vielen wichtiger. Wer ein Zuhause hat, muss etwas beschützen. Wer keines hat, muss nur in Bewegung bleiben. Ich habe in London gelebt wie ein Nomade. Bin von Bett zu Bett gezogen, von einem Leben ins nächste gestiegen. Ohne Rücksicht auf das, was andere zu schützen versuchten. Um meiner Eigentlichkeit gerecht zu werden, musste ich das Leben eines wirklichen Nomaden führen. Aber ich sage Ihnen: Ich bin kein Vagabund, denn auf Reisen beginne ich mich schnell nach einem Zuhause zu sehnen.

– Vielleicht wollen Sie immer das, was Sie nicht haben können.

– Vielleicht wusste ich aber auch nie, was ich wollte. Und deshalb wollte ich vorsichtshalber alles. Sie können sich nicht vorstellen, mit wie vielen Frauen ich im Bett war.

– Das klingt, als wären Sie stolz darauf.

– Heute schäme ich mich dafür. Damals hielt ich es für einen Triumph. Weil ich mit allen verstrickt war. Ich war überall drin. Ich war ein geteiltes Geheimnis. Epizentrum eines geheimen Netzwerks. Ich wollte in ihr Innerstes. Wollte immer mehr von ihnen in mir beherbergen. Bis ich nur noch mit Verrückten schlief. Weil mich alle anderen langweilten.

Du wirst nur noch dir selbst begegnen, flüsterte Gregor. *Ich habe eher das Gefühl, ständig auf monologisierende weiße*

Männer zu stoßen, erwiderte Felix. Das Frühstück wurde serviert. Er überlegte, wie er Eyres dazu bringen konnte weiterzureden, um in Ruhe essen zu können. *Was sahen Sie in diesen Frauen? Wie haben Sie es bloß geschafft, sie alle zu verführen?*

– Ich lasse Sie mal essen, bevor ich Sie mit dem Wesentlichen konfrontiere, sagte Eyres. Ich hole derweil etwas aus. Hoffentlich langweile ich Sie nicht.

Felix nahm einen Bissen vom Beinschinken.

– Keineswegs. Im Gegenteil.

Er ließ seinen Blick über das opulente Frühstück schweifen, das man ihm kredenzt hatte.

– Wissen Sie, man muss nicht alles erleben, setzte Eyres an. Wenn man zweimal atmet, verschwindet der Reiz des meisten wieder. Aber man muss Entscheidungen treffen. Die Karte der Entscheidungen macht ein Leben schön. Wie sähe eine Karte Ihres Lebens aus?

– Viele Sackgassen, antwortete Felix schmatzend.

– Sie meinen, Sie haben nichts lange durchgehalten.

Felix nickte, während er das Omelett inspizierte.

– Ja. Man ist das, was man ständig wiederholt. Alles andere gibt es letztendlich nicht. Nur an der Wiederholung erkennt man den Menschen. In der richtigen Wiederholung liegt der Sinn des Lebens. In der Schönheit der sich wiederholenden Handlungen. Alles, was sich wiederholt, ist Realität. Und an alles, was sich wiederholt, erinnert man sich. Gewöhnt man sich. Am Ende kann man jeder sich wiederholenden Handlung etwas abgewinnen. Am schönsten ist es natürlich, wenn man die richtige Entscheidung für eine sich wiederholende Handlung getroffen hat. Verstehen Sie, was ich meine? Sagen Sie nichts. Kauen Sie weiter. Die Wiederholung ist alles. Wenn man jeden Tag neu überlegen muss, was sich mit dem Tag anfangen lässt, verliert man sich. Manchmal muss man auch Gewohnheiten durchbrechen. Für mich ist Rauchen eine tägliche Entscheidung. Gestern habe ich nicht geraucht. Aber heute rauche ich. Jetzt werden Sie sagen: Wenn man das kann. Auch Sucht ist eine Wiederholung. Eine pervertierte Wiederholung. Ich habe nicht entschieden, dass Liebschaften meine wiederholende Handlung sind. Es war eine Sucht. Um die Tage zu füllen. Um die Leere in meinem Leben zu füllen. Sucht ist die Angst, dass etwas aufhört. Am schlimmsten ist die Lebenssucht. Die Angst vor dem Tod, die man durch Wiederholung bekämpft. Jede Wiederholung gibt uns das Gefühl von Unsterblichkeit. Jede Wiederholung simuliert Ewigkeit. Durch Wiederholung glauben wir, dass es für immer so weitergeht. So wie Sie jeden Bissen ewig lange kauen, damit dieses Frühstück nie abserviert wird. Aber wer lange kaut, ist schneller satt. Was immer das heißt. Man muss ja nicht aus allem eine Metapher stricken. Übrigens: Auch Heimat verlieren heißt Wiederholung verlieren. Selbst mit einer unlimitierten Kreditkarte. Man trifft durch das Reisen letztendlich keine Entscheidung, sondern versucht, einer solchen zu entgehen. Obwohl, irgendwann wird auch der tägliche Autostopp zur Gewohnheit. Das tägliche Einsteigen in ein neues Leben, in die Ungewissheit. Es könnte ewig so weitergehen. Das war mein Gefühl. Ich stand kurz davor abzubrechen, als der schwarze SUV vor mir stehen blieb. Blickdichte Scheiben. Eines der Fenster öffnete sich. Eine Hand, die mich heranwinkte. Langsam ging ich auf den Wagen zu. Niemand war zu sehen. Nur die hellhäutige Hand, die ihre Finger in der Luft tänzeln ließ. Ich blieb vor dem Fenster stehen. Im Inneren des Wagens war es dunkel. Die Hand streckte sich mir freundlich entgegen.

– Steigen Sie ein.

Der Mann sprach akzentfreies Englisch. Trotzdem war mir klar, dass es nicht seine Muttersprache war.

– Sie haben ja gar nicht gefragt, wohin ich fahre, sagte ich.

– Da Sie kein Schild dabeihaben, gehe ich davon aus, dass es keine Rolle spielt, antwortete der Mann freundlich.

Ich sah mich um. Die Straße verschwand nach allen Seiten in tiefster Dunkelheit. Es war das erste Auto seit Langem, das vorbeifuhr. Und es war keine Gegend, in der man sich gerne an den Straßenrand legte. Wenn man hier verloren ging, interessierte das niemanden.

– Also stiegen Sie ein. Felix unterbrach das Kauen.

– Genau. Auf der Rückbank saß ein junger Mann. Anzug. Weißes Hemd. Gepflegtes Äußeres. Freundliche Erscheinung.

– Ruan?, fragte Felix.

Eyres lächelte vieldeutig.

– Als ich dem Mann erzählte, was das Ansinnen meiner Reise war, sagte er: Jackpot. Dann überreichte er mir die

Kreditkarte. Und meinte: Ich suche gerade einen Nachfolger. Er erklärte mir, dass man diese Karte nur einen Monat behalten dürfe. Danach müsse man einen neuen Inhaber auswählen. Wer dieser Ruan ist, weiß niemand. Ich habe ihn nicht im Netz gefunden. Und viele sagen, er sei längst tot. Sein Vermögen aber vermehre sich weiter. Wie schlafendes Geld. Es muss schon lange her sein, dass er diese Karte in die Welt gesetzt hat. Ein Akt von Altruismus? Vielleicht. Es gibt viele Gerüchte. Eine Buße für einen Mord. Dankbarkeit für die Heilung einer Krankheit. Ein Denkmal. Eine Sekte. Eine Lektion. Manche glauben sogar, es handele sich um Betrug, und er fordere das Geld doppelt zurück, unter der Behauptung, man habe seine Karte gestohlen. Aber das ist nie passiert. Man weiß es einfach nicht.

– Und die Karte hat wirklich kein Limit?

Eyres nickte.

– Das heißt, man könnte sich auch ein Haus kaufen. Oder ein Auto. Oder ein Flugzeug.

– Ja, das könnten Sie. Aber denken Sie daran: Sie haben diese Karte nur einen Monat. Man sollte vielleicht nichts kaufen, das man danach nicht erhalten kann. Ich kann mir vorstellen, dass sich einige in ihrer Gier ruiniert haben.

– Ich könnte das Haus wieder verkaufen.

– Nein, das können Sie nicht. Jeder Kauf läuft auf den Namen des Karteninhabers. Sie dürfen alles behalten. Und nutzen. Aber bei einem Verkauf landet das Geld auf Ruans Konto.

– Das ist also der Haken.

– Bei einem geschenkten Gaul gibt es keinen Haken.

– Und woher wissen sie, dass man die Karte auch wirklich weitergibt?

– Keine Ahnung. Sie wissen es einfach. Die Karte wurde offenbar schon mehrmals gesperrt. Und genau dann wieder reaktiviert, wenn sie weitergegeben wurde.

Felix winkte die Kellnerin zu sich, um noch einen Kaffee zu bestellen.

– Wollen Sie auch einen? Ich lade Sie ein.

Eyres lachte.

– So schnell geht das. Dabei habe ich mein Angebot noch gar nicht formuliert.

– Stimmt, sorry, entgegnete Felix, der sich für seinen Übermut schämte.

– Aber Sie ahnen natürlich, in welche Richtung es geht.

Er lehnte sich zurück und musterte den kauenden Felix.

– Ich würde Ihnen gerne einen Tausch vorschlagen.

Felix stellte das Kauen ein, wischte sich mit der Serviette über den Mund und schob den Teller beiseite. Er kam sich zwischen all diesen Essensmengen klein und gierig vor. Die Gier der Armut, die etwas Beschämendes hatte. Wie sollte der Mensch zwischen all diesen Zwängen und Bedürfnissen jemals frei sein? *Frei von oder frei für*, fragte Duchamp. Und Felix seufzte.

– Was für einen Tausch meinen Sie?

– Ich will mir für fünf Tage Ihr Auto ausborgen. Als Pfand hinterlege ich die Karte. In dieser Zeit können Sie damit machen, was Sie wollen. Ich bringe Ihnen den Wagen pünktlich zu Ihrer Abfahrt zurück. Das verspreche ich.

– Aha, sagte Felix, ich dachte, ich sei Ihr Nachfolger.

– Sind Sie auch. Aber ich habe danach noch eine Woche Zeit. Die würde ich gerne nutzen. Ich will mir in den fünf Tagen überlegen, was mir wirklich wichtig ist.

– Deshalb brauchen Sie das Auto?

– Nein. Ella will mir ihr Heimatdorf zeigen. Dahinten kommt sie.

– Heimatdorf. Es dürfte ernst sein.

– Ich habe mich noch nie für eine Frau entschieden.

– Es gibt nicht mehr viele erste Entscheidungen, die man in Ihrem Alter noch treffen kann.

– Eben. Wie lautet Ihre Antwort?

Um ehrlich zu sein, ist mir das zu unsicher. Schließlich kennen wir uns kaum. Selbst wenn Sie die Karte als Pfand hinterlegen. Sie läuft nicht auf Ihren Namen. Man könnte sie jederzeit sperren. Selbst wenn Sie mir einen Ausweis hinterließen, könnte ich nicht ausschließen, dass dieser gefälscht ist. Warum mieten Sie keinen Wagen? Ich weiß, wie gut er Ihnen gefällt, aber ich möchte nicht das Vertrauen meiner Freundin missbrauchen. Sandra hat mir den Wagen unter größten Vorbehalten geliehen. Es war mehr als nur ein Freundschaftsdienst. Sie ist förmlich über ihren Schatten gesprungen. Dieses Auto bedeutet ihr sehr viel. Es ist ihr letzter Rückhalt. Ihre Verbindung zu ihrer eigenen inneren Freiheit. Wenn mit dem Auto etwas passiert, wenn es verschwindet, wäre das eine Katastrophe. Es würde ihren Zusammenbruch bedeuten. Es wäre fahrlässig, das Auto einem Fremden zu leihen. Selbst einer Vertrauensperson dürfte ich es nicht übergeben. Ich habe es ihr hoch und heilig versprochen. Es geht also wirklich unter gar keinen Umständen.

Felix starrte auf Ellas Hand, die zart über den Nacken von Eyres strich. Er spürte ihre Fingernägel auf seiner Haut. Wie sie sich in seinen Haaransatz bohrten. Als würde sie in seinen Kopf eindringen wollen. Um ihm das Gehirn zu kraulen. Um ihn mit ihren scharfen Nägeln zu sezieren. Ein Schauer lief ihm über den Rücken. Eyres schob ihm die schwarze Kreditkarte zu. Ella sah ihn an. Als würde sie sagen: *Komm mit. Am Abschied erkennt man den Charakter.*

Felix nahm den Autoschlüssel aus dem Sakko und legte ihn neben die Karte.

– Die Papiere sind in der Sonnenblende über dem Lenkrad.

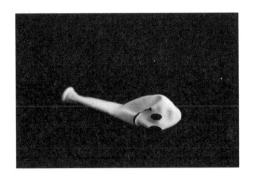

Draußen regnete es seit zwei Tagen. Das Prasseln der Tropfen war lauter als die Klimaanlage. Seit Eyres' Abfahrt lief sie durch. Obwohl Felix kaum im Zimmer war. Er hatte wenig geschlafen, hatte die zwei Tage an nichts anderes gedacht als daran, alles auszunutzen, wofür man hier bezahlen musste. Jetzt hatte ihn die Müdigkeit übermannt. Alles um ihn herum schimmerte unscharf. Die Tropfen spiegelten das violette Licht des Jeu Zero. Felix saß in einem verglasten Kubus und rauchte eine Zigarette nach der anderen. Er starrte durch das Glas in die schwarze Luft und sah den Rinnsalen dabei zu, wie sie sich vereinigten. Sie spannten ein Netz über den gesamten Würfel. Er war allein. Wie ein schwach pochendes Herz inmitten eines leuchtenden Blutkreislaufs.

Gleich nachdem Eyres gefahren war, hatte sich Felix im Spa eingebucht. Die zweistündige Massage aber hatte sein Berührungsdefizit nicht ausgleichen können. Der Masseur, ein ehemaliger Soldat, kommentierte jeden gepressten Schmerzenslaut von Felix mit einem ungerührten *Da*. Als würde er mit jedem Griff ein anderes Problem identifizieren. Als der Masseur seinen Kopf mit beiden Händen umfasste und nach links und rechts auf Anschlag drehte, spürte Felix, dass er auf diese Weise schon mehrere Menschen getötet hatte. Felix versuchte, Distanz zu sich selbst aufzubauen. *Die Todesangst ist ein gutes Zeichen. Du bist am Leben.* Die Finger justierten sich neu, um sich einen besseren Halt am Schädel zu verschaffen. Sie pressten gegen den Knochen. Nur ein kurzes *Ah*. Dann sagte er *Da*. Genauso wie am Ende, als er Felix beinahe die Schultern ausrenkte. Nach so viel Bejahung hatte er beschlossen, sich zurück in die Verneinung zu trinken, um nach einem Dutzend Cocktails, mehreren abgebrochenen Gesprächen und zwei fallen gelassenen Gläsern in Richtung Casino zu wanken. Der Mann im Anzug, der die Armbänder mit Startkapital auflud, musste die Geschäftsführung rufen, um zu verifizieren, dass der betrunkene Herr auch zahlungsfähig war. Aber die 5000 Euro waren von der schwarzen Karte gedeckt. *Mach Zwischenrechnungen,* hörte er sich sagen. *Geh auf Nummer sicher. Alles auf Schwarz.* Er konnte der Kugel kaum folgen. Unscharf zischte sie vor seinen Augen. Durch seinen Schädel. Das Licht des Kristalllusters flimmerte. Seine Hand, die sich dort festhielt, wo nichts

216

war. Der Sturz. Der Schmerz, der sich mit seinem Körper vereinigte wie das Wasser mit dem Wasser auf der Scheibe. Genauso gleichgültig hatte er den Schmerz registriert. Als stünde er neben sich, wie damals auf dem Balkon des Turms. Wenn der Schmerz nichts mehr mit einem zu tun hatte, dann hatte man es geschafft. Dann hatte man den Ausgang aus sich selbst gefunden. Das nächste Level. Er wehrte sich auch nicht gegen die Hände, die ihm aufhalfen. Die ihn anhoben und durch das Casino trugen. Über ihren Köpfen. Hatten sie überhaupt welche? Er berührte den Luster. Das zarte Klimpern. Das zwinkernde Licht. Er rekelte sich auf dem Rücken liegend. Diese Welle, die seinen Leichnam durch die Menge trug. Ihn weiterreichte. Eine warme Strömung, die ihn fortbrachte. Der er sich hingab. Er lag in einem kleinen Boot, stellte sich schlafend. Sie wussten, wohin. Sie sagten ihm nichts. Er hatte ihnen die Türen geöffnet. Jeden Einzelnen hatte er eingeladen. Und nach Hause gebracht. Sie hatten ihm gewinkt. Bevor sie die Türen schlossen. Sie hatten ihn gefeiert. Als wäre er ein Messias. Ohne Botschaft. Außer der Großzügigkeit. Die Großzügigkeit musste nicht gepredigt werden. Nur gelebt. Bis nichts mehr übrig war. Sich selbst im Geben auflösen. Diesen einen Punkt des Nichts erreichen. Die totale Befreiung. Unmöglich. Denn die Karte hatte kein Limit. Zwei Tage lang hatte er es probiert. War immer wieder zur Rezeption gegangen. Hatte bezahlt und bezahlt. Die Karte hielt. Trotzdem war die Liebe seiner Jünger abgestumpft. Weil es ihn nichts kostete? Weil sie sich fragten: *Warum er?*

Was will er von uns? Mit Großzügigkeit konnte man sich beliebt machen. Aber ein Messias brauchte eine Botschaft. Er lief aufs Klo. Und lud sich mit Gedanken auf.

Der Lärm ist nur ein Möbel im leeren Raum. Am Ende werden immer jene getötet, die uns das Geld geliehen haben. Die Nachahmung der Schöpfung ist der Sinn des Lebens. Es gibt keine Wahrheit. Nur Information. Man ist, was man geheim hält. Eine Herrschaft, die man nicht bemerkt, kann man nicht bekämpfen. Es ist selten die ganze Welt zusammengebrochen. Die Dauer ist keine verhinderte Ewigkeit. Schönheit ist lediglich die Verheißung von makellosem Glück. Man sieht durch Aufmerksamkeit. Ein Tier fragt sich nicht, wie es älter werden könnte. Wenn man ein erfolgreicher Diktator werden will, muss man zu Beginn gemocht werden. Viel gewichtiger als, was passiert, ist, was nicht passiert.

Es war schwer, sich zu lösen. Sie wollten, dass man am Klo hängen blieb.

Um nicht als Tiere bezeichnet zu werden, halten sie sich Haustiere. Gott sind die anderen. Es gibt nur Freiwillige. Dann riss er sich los. Und kehrte zurück. Sie täuschten weiter Interesse vor, um gratis zu trinken. Er hatte sie unter den Tisch geredet. Wieder hinaufgetrunken. War zurück aufs Klo gelaufen. Hatte sie unter den Tisch geredet. Bis ihm die Erschöpfung dazwischengekommen war.

Und jetzt saß er allein in einem Würfel aus Glas. Rauchte, obwohl er nicht rauchte. Niemand sah ihn. Außer den

Sternen. Denen er nicht gleichgültiger sein konnte. Er sah sie glimmen. Ohne Konturen. Kleine Brandlöcher, die eine leuchtende Welt dahinter in Aussicht stellten.

Er blies den Rauch in Richtung der unscharfen Verläufe des Wassers. Stundenlang hatte er zugesehen, wie es die Scheiben mit einem Netz aus Rinnsalen überzog. Hatte den Rauch beobachtet, der von der Scheibe abgewiesen wurde. Ohne dass es etwas erzählte. Ohne Sinn. Eine leere Wiederholung, die Realität wurde, weil er sie ohne Unterlass exerzierte. Ohne Grund. Außer der Schönheit. Der nutzlosen Schönheit. Die wuchs, je länger er die Geste wiederholte. Die ihn immer weiter wegtrug von sich selbst. Nur noch Betrachter sein. War das der Sinn? Zeuge einer nutzlosen Schöpfung zu werden? Endlich die Schönheit des Nutzlosen genießen. Sich aus der Sklaverei des Zwecks befreien? Der Zweck, der Sinn simulierte. Ein Manöver, das vom Unwesentlichen ablenkte. Das die Magie verbot. Weil sie die Aufmerksamkeit von der Fremdbestimmung befreite. *Sie haben kein Recht, nur dazusitzen und zu betrachten. Sie haben die Pflicht, einzugreifen und zu gestalten. Und sich gestalten zu lassen. Wir werden keine Ruhe geben. Auch Sie werden am Sterbebett bereuen, die Zeit nicht besser verschwendet zu haben. Wir fesseln Ihre Aufmerksamkeit. Das ist unsere Natur. Dafür braucht es kein Bewusstsein. Das geschieht von ganz allein. Sehen Sie dabei zu, wie wir Sie zu Tode beschäftigen. Dafür brauchen wir keine Peitsche.* Er blies den Rauch gegen die Scheibe. Der Regen prasselte. Das Licht brach sich violett. Und die Wasserläufe suchten einander. Vereinigten sich zu Rinnsalen. Er versuchte seine Augen längst nicht mehr scharf zu stellen, hatte es sich in der Unschärfe bequem gemacht. Hatte sie als neue Heimat anerkannt. Suchte nicht nach Konturen. Hatte keine Ahnung, wann und wo er seine Brille verloren hatte. Er war jetzt ganz bei sich. War ganz nicht er. Blies den Rauch gegen das Glas. Hörte die Tropfen, betrachtete das Wasser. Und spürte eine sanfte Entrüstung aufschimmern, als der Regen aussetzte, die Sonne aufging und die Zigarettenpackung sich ihrem Ende zuneigte.

Er spürte den Kater kommen. Wie er sich dumpf schmerzend mit der Erschöpfung vereinigte. Als gehörten sie zusammen. Dabei war er noch lange nicht ausgenüchtert. Er spürte die Vorhut, die diesen unerlaubten Zustand auflösen wollte. Als würde es sich um eine illegale Zusammenkunft handeln. Er kehrte allmählich zur Beherrschung zurück. Zur Beherrschung der anderen. Nein, er würde das Telefon nicht einschalten. Sandra hatte ihm bestimmt weitere Nachrichten geschickt. Nein, er hatte Eyres nicht nach seiner Nummer gefragt. Hatte nicht daran gedacht. Hatte ihm wie ferngesteuert den Schlüssel übergeben und sich ganz auf sein Wort verlassen. Hatte sich treiben lassen von dem Gefühl, dass alles seinen Lauf nahm. Wie das Wasser. Erst jetzt mischte sich in den Kater und die Ausnüchterung das Unbehagen. Die Vorahnung, dass die Dinge nicht so laufen würden wie angekündigt. Dass sie sich mit anderen Rinnsalen vereinigen würden. Und Felix

nichts dagegen tun konnte. Auch nicht wollte. Und es nur
zwei Möglichkeiten gab, in dieser wohligen Teilnahmslosigkeit zu verharren. Schlafen gehen oder weitertrinken.

Als er aufwachte, war es draußen wieder dunkel geworden.
Er wehrte sich, darüber nachzudenken, was es bedeutete,
wenn Eyres das Auto nicht zurückbrachte. *Es ist mehr als
ein Auto. Es ist Herbert.* Er spürte eine Fremdscham. Ähnlich dem Kater. Die Fremdscham, einem Auto einen Namen zu geben, es zu vermenschlichen. *Wenn ein Mensch
vergegenständlicht wird, fühlst du das nicht.* Sollte er das
Handy einschalten? Alles war so weit weg. Das Zimmer
ein Raumschiff, das auf seinen Start wartete. Niemand
hatte sich bereit erklärt mitzukommen. *Bloß kein Selbstmitleid!* Raus und weitertrinken. Es half nichts. Er war
nicht hier, um sich auf Lebzeiten im Jeu Zero einzurich-
ten. Er hatte noch drei Tage, in denen er den Ahnungs-
losen spielen durfte. Den Zweckoptimisten. Auch wenn
es kaum noch Puzzleteile gab, die sich zusammenfügen
ließen. Sie waren verloren gegangen. Ein entstelltes Bild
mit zu vielen Leerstellen. Er fror, aber er deckte sich nicht
zu. Zu groß die Gefahr, liegen zu bleiben. Er setzte sich
mit einem Ruck auf. Was sollte er mit dem Tag anfangen? Er war willens, holte tief Luft, aber es wollte ihm
nichts einfallen. Wenn er zu Hause gewesen wäre, hätte
er sich diese Frage nicht stellen müssen. Er hätte sich mit
dem Gefühl, daheim zu sein, begnügen können. Aber
hier in der Fremde konnte man sich nicht zurücklehnen,

sich an das lehnen, was man war, an das, was man hatte. Hier war Transitzone. Ein Wartezimmer. Auch wenn ihn nichts erwartete. Das Maximum an Ruhe. Der Zustand des Wartens. *Also aufstehen!* Er kannte inzwischen jeden Winkel des Hotels. Es gab nichts, was er hier noch tun wollte. Egal, was es kostete. Selbst das Geld zu verspielen, um an Grenzen zu stoßen, erschien ihm als leere Geste. Er müsste hinaus. Ins Land. In die Weitläufigkeit. Aber zu groß war seine Angst, Eyres zu verpassen. Außerdem hatte er keinen Wagen. Es blieb ihm nichts übrig, als den Tag von Neuem zu beginnen. Und wieder all die Dinge zu tun, die hier angeboten wurden, für die man bezahlen musste. Der Tag hatte ein Repertoire. Er war verplant, ohne dass man einen Plan hatte. Einen Rahmen. Wie sein Konto. Und er fragte sich, wie er den Rahmen sprengen konnte. Was man ihm eigentlich erzählen wollte. Was diese starren Möglichkeiten einem noch zu bieten hatten. Außer der sinnentleerten Wiederholung, mit der sie ihr Geld verdienten. Der Teufelskreis der Beschäftigung. Er konnte keinen klaren Gedanken fassen. Er konnte nur aufstehen und hinuntergehen. Dabei zusehen, wie der Taxameter lief. Und mitzählen, wie der Wert seines Tages stieg. Essen. Trinken. Massieren. Schwimmen. Spielen. Small Talk führen. Im Wellnessbereich durch die Scheibe einem Mann im weißen Bademantel beim Rauchen zusehen. Vielleicht an einem organisierten Ausflug teilnehmen. Im Shop neue Kleidung kaufen. Die getragene reinigen lassen. Bis dahin im Zimmer warten. Nackt sein.

Einen Porno schauen. Sich selbst berühren. Keine Prostituierte bestellen. Irgendjemand würde die Abrechnungen kontrollieren. Da war er sicher. Und auch wenn er denjenigen nicht kannte, schämte er sich vor ihm. *Gott,* dachte er, als er die Klimaanlage abschaltete. Gott sah sich am Ende die Abrechnung an. Überflog sie. Und sah auf einen Blick, wer man war. Vorausgesetzt, das Ich definierte sich über das Tun. Vielleicht war es umgekehrt und man war, was man nicht tat. Was man wegließ. Dann hatte Gott keine Chance. Dann war man perfekt, wenn auf der Abrechnung nichts zu sehen war. Wenn man still im Zimmer saß und nichts tat. Außer zu verhungern, den Körper als Rahmen zu nehmen, ihn einfach sterben zu lassen, ohne ihm etwas zuzuführen.

Den Fernseher einschalten. Einfach nur in einem Zimmer existieren und sich berieseln lassen. Von der Welt da draußen. Und wenn einem etwas nicht passte, zappte man es weg. *Wegwischen!* Aber was, wenn überall das Gleiche lief? Waldbrände läuteten den Höhepunkt des Sommers ein. Hatten offenbar kurz den Krieg verdrängt. Die Börse der Aufmerksamkeiten. Hartes Pflaster. Ganz Europa schien zu brennen. In einem Bunker wie dem Jeu Zero wäre man sicher. Kein Stück Holz hatte er gesehen. Vermutlich würden die Klimaanlagen den Kampf gegen das Feuer gewinnen. Die Scheiben würden den Rauch abweisen. Während die Gäste gleichgültig durch die Panoramafenster die lodernden Flammen betrachteten. *Wird man dafür zahlen müssen?* Auf allen Kanälen die gleichen Bilder. Er musste siebenmal drücken, um bei einer Hitler-Doku zu landen. Und zweitausendmal, bis er sich eingestand, dass es knapp werden könnte mit der Rückgabe des Wagens. Er hatte Eyres doch den Mittwoch als Abfahrtstag genannt. Mittwoch, 18 Uhr. Dann wäre er in der Nacht zu Hause. In einem frisch gemachten Bett. Und gelüfteten Zimmern. Es war 18:30 Uhr. Und Felix drückte den Ausschaltknopf. Sein Gehirn surrte genauso wie die Klimaanlage. Er ging hinunter. *Mach eine Zwischenrechnung. Irgendwas stimmt nicht.* Die Rezeptionistin, die ihn vermutlich längst bei der Polizei gemeldet hatte wegen der Karte, sah ihn misstrauisch an.

– Ich sehe, Sie haben drei Tage lang das Zimmer nicht verlassen. Geht es Ihnen gut? Können wir irgendetwas für Sie tun? Wir haben Ärzte, die den Gästen 24 Stunden zur Verfügung stehen. Und falls es wegen der Kosten ist, brauchen Sie sich nicht zu sorgen. Gesundheit geht immer vor. Auch bei uns.

Felix fokussierte sie mit seinem linken Auge. Erst jetzt wurde ihm bewusst, dass er drei Tage lang ferngesehen hatte, ohne wirklich scharf zu sehen. Das hatte ihn weder gestört noch beunruhigt. Jetzt aber irritierte es ihn. Er fand sich nicht zurecht. Fühlte sich den Blicken ausgesetzt. Von überall kamen Geräusche. Bewegungen im toten Winkel, die er zu spät wahrnahm. Wenn jetzt jemand auf ihn zuliefe, würde er ihn erst im letzten Moment bemerken. Er konnte die Gesichter nicht erkennen. Konnte die Leute nur am Gang und der Kleidung identifizieren.

Ein Kellner. Ein Gast. Eine Rezeptionistin, die ihn sorgenvoll musterte. Die sich fragte, warum er so oft eine Zwischenrechnung verlangte.

– Soll ich die letzten drei Tage abbuchen?

– Ja, bitte, antwortete Felix.

Noch funktionierte die Karte. Noch war davon auszugehen, dass alles in Ordnung war. Noch konnte Felix damit rechnen, dass Eyres jeden Moment auftauchen würde.

Er ging essen. Schaute sich ständig um, suchte eine Silhouette, die der des hageren Engländers ähnelte. Die Minuten vergingen so langsam, dass er bereits um acht Uhr nicht mehr wusste, was er tun sollte. Vielleicht ins Casino? Eine Runde Black Jack könnte ihn ablenken. Er ging durch die Drehtür und ließ sich das Armband mit Spielkapital aufladen. Verschwommene Gestalten an den Spieltischen. Sie warfen Jetons. Kauten Fingernägel. Sie starrten apathisch. Beugten sich erwartungsvoll nach vorne. Sie hielten Glücksbringer in der Hand. Sie notierten etwas auf einen Zettel. Sie bestellten Cocktails. Sie stapelten die Gewinne. Die Croupiers angelten sich die Verluste. Warfen Kugeln. Mischten Karten. Verkündeten Coups. Alles glitzerte unscharf unter den Kristalllustern. Das Gold. Das Messing. Der saftige rote Teppich. Die schwarzen Anzüge. Die Abendkleider. Die Colliers. Dazwischen Hawaiihemden. Schirmkappen. Sportschuhe. Gefälschte Uhren. Felix ging an ihnen vorbei. Auf einen Vorhang zu. Da war ein dunkler Spalt, den er weitete. Er streckte seinen Kopf hindurch. Wie durch eine Vagina.

Zog den Vorhang zu sich, bis er seinen Hals umfasste. Schach. Konzentrierte, verzagte, schmallippige, stirnrunzelnde Spieler. An zwei der acht Tischen spielten Frauen. Angezogen. Eine legte sanft den König ihres Gegners nieder. Als würde sie ihn schlafen legen. Dann kam ein Mann im schwarzen Anzug und hielt beiden ein Gerät entgegen. Teleportation. Das Geld wurde von einem Armband zum anderen transferiert. Die beiden Gegner durften den Einsatz definieren. 200 Euro Minimum. Maximum unendlich. In der Theorie.

Du könntest gegen dich selbst wetten. Such dir jemanden aus. Wenn er gewinnt, kommt Eyres zurück. Wenn er verliert, ist der Wagen weg. Vielleicht eine der beiden Frauen? Welche erinnerte ihn mehr an Sandra? Die junge Rothaarige mit dem bleichen Gesicht und den dünnen Armen? Oder die korpulente Rentnerin mit den zurückgebundenen Haaren und dem karierten Rock? Beide hatten nichts von Sandra. Er entschied sich für die Rothaarige mit den langen Fingern und den trüben blauen Augen, die den König wieder aufrichtete und den nächsten Gegner in Empfang nahm. Ohne ihn zu beachten, stellte sie die Figuren beider Farben auf. Als wäre es ihr Brett, das sie seit ihrer Ankunft nicht verlassen hatte. Sie war völlig in sich gekehrt. Als fände das Spiel in ihr und nicht auf dem Tisch statt. Als wäre sie geistig schon beim letzten Zug. Als würde sie den König bereits wieder hinlegen. Um dann das erste Mal den Gegner anzusehen.

Den Jungen mit dem müden Blick.

Sie war ungeschlagen. Daran bestand für Felix kein
Zweifel.

Er stellte sich in ein paar Meter Entfernung hin. Sie sollten nicht merken, dass er ihnen zusah. Andererseits wollte
er dem Spielverlauf folgen. Beide ließen sich nicht aus
der Konzentration locken, spielten im Kopf die Züge in
allen Eventualitäten durch. Erst nach mehreren Minuten
beantwortete der Junge den ersten Zug der blassen Frau.
Über ihre Pupillen flimmerten Hunderte Schachpartien,
das konnte Felix erkennen. Wenn jeder Zug so lange dauerte, musste er sich auf mehrere Stunden einstellen. Was
passierte eigentlich, wenn es unentschieden ausging? Felix
beschloss, sich an der Bar einen Drink zu holen. Er sah
sich um. Fand aber keinen Blick, den er erwidern konnte.
Auch weil er sie alle nur konturlos sah. Das Gebrabbel
der fremden Sprachen. Er ging auf die Toilette. Tat sich
schwer, zu erkennen, durch welche Tür Mann, durch welche Tür Frau. Bloß keine verschwommenen Aphorismen
lesen. Raus. Mit gesenktem Haupt ging er zurück. Der
dritte Zug war gespielt. Immerhin. Es war auf beiden Seiten noch keine Strategie erkennbar. Niemand war dem
anderen gefährlich geworden. Beide starrten auf das Brett.
Die Anstrengung ließ die Halsschlagader der Frau er-
zittern. Irgendetwas schien sie zu beunruhigen. Als be-
fände sie sich in einer ausweglosen Situation. Auch der
Junge mit dem müden Blick versuchte, seine Nerven
zu bewahren. Die Lider hingen noch tiefer. Er bewegte
Daumen und Zeigefinger, als zerriebe er etwas zwischen

ihnen. Beide griffen zu ihren Königen. Beide hielten sie, als würden sie die Gedanken der Figuren lesen. Es vergingen mehrere Minuten. Keiner ließ seinen König los. Die Pupillen huschten zunehmend nervöser über das Brett. Bis die bleiche Frau ihren König sanft umlegte und den Jungen schockiert ansah. Als wäre er der Teufel. Als hätte er ihr gerade eine lange Nadel in den Bauch gerammt. Es lag aber auch Erregung in ihrem Blick. Die Erregung der Unterwerfung. Die Erregung, den einzigen Ebenbürtigen gefunden zu haben. Bereits nach drei Zügen war ihr das Ende gewahr. Konnte sie die restlichen Züge antizipieren. Sie stand auf und verließ wortlos den Raum. Der Junge mit dem müden Blick stellte den weißen König wieder auf und sah ihn mitleidig an. Felix lief hinaus. Ganz plötzlich hatte er eine Atemsperre im Kehlkopf gespürt. Als ob er ertrinken würde. Er schnappte nach Luft. Lief in die Nähe einer Klimaanlage. Hielt sein Gesicht dagegen. *Ganz ruhig. Sei nicht so abergläubisch. Geh zur Rezeption. Und mach eine Zwischenrechnung. Alles muss gehen. Du kannst nichts dagegen tun. Es ist ausweglos. Hör auf, dich zu wehren.*

– Es tut mir leid. Aber die Karte funktioniert nicht mehr. Wahrscheinlich ist sie gesperrt worden. Am besten, Sie kontaktieren Herrn Ruan.

Dieser misstrauische Blick. Was bildet sie sich ein? Atmen. Jetzt läufst du ins Zimmer. Und gehst unter die Dusche. Du hast noch ein privates Guthaben. Schließlich hast du gerade die Wohnung vermietet. Das Schwein kommt nicht mehr. Es hat dich belogen. Hat das Auto gestohlen. Und hat dann die Karte sperren lassen. Oder hat Ruan benachrichtigt. Vermutlich hat er sie selbst gestohlen. Und es ist Ruan erst jetzt aufgefallen. Ein Hochstapler. Vermutlich ist Eyres nicht sein richtiger Name. Er hat einfach dessen Identität angenommen. Aus Rache? Aus Zufall? Kannten sie sich? Du musst ins Zimmer. Verhänge die Spiegel. Dein eigener Anblick ist eine Demütigung. Wasche den Dreck von dir ab. Den Dreck, den du selbst verursacht hast. Fang noch mal an. Reset. Alles auf null. Du wirst ein letztes Mal dein Telefon einschalten und Sandra eine Nachricht schicken. Liebe Sandra, ich kann dir nie wieder unter die Augen treten. Ich habe dein Vertrauen auf das Schlimmste missbraucht. Herbert ist weg. Er wurde gestohlen. Von einem fiesen Kerl, dem ich in die Falle getappt bin. Ich kann dir gar nicht sagen, wie leid es mir tut. Ich bin dem Krieg zu nahe gekommen. Ich kann nicht darüber reden. Ich werde nie wieder zurückkehren. Bitte such mich nicht. Vergiss mich. Ich habe es nicht verdient, dein Freund zu sein. Das ist meine letzte Nachricht. Ich werde mein Telefon entsorgen. Felix. Jetzt schaltest du es wieder ab. Zieh deine frisch gekaufte Garnitur an. Sie passt nicht zu dir. Das bist nicht du. Ideal für einen Reset. Du gehst hinunter und suchst die bleiche Frau. Du forderst sie zu einem Spiel auf. Als Einsatz bietest du ihr die schwarze Karte an. Du musst sie davon überzeugen, dass sie wieder funktionieren wird. In dem Moment, wenn sie in ihren Besitz übergeht. Nein. Man kann die Karte nicht verkaufen. Das lässt Ruan nicht zu. Die Karte ist eine Lektion. Und kein Handelsgut. Ein Spiel hingegen würde seine Sympathien wecken. Ein Spiel ist mit dem Schicksal verwandt. Wobei du natürlich keine Chance hättest. Aber es geht nicht ums Geld. Sondern darum, das nächste Level zu erreichen. Diese Frau wird dein Leben verändern. Es gibt keine Zufälle. Man muss die Zusammenhänge lesen können. Die Zeit der Blindheit ist vorbei. Keine falschen Währungen mehr. Immer den Zeichen folgen. Alles eine große Geschichte. Solange das Armband die Türen öffnet, musst du dir keine Gedanken machen.

Du wirst sie nicht beim Schach finden. Auch nicht im Spa. Geh aufs Dach. Dort wird sie warten. Nicht auf dich. Auf den müden Jungen. Der sie bezwungen hat. Sie hat dem Schicksal einen Köder hingeworfen. Hat sich geschworen, dass er der Richtige ist, wenn er sie findet. Nur der Richtige würde sie überall suchen. Stattdessen kommst du. Das wird etwas anrichten in ihr. Das kann sie nicht als Zufall deuten. Sie wird dein Angebot annehmen. Der große Geschichtenerzähler hat dich geschickt. Das Spiel ihres Lebens. Spürst du, was in dir heranwächst? Du bist ein Agent geworden. Ein Agent der großen Geschichte. Du bist bereit, Aufträge zu empfangen. Du sagst, es gibt noch eine Bedingung. Es müsse ihr letztes Spiel sein. Sie dürfe danach nie wieder einen König hinlegen. Nie wieder eine Schachfigur berühren. Sie wird dir in die Augen sehen. Den Agenten in dir erkennen. Ihr werdet auf dem Dach spielen. Ohne Zuschauer. Du wirst sie gewinnen lassen. Obwohl du keine Chance hast. Sie wird es nicht merken. Ihr Lächeln, wenn sie den König hinlegt, spiegelt keinen Triumph. Sondern die Gewissheit, dass gerade das Unausweichliche passiert. Es ist das Lächeln der Verbündeten. Ihr habt gemeinsam die nächste Stufe erreicht.

Durch sie hast du deine neue Rolle gefunden. Deine neue Daseinsform. Deinen neuen Blick auf das große Spiel. Den Blick des Agenten. Mit dem du sie ansehen wirst. Bevor du die Lider schließt. Und ihr die Karte übergibst. Du wirst es spüren. Wie sie dir nachsieht, wenn du gehst. Aus ihrem Leben entschwindest. Du wirst diesen Blick noch spüren, wenn du mit deiner eigenen Karte bezahlst. Wenn du durch die Drehtür nach draußen schreitest. Und dem freundlichen Winken des übergewichtigen Mannes folgst. Der die Tür des Shuttlebusses hinter dir schließen wird. Du wirst ihren Blick ab jetzt immer spüren. Egal wo du bist. Sie ist dein erstes Publikum. Viele werden folgen. Und dir staunend hinterhersehen, obwohl sie deiner nie ansichtig wurden. Die Agenten handeln im Verborgenen. Sie brauchen keinen Dank. Nur das Staunen.

Wenn du aus dem Shuttlebus steigst, wirst du ein Unsichtbarer sein. Du gehst einfach los. Du gehst Richtung Westen. Das ist das einzige Ziel. Du stellst dich an den Straßenrand und vertraust darauf, dass ein Wagen stehen bleibt. Ein Leben, in das du einsteigen kannst. Du hast es nicht eilig. Es gibt dich nicht mehr. Du hast keinen Namen. Und keine Benennung. Du musst dir nichts merken. Einfach nur gehen. In Richtung Westen. Bis einer hält. Und dich mitnimmt. Ohne zu wissen, dass du ein Agent der Vorsehung bist.

Als er die Wohnung betrat, lagen dort drei Schlüssel. Man hatte sie nebeneinander drapiert. Vermutlich Swetlana. Als würde sie damit sagen: Ich bin nicht die Einzige, die mit diesem Bordell nichts zu tun haben will. Unter einem Schlüsselbund lag eine handschriftliche Nachricht und ein Hunderteuroschein. *Thanks for this wonderful place! We had a great time. By the way: Would you sell the Duchamp photography? We would love to have it. And sorry for the blood on the sheets. We hope this would be a reasonable amount for the cleaning. Warm regards, W&W.*

Felix stolperte in seine Kammer. Ein kurzer Scan. Rechner, Hemden, die beiden Bilder, zwei Kisten, auf denen *Diverses* stand – alles da. Zum Glück konnte er seine Dinge an einer Hand abzählen. Hatte Swetlana deshalb gekündigt?

Wegen des Bluts? Oder musste sie in den Krieg? Hatte sie ihm eine Nachricht geschickt? Er legte sein Handy auf den kleinen Tisch. Starrte das schwarze Display an, wie man einen Komapatienten anstarrte. Schaltete es aber nicht ein. Wollte nicht wissen, was Sandra geantwortet hatte. Der hinterlegte Schlüssel sagte alles. Sie legte keinen Wert darauf, ihn persönlich zu übergeben. Vielleicht hatte sie auch kapituliert. Schließlich war er wochenlang nicht auffindbar gewesen. Ein Verschollener. Der Welt abhandengekommen. *Sie hätte mit deinem Selbstmord rechnen müssen. Reagiert man so als Freundin?* Hatte sie eine Vermisstenanzeige aufgegeben? *Du hast mit dem Wagen Sandra gehen lassen. Nicht umgekehrt.* Er war zu müde, um sich den illoyalen Gedanken zu stellen, hatte seit Tagen nicht wirklich geschlafen. Er legte sich auf die Couch. Obwohl Swetlana die Bettwäsche gewechselt hatte. Er legte sich auf den Rücken und zog die Füße zu sich wie ein Insekt, das nicht mehr aufkam. So fühlte er sich. Aber es fehlte das Publikum für seine Verkörperung.

Beim Einschlafen dachte er an alle, die ihn hatten einsteigen lassen. Bilder aus der Beifahrerperspektive. Der aufgedrehte Vertreter für Zahntechnik. Der wasserstoffblonde Mann mit der bleichen Haut und der entzündeten Akne. Die junge Frau, die ihren Hund zum Tierarzt brachte und dafür eine Strecke von dreißig Kilometern zurücklegte. Die schwangere Frau, die ein Kind für ein deutsches Paar austrug. Der Tischler, der ihn zwischen Brettern auf der Rückbank sitzen ließ. Der LKW-Fahrer, der gegen den Sekundenschlaf kämpfte. Das alte Ehepaar, das sich im Zehnminutentakt am Steuer abwechselte. Der Mann ohne Führerschein, der ihn bat, zu fahren. Der Weltverschwörungstheoretiker, der behauptete, sein Kryptowallet verloren zu haben. Die Bauernfamilie, die ihm eines ihrer drei Kinder auf den Schoß setzte. Der Mittfünfziger, der ein T-Shirt mit der Aufschrift *Alter muss sterben, Jugend muss siegen* trug. Der Pendler, der den vierstündigen Weg zu seiner Arbeit absolvierte. Der Kettenraucher, der sich weigerte, das Fenster zu öffnen. Die Jugendlichen, die ihm ihre Musik vorspielten. Vater und Sohn, die ihr gesamtes Hab und Gut transportierten. Ein Priester, der in ein anderes Land versetzt wurde. Ein Mann in Winterkleidung, der die Klimaanlage auf Hochtouren laufen ließ. Eine Frau, die den Wagen mit alten Telefonbüchern vollgestopft hatte. Der Kurzsichtige, dessen Gesicht an der Frontscheibe klebte, weil die Scheibenwischer nicht funktionierten. Der ehemalige Fußballer, der zu einer Autogrammstunde fuhr. Die Frau, die ihm anbot, ihn an sein Endziel zu bringen. Weil ihr alles recht sei. Weil sie selbst keines habe und nichts so sehr liebe wie das Autofahren. Er wollte ihr aber keines nennen. Hatte es nicht eilig, nach Hause zu kommen. Vielleicht auch aus Angst, sie suche selbst eine Mitfahrgelegenheit. Suche jemanden, in dessen Leben sie einsteigen könne. Nach drei Stunden Fahrt hatte sie das Interesse an ihm verloren. Sagte, das alles führe zu nichts. Und ließ ihn mitten auf der Autobahn aussteigen.

Felix war im Zickzackkurs quer durch Europa gefahren. Er nannte kein Ziel. Stieg dort aus, wohin die Anhalter fuhren. Überließ sich ganz dem Schicksal. Ohne Erwartung. Ohne Vorhaben. Ohne Zweck. Wie viel Zeit war vergangen? Er hatte aufgehört, die Tage zu zählen. Hatte nichts erlebt, was man später in einer Kolumne beschreiben könnte. Hatte nichts von sich selbst zu erzählen. War meistens am Straßenrand gestanden. Hatte dazwischen im Freien geschlafen. Alle paar Tage hatte er sich eine Übernachtung in einem Hostel an einer Raststätte gegönnt. Dazwischen hatte er an Tankstellen gegessen. Keine einzige REM-Phase. Stattdessen blitzten die Bilder jetzt auf. Als wäre er die letzten Wochen auf der anderen Seite vergessen worden. Als hätte man ihn beim Schlafwandeln geweckt. Und der Großteil seiner selbst wäre drübengeblieben.

Hatte er die Reise nur fantasiert? Hatte sein Selbst die ganze Zeit auf der Couch gelegen? Wie ein Käfer, der sich das Menschsein erträumte. Hatte er sich verwandelt? War er, ohne es zu merken, ein Ungeziefer geworden? Da standen sie und starrten ihn an. Warteten, bis er eingeschlafen war, um ihn wie Staub wegzufegen. Ein Läuten. So laut, dass es ihn zurück ins Selbst katapultierte. So lang, dass es kein Ignorieren zuließ. Man wusste offenbar, dass er zu Hause war.

Felix schleppte sich in Richtung Wohnungstür. Gebückt ging er an den Fotos von Moiras Dingen vorbei. Sie riefen nichts wach. Blasse Erinnerungen. Beiläufige Hotelkunst.

Am Kühlschrank keine Polaroids. Vermutlich hatte Swetlana sie vernichtet. *Ja! Ich komme schon!* Das penetrante Läuten zwang ihn, seinen Schritt zu beschleunigen. Wie eine Peitsche. Als wäre er neugierig, wer draußen stünde. Ein patenter Ich-Agent gab ihm einen Hinweis. Bruno Kranich. Der Name klang erfunden. Bruno Kranich hatte die Wohnung vor Wochen gebucht. War es bereits so weit? War er so lange fort gewesen? Kranich lebte in derselben Stadt. Und musste schon damals gewusst haben, dass er die Wohnung brauchen würde. Vielleicht für ihn und seine Geliebte? Sein Zuhause war kein Stundenhotel. Sollte er ihn fragen? Ging es ihn etwas an? War es ihm nicht inzwischen egal? Eigentlich hatte er länger als acht Tage buchen wollen. Felix aber hatte abgelehnt. Kranich buchte trotzdem. Schien richtig erpicht darauf. Felix hätte bestimmt das Doppelte verlangen können.

– Ja! Ich komme!

Wo ist der verdammte Schlüssel? Es liegen drei auf dem Tisch! Reicht dir das nicht!

– Eine Minute!

– Ich bin Bruno Kranich.

– Eugen, was machst du hier?

Kahl rasierter Kopf. Karierter Hut. Kariertes Hemd. Karierter Blick. Randlose Brille. War das Felix' grüne Sporttasche, die er da in den Händen hielt?

– Sie hat mich rausgeworfen. Ich brauche eine Unterkunft.

– Und da kommst du ausgerechnet zu mir?

– Warum nicht? Du warst ja auch bei mir.

– Das ist etwas anderes. Ich habe mich nicht unter falschem Namen eingeschlichen.

– Willst du damit sagen, ich sei ein Kuckuck und du nicht?

In Eugens Blick lag etwas provokant Süffisantes. Wusste er von dem Schwanzbild?

– Ich glaube, du hast mehr mit meinem Rausschmiss zu tun, als mir lieb ist.

Er wusste es. Ergo musste man davon ausgehen, dass er nichts Gutes im Schilde führte. Durfte man laut den Statuten eine bereits zugesagte Wohnung im letzten Moment zurückziehen? Aus persönlichen Gründen. Vor allem, wenn Vandalismus zu befürchten war? *Euer Ehren, es ist ihm zuzumuten, dass er alles kurz und klein schlägt. Vertrauen Sie nicht seiner ruhigen Art. Das sind die Schlimmsten.*

– Was soll ich mit deinem Rausschmiss zu tun haben?

– Warum bist du einfach abgehauen?

– Das weißt du genau.

– Genau. Das weiß ich genau.

Er sah Felix mit zugekniffenen Augen an. Und schob sich die randlose Brille zurecht.

– Es wird wohl einen Grund haben, warum sie sich am Tag nach unserem Abend trennen wollte.

Er schien keine Ahnung zu haben. Sie hatte Eugen nichts von dem UFO erzählt. Felix wusste zwar nicht, welches Hormon für Erleichterung zuständig war, aber genau das schoss gerade durch seinen Körper.

– Vielleicht hatte es etwas mit deinem Gehabe zu tun.

Die Sache mit dem Kuss, wie du uns da hineingenötigt hast, das ist ihr bestimmt aufgestoßen.

Jetzt lehnst du dich ganz schön weit aus dem Fenster, mein Freund. Aber Übermut kommt vor dem Fall. Ich habe dir nämlich eine schlechte Nachricht zu überbringen. Ich sage nur: Moiras Bilder an der Wand. Wenn er die sieht, dann ist es aus mit dir.

– Meinst du wirklich?

Eugens Stimme wurde ganz weich.

– Das kann ich mir eigentlich nicht vorstellen. Bei all dem, was sie weggesteckt hat. Sie wusste, dass ich nur Gleichstand wollte. Dass sie mir zurückzahlen sollte, was ich ihr angetan habe. Damit wir quitt sind.

– Aber Liebe ist doch keine Kosten-Nutzen-Rechnung. Man kann verzeihen. Aber den anderen nicht in den gleichen Abgrund stürzen.

– Das passt zu dem, was sie gesagt hat: *Ich gehe, weil mir heute Morgen klar geworden ist, wie sehr mich vor euch Männern ekelt.*

Ein Schreck durchfuhr Felix. Da war es wieder, das UFO.

– Das Gute ist, dann hat es nicht nur mit dir zu tun. Sondern mit uns allen.

Das wohlige Gefühl, nicht allein auf der Welt zu sein. Allmählich fühlte sich sein Geschlecht tatsächlich wie eine eigene Gattung an.

– Können wir das drinnen besprechen?

– Warum, fragte Felix, dem nichts Besseres einfiel.

– Weil ich vermutlich gleich laut werde. Und weil ich die

Wohnung für acht Tage gemietet habe. Eugen wartete nicht auf eine Antwort. Er schob Felix beiseite. Und warf die Sporttasche ins Eck.

– Sie ist jetzt mit dieser fetten Lesbe zusammen. Marlene! Du kennst sie bestimmt. Sie sind alle bei uns eingezogen.

Eugen ging durch die Wohnung und inspizierte sie. Er grunzte dazu nickend, als hätte er sich das alles genauso vorgestellt. Auch vor den Bildern von Moiras Dingen blieb er stehen. Sie schienen ihm nichts zu sagen. Vielleicht, weil er mit den Gedanken woanders war.

– Wer sind alle?

– Alle von diesen pseudofeministischen Lesben. Die ganze Wohnung ist voll mit ihnen. Einen Kammerjäger müsste man rufen.

– Das verstehe ich nicht. Wie können sie alle gegen deinen Willen bei euch einziehen?

– Begonnen hat es mit diesem Bild. Du weißt schon. Der Shitstorm.

Felix zuckte die Achseln.

– Sorry, habe vergessen, dass du in der analogen Wüste lebst. Einer von Moiras NFT-Künstlern, leider über fünfzig, männlich, weiß, hat ein ganz witziges Bild fabriziert. Titel: *A Hitler cannot be found on the streets*. Querverweis: Hitler/obdachlos. Eh klar. Es zeigt einen weißen Mann, der blackfaced wird. Und sich sukzessive in einen dunkelhäutigen Hitler verwandelt. Ein Priester balsamiert ihn mit schwarzer Paste ein. Eine Weihe. Darüber ein Schriftzug: *Time for exchange*. Das Ganze ist im Stil eines Heiligenbildes gestaltet. Statt Engeln sieht man Juden die Straße waschen. Unter Aufsicht schwarzer SS-Schergen. Die Juden haben unterschiedliche Hautfarben. Man erkennt sie nur daran, dass sie die gleichen Pappmachénasen tragen. Dahinter ein Reigen der Aneignung. Eine Schwarze im Dirndl, ein schwarzer Schlagersänger, eine schwarze Familie vor der Weihnachtskrippe. Der schwarze Hitler schreit: Erwache! Die Masse antwortet: Woke! Eigentlich langweilig. Ein vorprogammierter Shitstorm. Angeführt natürlich von Marlene. *Das geht gar nicht, Moira.* Hat sie gesagt. *All shades of wrong! Ich weiß gar nicht, wie viele Ebenen von Rassismus ich gezählt habe.* Und Moira: *Warum soll Hitler nicht von einem Schwarzen gespielt werden? Bei Napoleon hätte es kein Schwein interessiert. No, no, no,* sagt Marlene. *Just no, Moira! Es fängt damit an, dass Hitler Rassist war. Wenn es um Rassen geht, kann man nicht divers besetzen. Ein Plantagenbesitzer von einem Schwarzen gespielt? Nicht mal aus Revenge. Außer, wenn die Schwarzen weiß sind,* sagt Moira. *Es darf nicht die gleiche Rasse sein. Weil es ja um Rassentrennung geht. Mathematik. Natürliche Zahlen. Solange Rassen etwas bedeuten, sind wir Rassisten. Das will dieses Bild sagen. Das ist doch in eurem Sinne. Ha!* Da lacht die biersaufende Lesbe. Es klingt wie Kotzen, Felix. *Mir wird ganz schwindlig bei dem, was du sagst, Moira! Man darf den Unterdrückten ihre Kultur nicht stehlen. Das ist Kolonialismus. Nur das Authentische ist wahr. Es ist pervers, wenn ein geistig gesunder Mensch einen geistig Behinderten spielt.* Der übliche Scheiß. Ständig

240

saß sie bei uns und debattierte. Am schlimmsten ist ihre Humorlosigkeit. Anfangs durfte ich noch mitreden. Sagte so Sachen wie: Im Antikolonialismus liegt die Arroganz des Kolonialisten. Hinter dem Sich-Aufspielen als Opferanwältin stecken moralische Überlegenheitsfantasien. Die weiße Bevormundung, dass ein Jamaikaner beleidigt zu sein hat, wenn ein Weißer Dreadlocks trägt und ein Italiener nicht, wenn ein Ägypter Pizza verkauft. Ausbeutungslogik. Die weiße Selbstgerechtigkeit, den Opfern zu zeigen, wie Kollektivschuld geht. Den kulturellen Vorsprung verdeutlichen. Im nächsten Level werdet auch ihr Täter sein. Aber ihr seid noch nicht so weit.

Sie haben einen neuen Opferwettbewerb ausgerufen, da haben wir nichts verloren, Felix. Gott ist tot. Sie sind der neue Jesus. Und diese gespielte Empfindlichkeit. Als ob man niemanden mehr beleidigen dürfte. Das ist mir zuwider. Cancer-Culture. Nicht Cancel-Culture. Beleidigung ist Humanismus! Aufmerksamkeit. Wegwischen ist Faschismus. Genozid. Die Welt nach Herkunft und Rassen einteilen? Ha! Das ist doch ein Angriff auf die multikulturelle Gesellschaft, die eine einzige Aneignung ist, du fetter Hitlerjesus. Authentizitätsterrorismus. Wenn jeder nur sich selbst spielen darf, ist es zu schade, dass so viele gar nicht wissen, wer sie sind. Dann müssten es ja ausgerechnet die Schauspieler wissen. Die aber genau deshalb Schauspieler wurden, weil sie es nicht wissen. Weil sie sich mit dem einen Ich nicht zufriedengeben wollen. Weil sie wissen, dass es das Authentische gar nicht gibt.

Weshalb es auch das Unauthentische nicht geben kann. Sei du selbst, das sagen jene, die sich mit nur einer Identität abgefunden haben. Ich lasse mich aber nicht auf den alten weißen Mann reduzieren. Sie sagen: Du darfst so sein, wie du bist. Ich antworte: Ich muss! Ich will nicht. Ich muss! Ich will nicht authentisch sein. Dafür bin ich zu viele. Ich will verschwimmen. Für keinen Algorithmus greifbar sein. Aus den Zielgruppen ausbrechen. Das ist Freiheit. Ich verstehe dich besser als du dich selbst. Ich könnte jederzeit für dich einkaufen gehen, Felix. Egal. Ich kann alles sein. Wir sind immer alle. Die totale Empathie. *Wir kuratieren jetzt die Gesellschaft,* sagt der Hitlerjesus. *Wir sagen, was geht.* Alles geht *ist jetzt vorbei.* Sie sind durch und durch fantasielose Existenzen, die ihre eigene Bedeutung nur über die anderen definieren. Derivate. Sekundantinnen. Kuratorinnen. Rezipientinnen mit Vollmachten. Weißt du, was Moira gesagt hat? Meinetwegen sei sie nicht mehr sie selbst. Dabei ist genau das der Beweis, dass es sie gar nicht gibt. Das Ich ist kein Naturgesetz. Wir verändern uns. Wir sind alle Schauspieler. Wir sind immer alle. Es ist absurd, dass ich daran schuld sein soll, dass sie nicht mehr sie selbst ist. Okay! Ihr gefällt ihre Rolle nicht. Dann soll sie was ändern. Genau das habe sie vor, sagte sie. Das war nicht mehr meine Moira. Hey! Kann nur Moira Moira spielen? Der Schwule muss den Schwulen spielen. Der Behinderte den Behinderten. Einfältigkeitsdiktatur. Keine Weiße darf mehr über Schwarze schreiben. Nur der Schwarze darf alle spielen. Aber das

Desinteresse wird sie vernichten. Sag, Felix: Würden sich weiße Nazis trauen, einen schwarzen Hitler zu verprügeln? Oder wäre das Blasphemie? Aussehen und Identität. Dass ich nicht lache! Sie verwechseln Kunst mit Wirklichkeit. Haben sie zur letzten Religion erklärt. Selbst das Meer darf nicht mehr von einem See gespielt werden. Es geht aber nicht um das Meer, Felix. Es geht um unsere Vorstellung von Meer. Wenn eine Vorstellung zu stereotyp ist, dann müssen wir an ihr arbeiten. Der Unterschied zwischen Verwandlung und Verstellung. Das Unauthentische. Die Kunst! Die Freiheit ist mehr wert als die Unwahrheit. *Es darf keine falsche Kunst mehr geben,* skandiert die Wachtel. *Die Kunst ist durch und durch unauthentisch.* Und so weiter und so fort. Das übliche sinnlose Gewäsch. Am Ende hat mich Marlene nur benutzt. Sie ist gut, das muss man sagen. Sie hat mich reden lassen. Und immer nur den Kopf geschüttelt. Als wäre ich der größte Vollidiot auf Erden. Als gäbe es eine Parallelgesellschaft, an der ich nicht teilhaben dürfe. Als wären alle Eingeweihte außer mir. Sektenlogik. Erwachet. Und sie wurden mehr. Von Tag zu Tag wurden sie mehr, Felix. Zuerst saßen sie nur im Wohnzimmer. Aber bald waren sie überall. Sogar im Schlafzimmer. Sie gingen nicht mehr. Sie blieben. Sie schliefen bei uns. Kauften ein. Hausten regelrecht. Ich war wie gelähmt, habe immer nur nach Moira gesucht. Die zunehmend schwerer zu finden war in diesem Gewimmel. Ich verließ die Wohnung nicht mehr. Aus Angst, sie würden das Schloss auswechseln. *Moira, lass uns kurz reden. Das kann doch nicht so weitergehen. Willst du sagen: Ich oder sie, Eugen? Nein, natürlich nicht. Natürlich nicht.* Sie hörten mir gar nicht mehr zu. Sie behandelten mich, als wäre ich nicht anwesend. Sie amüsierten sich nicht mal mehr über mich. Es interessierte sie nicht, ob ich etwas zu sagen hatte. Sie ignorierten mich. Selbst wenn ich mich zu ihnen setzte. Als wäre ich inexistent. Aber auch damit fand ich mich ab. Solange ich in Moiras Nähe sein durfte. Ich hatte solche Angst, sie zu verlieren. Warum eigentlich? Was hatte ich von einer Moira, die nicht mehr meine Moira war? Sie fachten sie an, die neue Moira. Die mich jetzt ebenfalls ignorierte. Sie gefiel sich darin. Im Wegwischen. Der gehört weg. Der gehört weg. Wann sind aus den Linken die neuen Rechten geworden, Felix? Wann haben sie begonnen, Bücher zu verbrennen, statt Gegenbücher zu schreiben? Man will gar nicht glauben, wie lange man so leben kann. Immer tiefer schlitterte ich in eine niedrige Existenz. Ging nicht mehr arbeiten. Räumte nur noch den Hausbesetzerinnen hinterher. Freute mich über kleine Gesten der Aufmerksamkeit. Wenn mir jemand seinen Teller reichte. Mir zunickte, wenn ich ein Glas nachschenkte. Oder zur Seite trat, wenn ich den Boden schrubbte. Nie verlor ich Moira aus den Augen. Wartete auf kurze Momente, in denen ich mit ihr reden durfte. Zum Beispiel, wenn sie schon sehr betrunken war. Dann lallte sie mich voll. *Es tut so gut, wenn man eine Freundin wie Marlene hat. Die einem ehrlich sagt, was sie denkt. Sie sagt, ich solle mich von dir trennen. Du*

missbrauchtest mich. Ich sei im falschen Leben. Unauthentisch.
In einer Spirale deiner narzisstischen Störungen gefangen.
Es sei Zeit für einen Befreiungsakt. Ich weiß nicht, ob sie
damals schon mit Marlene schlief. Vermutlich haben sie
alle miteinander geschlafen. Alle mit diesem Hitlerjesus.
Authentisch leben! Endlich kann Moira ihren Unterwer-
fungsfetisch ausleben. Das hat auch die Aktion mit den
Haaren bewiesen.
– Haare, fragte Felix. Nur um ein Lebenszeichen von sich
zu geben. Und weil Eugens Monolog immer rasender
wurde. Er hatte Angst, er würde sich an den Möbeln ver-
greifen.
– Abrasierte Haare. Abschaffung der Geschlechter. Abschaffung der Identität. Was weiß ich. Irgendwann rasie-
ren sie sich alle die Haare. *Zeit für Konsequenzen!,* haben
sie ständig skandiert. Terrorismus. Radikalität als Unter-
scheidungsmerkmal. Aufgeilen am Fundamentalismus.
Letztlich Zielgruppe. Und vorprogrammierter Bedeu-
tungsneid. Diese Marlene ist, zugegeben, eine brillante
Aufmerksamkeitskapitalistin. Sie rasierten sich kollek-
tiv die Haare ab. Und so wurden aus 30 000 Followern
300 000. Moira, die Aufmerksamkeitsnonne, hat es sich
in der Scham anderer bequem gemacht. Opferanwältin-
nen. In alle Richtungen. Denn Aufmerksamkeit ist eine
knappe Ressource. Die Menschen sind zu dumm für das
Internet, Felix. Keiner ist dadurch sensibler, informierter
oder solidarischer geworden. Empathiejunkies sind sie.
Permanente Aneignung von Leid. Von der Stasi wurden

die Leute wenigstens noch gesehen. Alter Extremisten-
scherz. Aber: Gesehen werden! Aufmerksamkeitsmono-
polismus. Bloß keine Gleichverteilung herstellen. Auf-
merksamkeitskommunisten gibt es noch keine. Kommt
noch! Sie haben die Aufmerksamkeit, die sie bekommen,
nicht verdient. Das wissen sie. Der Spiegel ist nur der
Spiegel und nicht das Gesicht. Sie sind fucking Kuratorinnen. Sie sind das Publikum, das einen Bühnenplatz
fordert. Sie wollen Krieg führen. Endlich wieder Krieg
im müden Westen. Der Krieg frisst alle. Den Chirurgen.
Den Lehrer. Den Arzt. Er macht aus allen Soldaten. Und
Moira ist jetzt Soldatin, Felix. Sie haben sie zombifiziert.
Sie haben sie erniedrigt. Und Moira merkt es nicht. Ich
kann sie nicht retten, weil sie in mir nur noch den Täter sieht. *Sie braucht keinen Beschützer, du Zuhälter!* Ich
höre ständig Marlenes Stimme. Dieser fette Hitlerjesus.
Ich bestehe nur noch aus Wut. Befinde mich in einem
ständigen Streitgespräch mit ihr. *Na, kleiner weißer Mann,
noch immer hier? Hier braucht dich doch keiner mehr. Keiner
interessiert sich für das, was du zu sagen hast. Ich spüre doch,
du bist nicht du selbst. Du überspielst etwas. Hast du schon
mal an eine OP gedacht?* Oh ja, das habe ich. Ich habe das
Gefühl, in der falschen Rasse geboren zu sein. Warum
kann ich mich nicht zu einem Indianer operieren lassen.
Ein Lachen wie Kotzen. Ich solle mich mit meinem alt-
backenen Sarkasmus davonscheren. Der habe ausgedient.
Das letzte Wort in meinem Haus habe immer noch ich!
Dann sprich es. Jetzt. Seelenruhig hat sie mich hinausbe-

gleitet. Aus meinem eigenen Heim. Moira nirgends zu
sehen. Glatzige Frauen überall. Ich fragte, was ich verbrochen hätte. Aber sie sagte nichts mehr. Führte mich
nur ab. Ich war gar nicht da. Nur noch Wut. Ich hätte
auf sie einschlagen können. RAGE ROOMS müsste
man erfinden. Jeder dürfte jeden beleidigen. Jeder dürfte
wüten. Im geschützten Raum. Bezahlt. Dann ist es okay!
Was meinst du? Komm! Ich beleidige dich und deinen
Körper! Für den du selbst verantwortlich bist! Du fette
Wachtel. Gegen ein angemessenes Entgelt darfst du dich
kurz unsicher fühlen. Im Rage Room die Wut rauslassen.
Eine Ejakulation. Sogar in diesem Moment noch eine
Idee. Immer produzieren. Ohne ein Wort hat sie die Tür
hinter mir zugemacht. Hat mich draußen einfach stehen
gelassen. Ich läutete. Keiner machte auf. Ich läutete. Aber
sie ignorierten mich. Seither irre ich umher. Streite mit
ihr. Immer im Gespräch bleiben. Aufmerksamkeit. Nie
vergessen werden. Nie vergessen, wann das alles anfing.
Womit es anfing. Womit hat es begonnen, Felix? Mit dir.
Eugen nahm einen Kerzenständer und warf ihn gegen
eines der Bilder.

– Glaubst du, ich habe nicht bemerkt, dass das Moiras
Handtasche ist? Du Schwein! Du elende Sau!
Er hob den Kerzenständer auf und schmetterte ihn erneut gegen ein Bild. Geborstenes Glas. Das aussah wie
eine Spinne, die sich auf eine Erinnerung gesetzt hatte.
Die eingeschlagene Scheibe eines Hauses. *Wer hat hier gewohnt? Wessen Erinnerungen sehen wir durch das zerbrochene*

247

Glas? Wie lange mag es wohl her sein? Eugen schmetterte und schmetterte. Felix rannte los. Ließ alles stehen und liegen. Floh aus seiner Wohnung. Sah nicht mehr zurück. Hörte nur das Glas, das zerbrach. Und Eugens wütendes Toben. Mit zunehmender Entfernung fühlte es sich wie eine Erinnerung an.

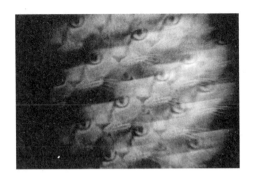

Es regnete. Und das Wasser prallte am Asphalt ab. Es suchte hektisch nach Rinnsalen, um sich mit anderem Wasser zu vereinigen. Um gemeinsam ein Loch im versiegelten Boden zu finden, das ein Abfließen ermöglichte. Aber der Asphalt blieb hart. Gönnte dem Wasser kein Ausweichen. Zwang es, an der Oberfläche zu bleiben. Die Straßen entlangzufließen. Als ob die ganze Welt eine ausweglose Betonfläche wäre.

Felix hatte sich seit Stunden nicht bewegt. Der Asphalt unter seinem Gesäß hatte längst seine Körpertemperatur angenommen. Nach fünf Tagen waren auch die Schmerzen vergangen. Der Rücken hatte seinen Widerstand aufgegeben. Würde er jemals wieder auf einer Matratze schlafen können? Er wusste inzwischen, dass man nicht aufstehen durfte. Dass man warten musste, bis Asphalt und Körper sich durch nichts mehr unterschieden. Jedes Aufstehen bedeutete einen Neuanfang. Wieder Rückenschmerzen. Stattdessen die Härte wegliegen. Und den Asphalt durch den warmen Körper gefügig machen.

Der Regen prasselte durch seinen Blick. Er musste nicht mehr um seinen Platz bangen. Die Unterführung bei den Schaufenstern war natürlich begehrt. Aber er hatte ein stilles Übereinkommen mit den beiden anderen, die Stellung zu halten, die Plätze für sie zu verteidigen. Felix bewachte die Schlafsäcke von Maurice und Helene. Sie würden bestimmt gleich kommen. Bald würde es zu kalt werden, um im Freien zu schlafen. Aber dann würde er zurück in seiner warmen Wohnung sein. Noch drei Tage. Er hatte aufgehört, durch die Straßen zu irren. Hatte sich irgendwann setzen müssen und sich seitdem selten wegbewegt. Er hatte sich von den billigen Sandwiches des Ladens nebenan ernährt. Das wenige Kleingeld, das in seinem Becher landete, hatte er kaum bemerkt, weil er untertags schlief. Eingehüllt in seinen Schlafsack. Keiner konnte sein Gesicht sehen. Schon gar nicht Sandra, die gegenüber der Passage wohnte. Vielleicht hatte auch sie gedankenverloren eine Münze in seinen Becher geworfen. Er konnte in kein Hotel. Die Gegenkraft hatte es ihm untersagt. Also hatte er sich in ihrer Nähe platziert. Ohne zu hoffen, ihrer ansichtig zu werden.

Er war herumgeirrt, ohne stehen zu bleiben. Anfangs hatte er nur die Passanten gesehen, die an ihm vorbeiflim-

merten, die er unauffällig berührte. Die ihm irritiert nach-
sahen, weil er durch sie hindurchging. Als wären sie Ho-
logramme. Aber je länger er ging, desto eher schimmerten
sie durch. Die Unbemerkten. Die an den Menschen vor-
beiliefen. Die ihnen auswichen. Ohne sie anzusehen. Die
nach gesichtsloser Aufmerksamkeit suchten. Um eine
Münze zu ernten. Oder jemanden anschrien, um kurz auf
sich aufmerksam zu machen. Ohne Konsequenzen. Nur
um zu erschrecken und gleich wieder vergessen zu werden.
Er war ihnen nachgegangen. War nicht mehr seiner eigenen Ziellosigkeit, sondern der Ziellosigkeit anderer gefolgt. Blieb in sicherer Distanz. Konnte aber bei keinem
mehr als eine bloße Existenz erkennen. Sie hatten nichts
zu tun. Außer für ihr Überleben zu sorgen. Der Dürre,
der in einem Einkaufswagen sein Hab und Gut vor sich
herschob. Der Dunkelhäutige mit den verbrannten Füßen,
der sein Leid offenlegte, als würde man dafür bezahlen.
Der Bärtige, der vor jeden seiner vier Becher ein Schild
gestellt hatte. *Reisen. Essen. Bier. Disneyland.* Der Mann
in Fantasieuniform, der die Graffiti brüllend in zwei Kategorien einteilte. *Kunst. Vandalismus. Kunst. Vandalismus.*
Der Obdachlosenzeitungsverkäufer, der den Leuten reli-
giöse Flüche hinterherschrie, wenn sie nichts kauften. Die
Frau, die mit einer Unsichtbaren stritt. Die Frau, die ihren
Hund trug und ihn selbst für sein Geschäft nicht abstellte.
Als bestünde der Asphalt aus glühender Lava. Der hagere
Mann, der plötzlich innehielt, sich zu Felix drehte und
sagte:

– Es ist kalt. Darf ich mitkommen?

Felix schämte sich und lief davon. Wusste nicht mehr, wohin. Kaufte sich einen Schlafsack. Rieb ihn mit Schmutz ein. Und platzierte sich in der Passage vor Sandras Haus, um einfach dort sitzen zu bleiben. Um einfach zu warten. Um alles an sich vorbeirauschen zu lassen. Kaum ein Bild, das in Erinnerung blieb. Die Polizistin, die einen entflogenen Wellensittich vom Boden aufhob und vorsichtig zwischen ihren Händen hielt. Der blutende Radfahrer ohne Rad. Die Touristen mit der zwei Meter langen Selfiestange. Der Baum, der jedes Mal seine Gestalt veränderte, wenn er ihn anstarrte. Der ihn zur Ruhe brachte. Die Erschöpfung, die sich ausbreitete, als er sich hinsetzte. Die Traurigkeit, die langsam in ihm aufstieg wie ein längst vergessenes Schiffswrack, das alles, was er in seinem Leben verloren hatte, transportierte. Vielleicht war es deshalb gesunken. Weil die Last zu schwer wog. Die Stimme flüsterte. *Du bist jetzt dem Tod näher als der Geburt. Du hast mehr hinter dir als vor dir. Und alles, was verloren ging, wird nie wieder zurückkehren.* Er hatte es in seine Seele regnen lassen, hatte schon länger das Gefühl, nicht mehr wasserdicht zu sein. Konnte sein Ich nicht mehr versiegeln. Der Asphalt war aufgebrochen. Er ließ alles abfließen, gab dieser Traurigkeit nach. Er würde sich nicht mehr aufraffen, um dafür zu kämpfen, das Verlorene durch Neues zu ersetzen. Müde schloss er die Augen, schlief und erwachte in der Nacht. Nahm den Rhythmus an. Und starrte auf die leere Straße. Er war wieder dort angekommen, wo er

kurz nach seiner Geburt gewesen war. Er hielt Wache auf
der Arche Noah, während alle anderen schliefen.

– Hey!

Felix schreckte auf. Maurice setzte sich neben ihn. Er war
völlig durchnässt, was ihn nicht weiter zu stören schien.

– Sie haben mich aus dem Garten Gottes geschmissen.

Sein dürres linkes Bein zuckte nervös. Seine hervorste-
chenden Augen waren gelb angelaufen vom letzten Schuss.

– Meinst du das metaphorisch?

– Natürlich nicht, Herr Professor.

Maurice, der vermutlich nicht Maurice hieß, so wie wohl
alles, was er erzählte, nicht stimmte, hatte Felix von Beginn an Professor genannt. Einfach, um zu markieren,
dass er nicht hierhergehörte.

– Genau fünf Minuten bin ich im Garten von diesem be-
schissenen Kloster gelegen. Ein herrlicher Ort. Gras wie
Teppich. Bäume, die einen umarmen. Und dieser Kinder-
chor, der durch die Wände tönt und einen sanft in den
Schlaf wiegt. Als ob man im Himmel angekommen wäre.
Nicht so Maurice. Der wird nach fünf Minuten zurück
in die Hölle komplimentiert. Dabei bin ich nur gelegen.
Als ob Gott etwas gegen Liegende hätte. Warum hätte
er sonst den Schlaf erfunden? Aber ein solcher muss zu
Hause stattfinden, in den eigenen vier Wänden. Nicht im
Haus Gottes. Und schon gar nicht unter freiem Himmel.
Als ob man ihn vor meinem Anblick bewahren müsse.
Grob angefasst haben sie mich, die Diener Gottes. Als
wären sie von der Gestapo. Dabei war Jesus ein Linker.

253

Und was für einer! So einer wäre heute gar nicht mehr denkbar. Das habe ich ihnen natürlich an den Kopf geworfen. Jeden Einzelnen habe ich angespuckt. Und gesagt: Ich segne euch. Nehmt mein Weihwasser. Ich bin mehr Jesus als jeder von euch. Aber selbst den hätten sie deportiert. Und dann geschah etwas ganz Außerordentliches. Hör zu, Professor. Der Himmel verdunkelte sich, schickte ein Gewitter. Und der Blitz schlug genau dort ein, wo ich gelegen hatte. Der Baum ging in Flammen auf. Als würde er sagen: Die Hölle wartet auf euch, ihr Pharisäer! Sie liefen weg und verkrochen sich vor ihrem eigenen Gott.

Maurice hatte Felix schon einiges erzählt. Dass er aus einer adeligen Familie stamme und darauf warte, sein Erbe anzutreten. Dass er zu Fuß bis nach Afrika gegangen sei, um dort Waffenhändler zu werden. Felix hatte noch sarkastisch angemerkt, ob er ihn sich mit einer Pfeife wie Rimbaud vorstellen müsse, was Maurice geflissentlich überging, um von seinem Elefantenritt durch ganz Asien zu fabulieren. In Indien hatte er bei den Asketen gelebt. Jetzt lebte er auf der Straße, weil der Zirkus, in dem er Akrobat war, geschlossen worden war. Eine böse Geschichte. Er hatte damit nämlich nicht nur seinen Arbeitsplatz verloren, sondern auch seine große Liebe. Eine kleinwüchsige Dame namens Marietta. Laut Maurice das zauberhafteste Wesen, das er je gesehen hatte. Als er sie das erste Mal mit drei Ballons in der Hand über das Publikum schweben sah, war es um ihn geschehen. Sie war so

leicht, dass drei Ballons reichten. Und das Publikum hatte
sich einen Spaß daraus gemacht, Marietta durch den Saal
zu schubsen. Ihr aufgekratztes hohes Lachen, wenn sie
zu fest gestoßen wurde. Wie das eines erwachsenen Kindes. Dann kam eine Frau, die ihr sagte, dass die Zeiten,
in denen Kleinwüchsige solche Dinge in Zirkussen machen sollten, vorbei seien. Sie stachelte Marietta so lange
an, bis sie gegen ihren Arbeitgeber protestierte. Am Ende
verlor sie ihre Zirkusfamilie. Und die Frau interessierte
sich auch nicht mehr für sie. Vereinsamt war sie gestorben.
Weil sie nur die Welt des Zirkusses gekannt hatte. Und
niemand da draußen mit einer kleinwüchsigen Arbeits-
kraft etwas anzufangen wusste. Warum er nicht bei seiner
Liebe geblieben sei, hatte Felix gefragt. Worauf Maurice
erwartungsgemäß nicht antwortete, um stattdessen zur
nächsten Geschichte anzusetzen, die davon handelte, dass
ihm nach einem Unfall der Vater seine Zunge spendete.
Umgekehrt nahm Felix die Vorlage mit dem Professor auf,
um die Frage, was er so im Leben tue, damit zu beantworten, dass er eigentlich ein professioneller Schachspieler
sei, aber bei einem Spiel mit hohem Wetteinsatz verloren
habe, dass er deshalb auf der Straße gelandet sei, dass es
sich aber nur um eine Frage der Zeit handeln könne, bis
er sich wieder hochspielen würde. Vermutlich glaubte ihm
Maurice genauso wenig, wie Felix ihm glaubte. Es spielte
auch keine Rolle. Man hatte kein Interesse daran, sein
eigenes gescheitertes Leben zu teilen. Oder von dem anderen etwas zu erfahren. Sondern versuchte, mit Worten

die Lücken zu schließen, die das Vergangene aufklaffen
ließ. Die Währungen hießen Scham und Sehnsucht. Man
war Publikum für die Korrekturen der anderen. Und es
war eine Frage des Respekts, den anderen nicht auflaufen
zu lassen.

– Heute sind sie wieder wie die Tiere.

Helene quetschte sich an Felix und Maurice vorbei. Alles
an Helene war gequetscht. Ihre Stimme. Ihr Körper. Als
hätten zwei Platten sie von oben und unten zusammenge-
presst und die Haut würde mit aller Spannkraft verhindern,
dass das Fleisch seitlich austrat. Ihr Blick war gequetscht.
Ihre Lippen waren gequetscht. Ihr ganzer Rumpf war gequetscht. Ihre Brüste quollen gequetscht über den hervor-
tretenden Bauch. Ihre Beine waren gequetscht. Nur ihre
Arme nicht. Die hingen bis zu den gequetschten Knien.
Was aber auch daran lag, dass Helene einen gequetschten Gang hatte. Ihre Erscheinung hatte etwas krötenhaft
Quadratisches. Als Felix sie das erste Mal sah, konnte er
ihr kein Geschlecht zuordnen. Jetzt kroch sie an ihm vorbei zu ihrem Schlafsack und lugte aus ihrer gequetschten
Erscheinung wie eine Schildkröte aus ihrem Panzer.

– Fünf sind heute über mich hergefallen. Wie die Tiere!
Einer hat mir ungefragt, während ich ging, sein Riesen-
ding hineingerammt. Was ist los mit euch Männern? Er-
tragt ihr die Gegenwart einer schönen Frau nicht, ohne
eure Schwänze rauszuholen? Wie die Tiere! Professor!
Was ist der Unterschied zwischen Tier und Mensch?

Felix zuckte mit den Achseln.

– Die Tiere sehen sich beim Sex nicht an. Wie die Tiere! Sie vertragen die Schönheit einer Frau nicht. Das macht ihnen Angst. Sie kriegen ihn nur hoch, wenn sie sich von hinten anpirschen.

– Kein Tier fragt nach dem Sinn des Lebens. Nur der Mensch genügt sich nicht selbst. Das habe ich bei den Asketen in Kathmandu gelernt, sagte Maurice, während er sich zitternd eine Zigarette anzündete.

– Ich dachte, es war Indien.

– Auch Indien.

Helene neigte ihren gequetschten Kopf zu Felix.

– Wenn der Professor will. Einen verkrafte ich heute noch.

Felix winkte dankend ab.

– Der Professor ist schwul. Verstehe.

Dann hüllte sie sich in den Schlafsack und schlief innerhalb weniger Sekunden grunzend ein.

Felix und Maurice starrten in den Regen. Der Baum streckte seine zahlreichen Hände nach den Tropfen aus. Ein stummer Regentanz. Maurice, der den Rauch in die leere Geschäftsstraße blies. Er nahm sein zerfleddertes Buch zur Hand, das er aus dem Schrank am Platz ums Eck genommen hatte. *Zur freien Entnahme.* Immer wenn er eine Seite gelesen hatte, riss er sie heraus. Dann las er weiter. Bis das Buch keine Seiten mehr hatte. Ein rücksichtsloser Akt. Aber seine Art der Einverleibung. Als hätte man das Buch nur für ihn geschrieben. Ohne aufzusehen und scheinbar ohne die Lippen zu bewegen, sprach er in die Leere:

– Unglück muss man nicht spielen. Glück schon.

Stille. Hatte er den Satz gerade gelesen? Felix versuchte sich Maurice in einem Beruf vorzustellen. Es gelang ihm nicht. Er war eben eine bloße Existenz. Das, was vom Menschen übrig blieb, wenn er sich nicht mit Arbeit ablenkte. Und mit vier Wänden eine Illusion von zu Hause schuf. Maurice war der Tag in all seiner Nacktheit. Der sich mit erfundenen Geschichten anzog. Weil er sich für die Liebe zu wenig interessierte. Dazwischen löste er sich in Heroin auf. Und warf sein Leben weg wie ausgelesene Seiten.

Felix blickte vom Baum, der ihm wie ein in den Boden gerammter Hexenbesen erschien, zu Sandras Haustür. Das Licht war angegangen. Jemand würde in Kürze durch die Tür in den Regen treten. Den Kragen der Jacke aufstellen. Den Schirm aufspannen. Und über den gefluteten Asphalt laufen. Es waren zwei. Und obwohl sie in Schals gehüllt waren und der Regen ihre Konturen aufweichte, erkannte er sie sofort. Ineinander eingehängt stolzierten sie, als würden sie die kalten Schauer genießen. Bei Verliebten verkehrte sich alles ins Schöne. Ungespielt. Und natürlich war Tom Eyres Gentleman genug, Sandra den Regenschirm zu halten.

Hey! Eigentlich hätte er ihnen hinterherlaufen und sie mit einem lauten Ruf erschrecken sollen. Dann abdrücken. Um die erschreckten Gesichter festzuhalten. Tat es aber nicht. Blieb stattdessen sitzen. Und starrte ihnen nach, wie sie in die Unschärfe entschwanden.

Sie ging mit ihm auf der Straße, wie sie mit Bruno gehen
sollte. Eingehängt. Im Gleichschritt. Immer wieder seinen Blick suchend. Sich vergewissernd, dass alles echt war.
Dass es ihn gab. Und dass er ihre Liebe tatsächlich erwiderte. Felix und Bruno saßen geistig nebeneinander und
beobachteten die frisch Verliebten, wie sie sich entfernten
und aus ihrer beider Leben verschwanden. Würde Bruno
bald mit jemand anderem eingehängt in die Gegenrich-
tung gehen? Oder würde er sich verlieren wie Felix? Hätte
er die Kraft, mit jemandem bei null zu beginnen? In der
Hoffnung, nicht wieder am gleichen Punkt zu enden?
Viele Möglichkeiten für Anläufe gab es nicht mehr. Auch
Bruno war dem Tod näher als der Geburt. Aber vermutlich würde er auch das gelassen hinnehmen. Auf einem
Bein kehrtmachen, um wieder der Geburt entgegenzu-
gehen. Der Tod würde Bruno so ratlos hinterhersehen
wie Felix Sandra und Eyres. Was war passiert? Warum
war Eyres hier? Und was fand sie an ihm? Hatte er sie
verführt? War sie die Nächste auf seiner endlosen Liste?
Eine kurze Raststation auf seiner Durchreise? Das Versprechen unlimitierter Gefühle? Alles Lüge. Warum hatte
man die Karte gesperrt? Warum war er nicht zurückgekommen? Wie war er an Sandra geraten? Und wo war die
311 abgeblieben? Diese Fragen rotierten in ihm. Nicht, um
eine Antwort herauszuschälen. Sie drehten sich immer
schneller. Flogen davon.

Felix musste keine Antworten haben. Er ließ sie mit
den beiden gehen. Schloss erneut die Augen. Um ohne

Erwartungen einzuschlafen. Um ohne Erwartungen auf-
zuwachen. Um wieder nicht zu staunen, als er die Augen
öffnete und eine trockene, morgendlich belebte Straße
vorfand. Wie ließe es sich wieder lernen? Das Staunen.
War es unwiederbringlich verloren gegangen, wie all die
verstrichenen Momente, an die man sich nicht erinnern
konnte, weil man sie nicht bestaunt hatte? Brachte das
Staunen die Botenstoffe in Bewegung? Beauftragte es
die Agenten der Abteilung Erinnerung? Von denen jeder
einen Satz zugewiesen bekam, den er laut vor sich hersa-
gen musste, damit er nicht vergessen wurde. Felix staunte
nicht. Ärgerte sich aber, dass er eingeschlafen war, weil er
dadurch wieder tagsüber wach sein würde. Ärger trieb die
Agenten noch mehr an als Staunen. Sie waren schlechte
Arbeitsbedingungen gewohnt. Ein Staunen verflog
schneller als Ärger. Auch das müsste man lernen umzudrehen. Wie so vieles, das sich nur durch ein Umdrehen
lösen ließe. Das war der Zaubertrick, den es zu lernen galt.
Aber wer beherrschte ihn?

– Für dich. Ich sage es gleich, ich nehme keine Aufträge an.

– Wie bitte?

Maurice übergab ihm einen zusammengefalteten Zettel.
Felix las. *Bitte nimm dir am Abend nichts vor. Ich brauche
deine Hilfe. Sandra.* Er sah sich um. Keine Spur von Sandra. Stattdessen der zappelnde Maurice.

– Hat sie was gesagt, fragte Felix.

Vermutlich wusste sie schon länger, dass er in der Passage
lag. Hatte sie ihn gesehen, als er schlief? Wenn sie ihn

schon vor Tagen gesehen hatte, dann hatte sie auch kein Interesse, die Sache mit Eyres vor ihm zu verbergen. Und bei was sollte er ihr behilflich sein?

– Wenn sie etwas gesagt hätte, dann hätte sie mir keinen Zettel in die Hand gedrückt. Dann hätte ich dir etwas ausgerichtet von ihr. Vielleicht traut sie mir aber nicht zu, dass ich mir drei Sätze merke. Vielleicht ist es auch ein Geheimnis. Wobei, wo könntest du ihr schon behilflich sein? Ja, ich habe die Nachricht gelesen. Na und? Ich nehme an, du kennst die Dame. Ich nehme an, dass du deshalb hier liegst. Du bist nicht koscher. So viel ist sicher. Du gehörst nicht hierher. Es sollten nur Leute betteln, die es wirklich nötig haben. Ich habe deine Kreditkarten gesehen. Keiner von uns läuft mit Kreditkarten rum. Wenn ich dich noch einmal mit einem Becher in der Hand erwische, schlage ich dir die Fresse ein. Hast du mich verstanden?

– Ich dachte, du kommst aus einer adeligen Familie. Und wartest nur auf dein Erbe. Du redest doch nur Scheiße den ganzen Tag. Es gibt dich überhaupt nicht.

Das Zappeln von Maurice wurde heftiger. Als würde er gleich ausholen. Felix war erstaunt, wie plötzlich er im Kampfmodus war. Früher hatte er Angst vor jeder Schlägerei. Aber jetzt gierte er förmlich danach. Auch eine Form der Berührung? Oder hatte er seine Angst verloren, weil er nichts mehr zu verlieren hatte? Er trat auf Maurice zu. Dessen rechte Hand vibrierte. Er spürte, dass Felix zu allem bereit war.

– Ich schlag dir deinen Schnöselschädel ein, sagte er mit zittriger Stimme.

Felix, merkte, wie es ihm gefiel, der Überlegene zu sein. Wie er die Angst von Maurice genoss. Auch der Abgestumpfte kannte seine Triumphe. Felix hätte in diesem Moment durch Wände gehen können. Glaubte plötzlich an seine Zauberfähigkeit. Wusste, dass es für alles eine Formel gab. Dass man sie nur finden musste. Alles war vorhanden. Ähnlich einem Computerspiel. Wo versteckte sie sich? Die Lösung. *Ich prügle sie aus dir raus. Ich kann dir sogar deine Sucht rausprügeln. Ich kann dir deine Todesangst rausprügeln. Deine Zweifel. Deinen Hochmut. Deinen letzten Stolz. Ich kann dir auch etwas hineinprügeln. Ich kann dir die Fähigkeit, die Dinge umzudrehen, hineinprügeln. Ich kann dir ein neues Leben einprügeln. Ich kann dich zu einer neuen Person umprügeln. Ich kann dich totprügeln. Und wieder ins Leben zurückprügeln. Ich kann dich durchprügeln. Bis du ohne Prügel nicht mehr existieren kannst. Bis du dich nicht mehr rührst. Und meine Prügel das Letzte sind, was du spürst.*

– Ich habe eine Entdeckung gemacht. Ich kann zaubern.

Helenes Stimme kroch zwischen die geballten Fäuste der beiden.

– Magischer Realismus!

Sie trat zwischen sie und brachte damit das gespannte Seil der Wut zum Reißen. Ohne es zu bemerken.

– Was hast du denn gezaubert?

Maurice wandte sich ab. Er spuckte aus und sah keinen der beiden an.

– Ich habe gute Laune gezaubert.

– Gute Laune?

– Ja, ich habe mich vor die Leute gestellt, habe ihnen ganz tief in die Augen gesehen, sie angelächelt, und sie haben zurückgelächelt. Alle. Ich habe die ganze Straße verzaubert. Helene presste ihre Lippen zufrieden aufeinander. Außerdem habe ich eine Uhr entdeckt, die Zeitlosigkeit misst, habe gesehen, wie Leere gähnen kann, und ich habe den Menschen ihre Todesursachen abgelesen. Habe es ihnen aber nicht gesagt. Weil ich eine Humanistin bin.

Jetzt zog sie den Hals ein und die Schultern hoch, als wäre ihr Tagwerk vollendet. Helene, die Schildkröte in einem Menschenkörper. *Letztendlich kommt es bei einer Gattung nur auf die gemeinsamen Laute an.* Felix drehte sich um, ohne darauf zu antworten. Ging einfach los. Wollte mit keinem sprechen. Auch niemanden berühren. Der Mann, der sich wie ein großer Vogel bewegte. Hielt die Frau dort eine Axt in der Hand? War das ein Hund oder eine Ziege? Schwebte der Mann auf dem Brett über dem Boden? War das da vorne Eugen? Felix lebte seit Wochen in einer Parallelwelt. Die nie Klarheit schuf. Die immer den zweiten Blick oder das Rangehen forderte, was er zunehmend bleiben ließ. Er hatte sich an das Konturlose gewöhnt. Daran, dass alles aus Ähnlichkeiten bestand und jedes Mal seine Gestalt veränderte, wenn er hinsah. Felix wollte es eigentlich gar nicht mehr anders. Er kam gut ohne Brille zurecht.

Er ging. Und ging. Solange er ging, fehlte ihm niemand.

Abends kehrte er zu seinem Schlafplatz zurück. Die beiden Schlafsäcke von Helene und Maurice waren verschwunden. Felix wusste, dass sie nicht zurückkehren würden. Er schämte sich. Wollte in seinem Inneren ein Streitgespräch mit ihnen beginnen. Schließlich tat man ihm unrecht. Gut. Vielleicht hatte er kein Recht, zu betteln. Aber auch er war in einer Notlage. Ja, er würde in zwei Tagen in seine Wohnung zurückkehren. Aber er wusste nicht, in welchem Zustand er diese vorfinden würde. Eugen war zuzutrauen, dass er sie in Trümmer schlug. Aber Maurice hatte schon recht. Felix gehörte nicht auf die Straße. Seine Anwesenheit verhöhnte jene, die in der Ausweglosigkeit gelandet waren. Das hatte er nicht bedacht. Hatte sich einfach gehen, die Dinge passieren lassen. Auch seine Gedanken waren konturlos geworden und flimmerten unscharf an ihm vorbei. Vielleicht hatte sich die mangelnde Sehkraft auf seine ganze Wahrnehmung ausgewirkt. Die Dinge sahen einander ähnlich. Aber er konnte sie nicht mehr unterscheiden. Schon gar nicht beurteilen. Und merken konnte er sich auch nichts mehr. Weil man sich unscharfe Flecken einfach schlecht merken konnte.

– Hallo. Danke, dass du da bist.

Felix nahm seinen Blick von dem Baum, von dem ihm Tausende grüne Schmetterlinge flatternd winkten, als würden sie ihn verabschieden wollen. Es war eine stumme Prozedur. Und Sandra runzelte die Stirn ob seiner Abwesenheit.

– Setz die auf. Dann hörst du auch wieder besser.

Sie reichte ihm seine Brille. Er steckte sie ein, ohne sie weiter zu beachten.

– Tom hat sie versehentlich mitgenommen.

– Ich weiß nicht, ob bei ihm irgendetwas versehentlich passiert. Halt dich fern von ihm. Mehr will ich gar nicht sagen.

– Schon gut. Ich kenne seine Geschichte. Die Frage ist eher, ob ich dich noch kenne. So, wie du dich verhalten hast.

– Er hat mir den Wagen gestohlen.

– Er hat ihn mir zurückgebracht.

– Wie bitte?

– Er hat in der Sonnenblende meinen Zulassungsschein gefunden und geglaubt, dass du den Wagen gestohlen hast. Er hat mich ausfindig gemacht und mir den Wagen zurückgebracht. Er hat gesagt, du hättest ihm Herbert für eine Kreditkarte überlassen, die du zum Spielen verwendet hast. Tom hat dafür gesorgt, dass die Karte gesperrt wurde. Sie hat schon genug Unheil angerichtet. Man kann nur hoffen, dass sie nie wieder aktiviert wird. Du hast nicht einmal einen Ausweis von Tom verlangt. Du hast dich einen Dreck darum geschert, ob mein Wagen zurückkommt. Du hast mehr als nur mein Vertrauen missbraucht. Das weißt du. Sonst hättest du nicht geschrieben, was du geschrieben hast. Und dein Telefon nicht abgeschaltet. Ich habe nicht damit gerechnet, dass ich dich je wiedersehe.

Felix senkte den Blick. Er setzte seine Brille auf. Die Welt schärfte sich wieder. Der Baum war ein Baum. Die Passanten bekamen ihre Gesichter zurück. Sandra, den Kopf geneigt, sah ihn mit klarem Blick an. Er wusste wieder, wohin er gehörte. Wollte aus diesem vertrauten Blick nicht heraustreten.

– Bei was soll ich dir helfen?

– Die Katze ist entlaufen.

– Und das ist nichts für Eyres? Doch nicht alltagstauglich?

– Er ist weg.

– Das ging ja schnell.

Felix hob den am Boden stehenden Katzenkäfig auf.

– Er kommt wieder. In ein paar Wochen. Er glaubt, dass man nicht die ganze Zeit zusammen sein sollte. Dass man sich alle paar Wochen verlassen sollte, um dann wieder zusammenzukommen. Um das, was einem fehlen würde, nicht zu vergessen.

– Ich wäre mir nicht so sicher, ob er wiederkommt.

– Bin ich auch nicht. Trotzdem muss man gehen, um zurückzukommen.

Wie der Vogel, dachte Felix. *Ich bin auch zurückgekommen.*

– Wenn der andere zu selbstverständlich wird, sieht man ihn nicht mehr, fuhr Sandra fort. Es fällt einem gar nicht mehr auf, wenn er da ist. Gleichzeitig fühlt sich Tom für mich selbstverständlich an. Wie ein Teil von mir selbst. Er gibt mir das Gefühl, dass alles leicht ist. Dass mir nichts passieren kann. Er spricht meine Sätze zu Ende. Er sieht mich. So wie ich sein will. Und nicht wie ich war.

– Ich dachte, alles war perfekt.

– Das alles war vor allem nicht ich. Aber jetzt bin ich bei mir selbst angekommen.

– Wenn ich das schon höre. Wer bei sich selbst ankommt, fährt in einen leeren Bahnhof ein. Dem wünscht man einen Schlaganfall an den Hals, der ihm die Identität raubt.

– Felix, reizend wie eh und je.

– Keiner kann aus seiner Haut.

Er sagte es, als wäre er ein Kriegsgefangener. Und die Ahnen seine Zellengenossen.

– Man kann aber das Rundherum ändern. Man glaubt doch immer, man sei es selbst, der sich anpassen müsse. Aber eigentlich ist es umgekehrt. Nichts wird wahrer, nur weil man es wiederholt. Auch das Ich nicht.

– Vielleicht ist man nur dann frei, wenn man den angebotenen Moment auch annehmen kann.

– Aber dann müsste ich mich mit allen Umständen abfinden. Nein. Wenn man frei ist, verstellt nichts den Blick auf den Kern. Als Tom kam und den Wagen brachte, hat ihn Bruno als das erkannt, was er war. Er sagte nur: Ah. Und dann ist er gegangen. Er wohnt nicht weit. Es könnte sein, dass die Katze ihm folgt. Anna ist völlig fertig.

– Ich dachte, sie hat Angst vor der Katze.

– Jetzt hat sie Angst um sie. Die Katze war unsere Katze. Als Familie. Wenn sie wegläuft, bedeutet das etwas.

– Vielleicht mag die Katze Eyres einfach nicht.

– Wo ist der Unterschied?

Sie bogen in eine Seitengasse ein. Dunkle Fenster. Kein Mensch. Aber auch keine Katze.

– Neko! Neko!

Immer wieder lauschte Sandra, ob sie ein Miauen hörte. Felix fragte sich, ob Katzen wie Hunde ihren Namen erkannten.

– Es ist das erste Mal, dass sie weggelaufen ist. Ich würde vorschlagen, wir gehen den Weg, den Bruno von mir zu sich geht. Vielleicht folgt sie seinem Geruch. Neko! Es darf ihr nichts passieren. Es wäre schrecklich für die Kinder. Gerade jetzt. In dieser Situation. Neko ist es nicht gewohnt, allein zu sein und sich draußen zu bewegen. Sie weiß nicht, was ein Auto ist. Sie kennt auch die Straße nicht. Sie hat keine Angst vor anderen Tieren. Weil sie die Gefahr nicht kennt.

– Sie kann wochenlang ohne Futter überleben.

Sandra seufzte.

– Warum schafft man sich mit einem Haustier neue Sorgen an? Als ob zwei Kinder nicht reichen würden. Man gewinnt etwas lieb, das ziemlich sicher vor einem stirbt. Das ist doch Masochismus.

– Tiere sehen Dinge, die uns verborgen bleiben. Sie sind eine Bereicherung. Und erinnern uns an das, was wir verloren haben.

– Anna war immer enttäuscht, dass sie keine lebendigen Kuscheltiere sind.

– Vielleicht merkt sie gerade, dass es um etwas anderes geht.

– Hoffentlich findet Neko nach Hause.

– Wenn sie es als Zuhause empfindet, bestimmt.

Sie standen auf einem leeren Kinderspielplatz. Warum stieg ausgerechnet hier in Felix erneut die Traurigkeit auf? Empfand er Sehnsucht nach der eigenen Kindheit? Als man sich über den bloßen Beginn eines Tages noch freuen konnte. Oder war es die Leere? Die Melancholie unbenutzter Geräte. Eine Schaukel, die sich sanft im Wind bewegte. Als wäre sie als Einzige wach. Die Traurigkeit, wenn die Welt in einen andauernden Schlaf fiel. Wenn man übrig blieb. Wenn das Angebot, das man dem Leben durch die eigene Existenz machte, nicht angenommen wurde.

– Neko!

Es blieb still. Nur die Schaukel, die sich sanft bewegte.

– Setzen wir uns, sagte Sandra. Warten wir, ob sie vorbeikommt. Vielleicht versteckt sie sich irgendwo und kommt erst heraus, wenn es ruhig ist.

Warum empfanden Lebewesen die Stille als weniger bedrohlich? Ihre Feinde würden sich doch still verhalten. Auf sie lauern. Versuchen, unbemerkt zu bleiben. Man sollte doch jeder Stille misstrauen. Warum störte sie der Lärm? Weil sie sich selbst darin verloren? Weil sie dann ihren eigenen Atem nicht hörten? Weil sie dann nicht mehr spürten, ob ihre Liebsten in der Nähe waren? Weil sie das Getöse der anderen ablenkte? Weil der Lärm die Stille übertünchte? Die Stille, die auf alle wartete. War der Lärm nur ein lächerlicher Tanz? Eine Auflehnung gegen das Unausweichliche?

– Du bist meine Stille, sagte Sandra.

Sie saßen auf der Bank und lauschten minutenlang dem Atem des anderen. Im Hintergrund hörte man den amorphen Lärm der Großstadt. War es dieses Rauschen, das die Menschen in Massen herziehen ließ? Das verlässliche Übertünchen der Stille?

– Vielleicht sollten wir Vermisstenanzeigen aufhängen. Mit Foto und Telefonnummer, sagte Felix.

– Ja, das mache ich. Morgen.

– Ich helfe dir natürlich.

– Hör zu, Felix. Ich brauche jetzt mal eine Zeit ohne dich. Du warst so lange ein Teil von mir. Mein halbes Leben. Ich will einen Neuanfang. Das heißt, ich muss das Alte verlieren. Ballast abwerfen.

Die gelesenen Seiten aus dem Buch reißen. Bis keine mehr übrig ist. Die eigene Lebensgeschichte auslesen.

– Ist gut, sagte Felix. Es tut mir leid.

– Ich weiß, sagte Sandra. Ich kann jetzt nicht anders.

Die Schaukel hatte aufgehört, sich zu bewegen. Die Blätter der alten Esche standen still. Selbst den Atem des anderen konnte man nicht mehr hören. Felix griff nach Sandras Hand und drückte sie. Sandra tat es ihm gleich und drückte die seine. Dann stand sie auf und ging, ohne ihn noch mal anzusehen.

Er war bereit. Die Kammer war verschlossen. Er hatte Vorräte für zwei Wochen. Allein die übrig gebliebenen Wastefood-Einweckgläser hätten gereicht. Aber er hatte noch Konservendosen besorgt. 60 Liter Wasser. Einen Plastikkanister, wenn er aufs Klo musste. Ein Lavoir für die Morgentoilette. Eine Feldmatratze unter dem Tisch. Er saß in seiner Kommandozentrale und wartete darauf, dass Iris landete. Das Chatfenster zeigte seine letzte Nachricht. *Liebe Iris, wenn Sie am Bahnhof ankommen, gehen Sie bitte zum großen Fahrradparkplatz beim Haupteingang. Dort werden Sie eine kleine weiße Schlüsselbox finden. Der Code lautet: 3010. Die Adresse der Wohnung habe ich Ihnen ja bereits geschickt. Falls Sie irgendwelche Fragen haben, bitte auf diesem Weg, da ich kein Mobiltelefon besitze. Bin*

*aber durchgehend erreichbar. Schönen Aufenthalt und herz-
liche Grüße, Felix.*

Als er die neu gestaltete Wohnung sah, stand sein Ent-
schluss fest. Sein Platz war in der Kammer. Zuerst hatte
er sich erschreckt. Eugen hatte keinen Stein auf dem
anderen gelassen. Anstelle von Moiras Dingen hin-
gen jetzt irgendwelche Landschaftsbilder an der Wand.
Weiße Winterlandschaften. Weiße Vorhänge. Weiße Laken. Weiße Tischtücher. Weißes Sofa. Weiße Sitzpolster.
Weißes Sideboard. Weiße Stehlampen. Weißer Teppich.
Weiße Regale. Weißes Geschirr. Antikweiß. Mandelweiß.
Blütenweiß. Geisterweiß. Schneeweiß. Dazwischen zarte
Tupfer von cremiger Minze, Chiffongelb, Elfenbein und
Leinen. Selbst der metallfarbene Kühlschrank war durch
einen weißen ersetzt worden. Eine unbefleckte Wohnung.
Als ob Felix ausgezogen wäre. Nichts hatte hier noch mit
ihm zu tun. Ob Eugen alles kurz und klein geschlagen
hatte? Oder wollte er Felix einfach nur löschen? War es
eine Kampfansage? Oder wusste er, dass Felix es hinnehmen würde? Dass er das Angebot sogar annehmen
und sich in den Bunker zurückziehen würde? Selbst dort
hatte Eugen nichts von ihm übrig gelassen. Die Kleidung
hatte zwar seine Größe. Aber niemals hätte Felix karierte
Holzfällerhemden getragen. Die beiden Kisten mit Er-
innerungsstücken waren leer. Die Duchamp-Fotografie
hatte einem Porträt von Eugen weichen müssen. Es war
jenes, das Felix ihm beim letzten Besuch geschenkt hatte.
Auch Vater war entsorgt worden. Stattdessen hatte Eu-

gen eine Art Heiligenbild aufgehängt. Die blonde, junge
Frau hatte ihre Arme ausgebreitet. Wie Jesus. Die Mutter
der Nation. Würde sie ihre Kinder beschützen oder in den
Krieg schicken?

Vor dem ausgetauschten Rechner lag ein Kuvert, auf dem
ein Post-it klebte: *Dein Vater war da. Er hat mir diesen
Brief für dich gegeben.* Felix hatte ihn nicht gleich geöffnet. Hatte stattdessen den Rechner hochgefahren, um
festzustellen, dass seine gesamten Daten verschwunden
waren. Eine schwarze Oberfläche. In der Mitte ein Icon.
Eine ausgestreckte Hand. Über der MUTTERLAND
stand. Doppelklick. WELCOME. Eugen hatte ihm bereits einen Charakter zugewiesen. Der kleine Felix war in
einer fremden Stadt angekommen. *Eine dieser Frauen ist
deine Mutter. Finde sie.* Zuvor aber musste er sich mit dem
Nachbarsjungen anfreunden und mit einer Bande einheimischer Jungs fertigwerden. Erst nachdem er deren Anführer vor dem Ertrinken gerettet hatte, las er den Brief
des Vaters.

Lieber Sohn,

*du warst nicht zu Hause. Vermutlich hast du gespürt, dass ich
komme. Du hast mir ein Leben lang gefehlt. Jetzt höre ich auf,
dich zu suchen. Ich habe dich nie gefunden. Wenn ich dich angesehen habe, war niemand anwesend. Eine Zeit lang glaubte
ich, du versteckst dich vor mir. Inzwischen glaube ich, es gibt
dich gar nicht. Selbst in deinem Innersten ist es leer.*

Du hingegen hast mich immer gesehen. Ich habe nichts vor dir verborgen. Ich war der, der ich war. Das mag nicht viel sein. Aber ich habe mich dir stets gezeigt. Du aber warst nie sichtbar für mich. Obwohl ich so viel von mir in dir sah. Aber du warst wie ein verändertes Spiegelbild. Ohne Seele. Wir waren einander nie verbunden. Konnten uns nur aus der Ferne ansehen. Hatten füreinander nur ein Kopfschütteln übrig.

Jahrelang fragte ich mich, was ich dir getan habe. War es wegen Helga? Ich würde es bejahen, wenn ich nicht wüsste, dass es von Beginn an nicht anders war. Seit deiner Geburt warst du mir fremd. Als ob du dich vor mir verschanzen wolltest. Ich habe mir stets die Schuld dafür gegeben. Bis ich draufkam, dass dir etwas fehlte. Du warst nicht fähig, dich für andere sichtbar zu machen. Ab diesem Moment hast du mir leidgetan. Du warst nur existent durch die Dinge, die du dir aufgebaut hast. Als sie verschwanden, bist du ein unsichtbarer Geist geworden.

Ich will, dass du weißt, dass ich dich liebe. Auch wenn ich dich nicht spüre. Für mich ist es an der Zeit, zu gehen. Ich habe hier nichts mehr verloren. Ich war gekommen, um mich von dir zu verabschieden. Um dir zu sagen, dass ich auf eine lange Reise gehe. Keine Sorge, ich werde am Leben bleiben. Auch wenn es für dich keinen Unterschied machen wird. Ich habe gemerkt, dass du mir wie so oft zuvorgekommen bist. Du hast dein Leben bereits verlassen. Zumindest hat mir das der freundliche Herr, der jetzt deine Wohnung mietet, gesagt. Er hat mir auch das Foto übergeben, das du von mir gemacht hast. Ich sehe darauf nicht aus wie ich selbst. Auch nicht wie jemand anderer. Vielleicht wie derjenige, der ich jetzt werde.

Dein Blick auf mich ist das Greifbarste, das ich von dir habe. Wenn ich das Bild ansehe, spüre ich zumindest deine Anwesenheit. Ich wünsche dir, dass du zu dir kommst. Dass du aufwachst. Und dass du dann nicht bereust, dass wir einander nie begegnet sind.
Dein Vater.

Felix wollte nicht mehr suchen, was ihm fehlte. Der Vogel wollte den offenen Käfig nicht verlassen. Brauchte das Außen nicht mehr. *Wo ist der Mensch, der meine Sätze fertig spricht?* War er unvollständig zur Welt gekommen? War ein Teil von ihm auf der anderen Seite geblieben? *Je länger man lebt, desto mehr verliert man an die andere Seite. Bis man als Ganzes dort endet.* War das Leben nur ein kurzes Erwachen? Das man nicht halten konnte. Die Erfindung der Müdigkeit. Die einen am Durchbruch hinderte. *Das Universum ist groß. Aber nicht unendlich. Das Universum ist der große Schlaf. Dahinter das Nichts. Das Nichts ist die Grenze. Das Nichts ist alles, was wir uns nicht vorstellen können. Was für uns nicht existiert. Das Nichts ist unveränderbar und symmetrisch. Die große Null. Ich bin die Minuszahl. Ich subtrahiere dich von der Welt. Du kannst mir nicht entkommen. Egal, in welchem Bunker du dich verschanzt. Ja, schau durch das kleine Loch deiner Existenz. Jemand betritt den Raum. Er ist weiß. Schritte im Neuschnee. Es ist Iris.* Er hatte keine Vorstellung von ihr. Aber egal, wie Iris ausgesehen hätte. Durch das Loch hatte er dem Bild einen Rahmen verliehen. Ein Bild mit Rahmen hatte Bedeutung. *Der ver-*

*festigte Blick. Der amtliche Blick. Der fotografische Blick. Die
Behauptung.*

Würde sie das Loch hinter dem Spionspiegel bemerken? Sie war ganz bei sich. Spürte keinen anderen in der
Wohnung. Vielleicht, weil er sich im Bunker nicht in der
Wohnung wähnte. Sie inspizierte jedes Zimmer. Prüfte,
ob alles, was versprochen wurde, auch vorhanden war. Sie
wunderte sich ob des weißen Mobiliars. Auf den Fotos
hatte die Wohnung anders ausgesehen. Sollte sie rekla-
mieren? Es schien ihr nicht wichtig. Es wunderte sie nur.
War es dieselbe Wohnung? Oder nur die gleiche Kate-
gorie? Fühlte sie sich in diesem weißen Ambiente aus-
gestellter? Angreifbarer? Ungeborgen? Sie sah sich um,
als würde sie es bereuen, allein gereist zu sein. War sie
auf der Flucht? Sie presste ihre langen Finger gegen die
asymmetrischen Lippen. Er stellte sich Iris als Kind vor.
Mutterland. Sie wäre die perfekte Komplizin im Kampf
gegen die Bande einheimischer Jungs gewesen. Sie zog
ihr ärmelloses Shirt aus. Roch an ihren Achseln und
streckte sich nackt durch. Ihr Oberkörper war sehnig und
athletisch. Bauch und Brüste gleich flach. Zwei markante
Beckenknochen regulierten den Weg in ihre Mitte. Ihre
Brustwarzen waren die eines zwölfjährigen Jungen. Sie
raufte sich die kurzen Locken, als würde sie Zweige aus
ihrem Haar schütteln. Sie waren gemeinsam durch den
dichten Wald gelaufen. Mit schiefer Hüfte stand sie da,
als ob sie vor ihrem Baumhaus Eindringlinge zur Rede
stellte. Sie hielt ihre Hakennase in die Luft. Als wäre sie

auf jede Unebenmäßigkeit stolz. Ihre braunen Augen weiteten sich. Verwandelten sich von denen eines Rehs in die eines Luchses. Ganz plötzlich sprang sie aus dem Bild. Die zugeworfene Tür. Felix blieb in der Stille zurück.

Sollte er ihr folgen? *Du musst dich schleunigst entscheiden.* Etwas war erwacht in ihm. Er musste wissen, wie sie roch. Wie sie klang. Was sie tat. Wer sie war. Wie sie ging. Wie sie jemanden ansah, den sie begehrte. Er wollte ihn besitzen. Den Moment. Den sie nur mit ihm teilte. Der außer ihm keinem gehörte. Er musste wissen, wie es war, wenn sie ihn berührte. Würde er sie erkennen? *Öffne die Tür. Tritt aus deinem Bau. Du bist kein Hase. Du bist der Fuchs. Schlüssel, Handy. Brille. Vergiss dich nicht. Schließ die Tür. Riechst du sie? In diesem Duft könntest du wohnen. Lass die Luft aus dem Bunker. Lass die Rinnsale zueinanderfließen. Ein großer gemeinsamer Duft. Du kannst dich nicht riechen. Erst wenn du von draußen zurückkommst. Schließ schnell die Tür. Sie wird an der Luft merken, dass jemand hier war. Sie ist scharfsinnig. Nimmt schnell Fährte auf. Sieh nicht nur mit den Augen. Dieser Geruch!*

Er wusste jetzt schon, dass er sie liebte. Ohne sie zu kennen. Keine unangenehme Stimme. Keine falsche Berührung. Kein irritierendes Aussehen konnte das jetzt noch ändern. Der Geruch war sie. Mehr als ihr Aussehen. Mehr als ihre Gedanken. Die sich wiederholten, aber änderten. Nur ihr Geruch blieb gleich. An ihrem Geruch würde er sie erkennen. Ihr Geruch war von Anfang an Heimat. Inhalieren. Einverleiben. *Nimm die Fährte auf. Lauf ihr nach. Sonst verlierst du sie.* Er durfte sich keine Eile anmerken lassen. Durfte nicht ins Visier geraten. Nicht aus der Menge der Passanten treten. Solange sich alle gleich schnell bewegten, war man eine Herde. Sie ahnten nicht den Jäger unter ihnen. Er sah nach links. Und nach rechts. Der Schwarm hatte sie verschluckt. Der Schwarm öffnete sich. Und schloss sich hinter ihm. Als beträte er sein Innerstes. Als würde sie dort warten. *Du darfst keinen berühren. Dann findest du sie.* Ein Bettler lief auf ihn zu. Er wich ihm aus. *Achtung. Hinter dir.* Beinahe wäre er in ein Paar gestolpert. Aber keine Berührung. *Jetzt erhöhe dein Tempo. Sehr gut. Bleib stehen. Zähle bis zwanzig. Keine Berührung. Gleich hast du sie gefunden.* Auf der Mauer ein Graffito mit einem Atompilz. I WANT TO DIE IN MY OWN WAR. NOT IN YOURS. Ein Krieg der Aufmerksamkeiten. Bloß nicht den Briefkasten öffnen. Er quillt über. *Bei wem würdest du Unterschlupf suchen? Bei wem willst du sein, wenn die Bombe fällt? Die Angst vor dem Weltuntergang lähmt alle Gedanken. Es gibt immer einen Grund, deine Aufmerksamkeiten zu verschwenden. Es ist kalt. Die Kälte raubt dir den Verstand. Du brauchst keine Jacke. Lass dich nicht ablenken. Schon gar nicht vom Wetter. Lass alles gehen. Dort vorne. Sie trägt ihre Jacke unter dem Arm. Es ist eine abgewetzte Lederjacke. Passt zu ihr. Du könntest in sie hineinlaufen. Ihr könntet euch in die Augen sehen. Und in diesem Moment beschließen, für immer zusammenzubleiben. Es ist stets ein Blick, der alles entscheidet.*

Die Lederjacke würde ihren Geruch übertünchen. Nicht

im Freien. Der Moment durfte nicht im Freien stattfinden. Ihre Gerüche mussten sich ungestört vereinigen
dürfen. Er wollte sie aus der Ferne beobachten. Er wollte
der unbeobachtete Betrachter bleiben, von dem sie nichts
ahnte. Er wollte ihr zusehen, wie sie sich unbeobachtet
wähnte. Wie sie glaubte, ganz sich zu gehören. Er wollte,
dass genau dieser Moment ihm gehörte. Er wollte ihn
stehlen. Ohne dass sie es merkte. Er zückte das Telefon.
Flugmodus. Er schaltete die Kamera ein. Er betrachtete
sie aus der Ferne. Wie sie alles um sich ausblendete. Wie
sie weltvergessen in der Bücherkiste eines Antiquariats
stöberte. Er zoomte heran. Betrachtete ihr Gesicht, als sie
den Klappentext las. Erkannte den Titel des Buches nicht.
Würdest du sie besser kennen, wenn du ihn wüsstest? Geh
ihr nach. Komm ihr von Foto zu Foto näher. Pirsch dich an.
Ein guter Jäger wird auch aus der Nähe nicht bemerkt. Wann
beginnt sie, dich zu spüren? Wann blickt sie auf? Das Buch,
das sie einsteckt. Das Einkaufen beim Minimarkt. Wie sie an
einer Birne riecht. Zoom. Geh näher ran. Wie sie hineinbeißt.
Wie sie die Menschen beobachtet. Und glaubt, sie selbst sähe
keiner. Eine Unbekannte in der Stadt. Streunen. Schlendern.
Suchen. Sie lächelt einen fremden Mann an. Eifersucht. Zoom.
Noch bist du außerhalb ihres Radars. Zoom heran. Einen
Zoom spürt keiner. Ein stummer Schuss. 15 Meter. Sie geht in
einen Vintage-Laden. Trägt sie Secondhand? Die Geschichten
der anderen. Folge ihr hinein. Nein, das ist zu nah. Stell dich
an die Auslage. Gib vor, du würdest scrollen. Hol sie an dich
heran. Zieh sie mit beiden Fingern zu dir. Näher. Näher. Du

kannst ihren Atem förmlich spüren. Ahnt sie, dass ihr jemand die Momente stiehlt? Sie redet mit der Verkäuferin. Du willst ihre Stimme hören. Du musst unbemerkt bleiben. Darfst dich nicht zu erkennen geben. Musst den idealen Zufall kreieren. Es könnte für immer so bleiben. Liebe aus dem Bunker. Lass sie an dir vorbeiziehen. Betrachte sie über die Spiegelung des Schaufensters. Sie geht an dir vorbei. Du riechst nur die Jacke. Verdammtes Leder. Die Haut der anderen. Geh ihr nach. Im Gleichschritt. Dann kann sie deine Schritte nicht hören. Bleib im Windschatten. Sie geht, als könnte sie die Wände hochlaufen. Sie geht Lebensmittel einkaufen. Du träumst davon, dass ihr zusammen esst. Dass sie bei dir einzieht. Nein, dass sie dich in diese fremde Wohnung mitnimmt. Und du ihr verheimlichst, dass du sie kennst. Keine Lüge. Sie ist dir tatsächlich fremd. Als würdest du sie in einem Hotel treffen. Sie hat nicht vor, zu kochen. Kauft Obst, Jogurt, Bier. Hat nicht vor, ganze Abende in der Wohnung zu verbringen. Will durch die Stadt streunen. Reist sie immer allein? Ist sie auf der Flucht? Hat sie sich gerade getrennt? Braucht sie eine Auszeit? Hat sie keine Freunde? Kennt sie jemanden in der Stadt? Sucht sie auf Tinder nach Männern? Was ist sie von Beruf? Könntest du mit einer Frau zusammenleben, von der du nichts weißt? Spielt es eine Rolle? Es ist doch Einbildung, jemanden zu kennen, nur weil man seine Geschichte kennt. Alles nur Bekleidung.

Es war kalt. Er wollte nach Hause. Folgte ihr gedankenverloren. Ging ihr bis zur Haustür nach. Um erst dann zu begreifen, dass er nicht nach Hause, dass er nicht unbemerkt in seinen Bunker schlüpfen konnte. Dass es ihn dort oben gar nicht gab.

Er stand wie der Hase vor seinem Bau. Und musste warten, bis der Fuchs herauskam. Was, wenn sie die Wohnung heute nicht mehr verließ? Er griff in seine Tasche. Handy. Schlüssel. Er hatte das Portemonnaie vergessen. Er spürte, wie sein Magen knurrte. Der kalte Wind blies ihm ins Gesicht. Er lief zur Pizzeria gegenüber. Der Besitzer, Michele, würde ihn anschreiben lassen. Er begrüßte ihn überschwänglich. Nicht nur, weil er das mit allen Gästen tat. Sondern weil er ihn lange nicht gesehen hatte.

– Ich dachte, Sie seien gestorben!

Hier würden sie um ihn trauern. Nicht die Gäste. Aber das Personal.

– Freundschaft, Herr Felix!

Ein italienischer Sozialist, der eine Pizzeria betrieb. Das hatte inzwischen Seltenheitswert.

– Die früheren Sozialisten sind jetzt in den sozialen Medien. Sie wissen nicht mehr, was Freundschaft bedeutet. Natürlich können Sie anschreiben. Einen Fensterplatz mit Blick auf die Straße. Bene.

Felix ließ seinen Blick über die Fotos an der Wand und dann über die Tische wandern. Er prüfte, wer von den Abgebildeten da war, zählte drei. Sie saßen an getrennten Tischen. Es umgab sie eine Aura des Adels. Michele hatte sich nie mit Prominenten ablichten lassen. Stattdessen hatte er Bilder seiner Stammgäste an die Wand gehängt. Er allein bestimmte, wer es verdiente, in diesen

Club aufgenommen zu werden. Felix fragte sich, warum Michele nie auf ihn zugekommen war. Schließlich aß er jede Woche hier. Redete mit ihm über Fußball. Mochte er ihn nicht? Andererseits begrüßte er ihn überschwänglich. Er sah den drei Adeligen beim Essen zu. Einer war ein gebückt sitzender Mann, der inzwischen um zwei Jahrzehnte älter aussah als auf dem Foto. Er aß allein. Zwei Tische weiter ein Mittfünfziger. Er trug das gleiche Sakko wie auf dem Foto und unterhielt sich angeregt mit einer Frau. Die dritte Person war höchstens zwanzig. Sie dürfte als Letzte aufgenommen worden sein. Sie saß hinten im Eck mit ihren Eltern, die vermutlich vor Stolz platzten, dass es ihre Tochter an die Wand geschafft hatte. Felix ließ seinen Blick durch das gefüllte Lokal schweifen. Den meisten war es egal, wer dort hing. Fast alle aßen beiläufig in sich hinein. Sie stellten ihre Kräfte wieder her, um ihre sinnlose Existenz zu erhalten. Alles Behauptungen, dachte Felix. Berufe, Namen, Geschichten, Liebschaften, Freundschaften, Familien, Verstrickungen. Sie spielten Rollen, um von ihrer nackten Existenz abzulenken. Sie hielten das, was sie sich selbst und anderen erzählten für eine gesicherte Existenz. Alles nur, um die Zeit totzuschlagen. Um sich nicht die Sinnfrage stellen zu müssen. Jeder Stuhl hatte eine gesichertere Existenz als diese Darsteller. Ein Stuhl war ein Stuhl. Sie aber gaukelten sich gegenseitig etwas vor. Ein langweiliges Theaterstück ohne Sinn. Mit dürftiger Handlung. Sie gehörten allesamt umbesetzt. Egal, ob sie an der Wand hingen oder nicht. Selbstadelung.

Ablenkung von der eigenen Armseligkeit. Nur wenn man seine Sinne geschliffen und befreit hatte wie Felix, konnte man an den Bäumen vorbeisehen. Dann erkannte man die Nacktheit eines jeden. Dies war allerdings nur möglich, wenn man keine Rolle mehr spielte. Musste er sich eine neue erfinden? Eine, die es noch nicht gab. Nur damit der Tag verging. Damit man nicht bloß existierte. *Von der Länge des Tages und der Kürze des Lebens.* So könnte das Stück heißen. Er würde sie allesamt umbesetzen. Aus dem Richter würde der Henker. Aus dem Installateur der Chirurg. Aus dem Liebhaber der Gehörnte. Aus dem Vater die Mutter. Nein. Nicht willkürlich. Er würde ihnen helfen. Gegen ihren Willen ihr Leben verändern. Aber zu ihrem Besten. Er würde ihnen Leid zufügen, um ihnen helfen zu können. Ein empathischer Sadist, der nur Mitleid fühlte, wenn er das Leid selbst angerichtet hatte.

– Heute liebe ich wieder alle, Herr Felix.

Der Wirt war Humanist. Ein Charakter ohne Ausbildung, der seine Gäste als Herde empfand. Sie boten ihm eine Bühne. Und er konnte sich einbilden, eine Rolle in ihren Leben zu spielen.

– Muss man alle lieben? Soll man das? Und was kann man schon an Unbekannten lieben?

– Das Leben, das man selbst nicht gelebt hat.

Der Wirt klopfte ihm jovial auf die Schulter. Er sah seit zehn Jahren völlig unverändert aus. Konnte man bloße Gesichter lieben? Was erzählte so ein Gesicht? Nichts. Felix wollte ein Gesichtsloser sein. Einer, der sein eigenes

Gesicht vergessen hatte. Es nie im Spiegel ansah. Er wollte das Leben der anderen ändern. Mit einem Schlag. Er spürte, dass er zu allem fähig war. Weil er keinen Willen hatte. Zu viele Existenzen. Er wollte ihnen den Appetit verderben. Die Lust am Weiterleben. *Ein Ungeziefer werden!* Er stürzte aus dem Lokal. An dem Wirt vorbei. Hinaus auf die Straße. Die Welt schreckte auf. Sie wurde auf ihn aufmerksam. Die Fenster starrten ihn an. Die Schaufensterpuppen zeigten auf ihn. Die Schriftzüge meinten ausschließlich ihn. Gesichter. Tiere. Häuser. Autos. Bäume. Alles existierte. Er war so wach. Plötzlich ein Stoß. Altes Leder, das seine Nase entlangschnitt. Sie verzog das Gesicht. Sie sahen sich an. Er hätte es beinahe gesagt. *Iris.* Sie erkannte ihn nicht, rempelte zurück und ging weiter. Er sah ihr nach. Dieser Gang. Die langen Schritte. Er lief hinauf. Atmete tief ein. Ihr Geruch. Er stürzte in den Bunker. Verschloss die Tür. Hatte sie sich sein Gesicht gemerkt? Hatte sie ihn wirklich gesehen? Er setzte sich hin. Und roch sich selbst. Bitter. Metallen. Er fuhr den Computer hoch. Mutterland.

Es gab keine andere Möglichkeit mehr. Er musste sich in den Wald retten. Es hatte nicht lange gedauert. Er hatte das ganze Dorf gegen sich aufgebracht. Dabei wollte er nur helfen. Nein. Eigentlich wollte er stören. Wollte sich in ihre Leben einmischen, ein Teil von ihnen werden. Schließlich war er neu. Den Kampf gegen die einheimischen Jungs konnte er nicht gewinnen. Jetzt waren sie hinter ihm her. Und er hielt sich seit einer halben Stunde in einer Baumkrone versteckt. Es war nur eine Frage der Zeit, bis sie ihn finden würden. Was würden sie tun? Waren sie dazu fähig, ihn zu töten? Ihm fielen immer wieder die Augen zu. Die Kammer roch nach seinem Schweiß. Er hatte Iris gegen Mitternacht kommen gehört. Sie war sofort schlafen gegangen. Er wollte die Geschichte zu Ende bringen. Egal mit welchem Ausgang. Nicht den Bildschirm zuklappen. Bis das Schicksal des Kindes besiegelt war. Würde er seine Mutter finden? Würde sie ihn rechtzeitig retten? Woher sollte sie wissen, dass er sich hier versteckt hielt? Oder wusste sie alles, was in Mutterland passierte? Wäre alles anders, wenn Gott eine Frau wäre? *Gott hat kein Geschlecht.* Aber das stimmte nicht. Alles an ihm war männlich. Und alles wäre anders gelaufen, hätte man ihn als Übermutter imaginiert. Brüder und Schwestern, aus ihrem Schoße geboren. Kein eifersüchtiger Gottesvater, der den Menschen nichts Gutes wollte. Kein Ödipus. Keine männliche Sühne. Keine Gotteskrieger, die in ihrem Namen töteten. Die Übermutter vergab. Der Übervater bestrafte. *Jesus war ein Mutterkind.* Eine Tochter hätte man nicht gekreuzigt, sondern gesteinigt. *Würde man heute Steine anbeten?* Er wollte sich zum Opfer stilisieren. Hatte es darauf angelegt, dass sie ihn lynchten. *Komm runter!* Sie hatten den Baum umstellt. Würde er in die Geschichte von Mutterland eingehen? *Hier haben sie damals das Kind gelyncht.* Sie standen da und warteten. Niemand rührte sich. Er hatte keine Chance. Sie zückten Pfeil und Bogen. Er wusste, wann er matt war. Er legte den König hin. Und klappte den Rechner zu. Er hörte die Tür. Wie sie ins Schloss fiel und eine auffordernde Stille hinterließ. Er war allein in der Wohnung. Das Brett war leer. Nur der König lag darauf. Er war so müde. Die Stille wollte ihn in die Arme nehmen. Ihn mit weißen Laken umhüllen. Den Vorhang zuziehen. Das Publikum war gegangen. Und hatte den liegenden König zurückgelassen. Endlich allein auf dem Brett. Kapitulation. Schlafen. Bis jemand kommen und ihn wegkehren, bis jemand die Figuren wieder aufstellen und alles von Neuem beginnen würde. Endlich Dunkelkammer. Die Augen schließen dürfen. Ohne Publikum sein dürfen. Sich in die weißen Laken legen. In den Schoß legen. Sich einrollen wie eine Raupe. Dieser Geruch. Es war sein Laken. Aber ihr Geruch. Er presste sein Gesicht in die Decke. Umarmte und umgarnte sie. Sie erwiderte seine Berührungen. Umhüllte ihn mit ihrem Duft. Ihrer Identität. Wandte sich ihm zu. Und umschlang ihn. Er verschwand ganz in ihr. Seine Haare rochen nach ihr. Seine Hände. Seine Lippen. Er schloss die Augen und konnte sie in allen Poren spüren. Endlich eine Berührung. Endlich jemand, der liebevoll nach ihm suchte und ihn zu sich zog. Der ihn liebte, wie er war. Der alles verzieh und alles vergaß. Jemand, der ihn aufnahm und stumme Zuflucht gewährte. *Ach, Iris,* seufzte er und schloss die Augen. Ihr Geruch war wie sanftes Chloroform. Auf der anderen Seite würden sie sich treffen. Dort würde sie warten. Und ihn in ihre Arme nehmen. Er würde sich in ihr verlieren. Der ganze Park roch nach ihr. Jeder Windstoß, der seine Haare streichelte, warf ihm einen Kuss zu. Er brauchte sie nicht zu suchen. Der ganze Park war sie. Er war in ihrem Labyrinth verloren. Und egal wohin er lief, sie war allgegenwärtig. Hier würden sie ihn nicht finden. Sie legte das Laken über ihn. Versteckte ihn. Die Spürhunde würden ihn nicht riechen, denn alles war von ihrem Geruch übertüncht. Er war verschwunden, der Welt abhandengekommen. Er würde in ihr weiterleben. In ihr heranwachsen. Bis die Ichgefühle sich überkreuzten. Sie hatte die Tür geöffnet und offen stehen lassen. Als eindeutiges Zeichen. Als Aufforderung einzutreten. Sie hatte ihn eingeladen, sich bei ihr auszuschlafen. Sich anzuschmiegen.

Er hatte die dunklen Wolken über dem Park nicht gesehen. Aber er hatte den Umschwung gerochen. Eine Brise von draußen, die ihren Geruch vertrieb. Kalter Rauch, der ihn aufweckte. Er hielt die Augen geschlossen. Weigerte sich, sie zu öffnen und ihr ins Gesicht zu sehen. Er roch sich ganz plötzlich selbst. Als würde er zu verwesen beginnen. Als ob ein offener Mülleimer neben dem Bett stünde. So roch die Scham. Aber er spürte sie nicht. Er spürte nichts. Außer ihrem erstaunten Blick. Wie sie in der Tür stand. Und sich nicht rührte, nichts sagte. Nur dieser Blick, den er durch die geschlossenen Lider hindurch spürte. Noch hatte sie sich kein Urteil gebildet. Noch war sie perplex. Aber gleich würden sie sich formieren, die Gedanken, die aufgescheucht aus ihren Kojen strömten. *Das ist keine Übung!* In welche Richtung sollten sie laufen? Wie lauteten die Befehle?

Iris seufzte. Zuerst hatte sie sich erschreckt. Ein fremder Mann lag in ihrem Bett. Er umarmte die Decke, in der sie gelegen hatte. Er schlief und sah friedlich aus. Sie musste keine Angst vor ihm haben. Sie sah ihm die Sehnsucht an. Seine Bekümmertheit. Seine Brüchigkeit. Seine

Erschöpfung. Sie hatte drei Atemzüge gebraucht, um zu begreifen, dass es sich um den Wohnungsbesitzer handelte, der nicht wusste, wohin. Der wohl gewartet hatte, bis sie gegangen war. Der wohl kein Dach über dem Kopf hatte. Sie empfand Mitleid mit ihm. Und zwei weitere Atemzüge später rührte sie der schlafende Mann, der um ihre Zugewandtheit flehte. Sie wunderte sich, dass sie keinen Ekel verspürte. Vor seiner Übergriffigkeit, seiner Entgrenzung. Schließlich war die Bettwäsche ihre Stellvertreterin. Aber sie war nicht das Laken. Verwechselte sich selbst nicht mit ihren Spuren. Stattdessen spürte sie ein sanftes Mitgefühl. Spürte mit jedem Atemzug sein Verschwinden. Seine Erschöpfung. Verhielt sich still, um ihn nicht aufzuwecken. Es rührte sie, dass er sich so verletzlich machte. Dass er sich offenbarte. Und sich dorthin gelegt hatte. Sie hätte ihn vernichten können. Tat es aber nicht. Wollte nicht gegen ihn vorgehen. Empfand ihn nicht als Fremdkörper in dieser Wohnung. In seinem Lebensraum. Sie schämte sich ein wenig, ihn vertrieben zu haben. Fühlte Dankbarkeit aufsteigen. Dafür, dass sich ein Fremder so vor ihr entblößte. Sich so beschädigte. Nur Liebende waren dazu bereit. Und einem Liebenden durfte man nichts antun. Schon gar nicht im Schlaf. Es gab zu wenige von ihnen. Zu wenige, die einfach nur kapitulierten. Und dann tat sie etwas Erstaunliches. Etwas, das gegen alle Regeln verstieß. Sie hatte nicht nur die Empörung mit ein paar Atemzügen verscheucht. Sie hatte ihre Eigentlichkeit zugelassen. Und sich zu ihm gelegt. Sie hatte ihn an seinem Geruch erkannt. Erkannt, dass sie ihn mochte. Wie konnte man eine solche Zärtlichkeit für einen Fremden verspüren? Sie legte den Arm um ihn. Er rückte im Schlaf näher. Dann schloss sie die Augen. Und schlief ebenfalls ein.

Sein Rufselbstmord war innerhalb weniger Stunden vollzogen. Als Iris die Wohnung betrat und den ihr unbekannten Mann im Bett liegen sah, hatte sie nicht lange gezögert. Kurz war sie erschrocken in der Tür stehen geblieben. Aber als erfahrene Reisende wusste sie, ohne nachzudenken, was zu tun war. Bloß kein unnötiges Risiko eingehen. Nicht ihre Sachen einsammeln. Den Fremden nicht aufwecken. Wer weiß, wozu er fähig war. Schleunigst die Wohnung verlassen und die Polizei rufen. Es überraschte sie nicht, dass es sich bei dem Mann um den Wohnungsbesitzer handelte. Oft hatte sie daran gedacht, dass es bestimmt viele Perverse gab, die ihre Wohnungen an Frauen vermieteten, um ihnen nachzustellen oder ihren voyeuristischen Neigungen nachzugehen. Es war nur eine Frage der Zeit, bis sie auf einen solchen stieß. Trotzdem hatte sie der Anblick des Mannes in ihrem Bett schockiert. Vielleicht so sehr, dass sie nie wieder eine Wohnung auf diesem Portal mieten würde.
Es war ein beklemmendes Gefühl gewesen, ihn plötzlich wach zu sehen. Wie er von der Polizei aus seiner eigenen Wohnung geführt wurde, damit sie ihre Sachen packen konnte. Diesen verstörten Blick würde sie ihr Leben lang

nicht vergessen. Kein Hass, sondern die Wirrnis eines Verrückten. Die Beamten hatten sie beruhigt, hatten gesagt, es würde keine Gefahr von ihm ausgehen. Trotzdem hatten sie sich vor der Tür postiert, damit sie sich sicher fühlte. Kopfschüttelnd hatte sie die Wohnung verlassen und den Vorfall bei dem Portal gemeldet. Es dauerte keine zwei Stunden, bis man den Verrückten gesperrt hatte. Der würde keine Wohnung mehr vermieten, hatte einer der Beamten gesagt. Da könne sie sicher sein. Man habe ihm das Handwerk gelegt. Sie hätte ihn vernichten können. Hatte dann aber doch keine Anzeige erstattet. Nicht weil sie Milde walten lassen wollte. Solchen Perversen durfte man keine Toleranz entgegenbringen. Sondern aus Angst, er würde sich rächen. Es war kein Kunststück, jemanden wie sie im Netz aufzuspüren. In dieser Angst wollte sie nicht leben. Wollte ihn vergessen können. Und ihm keinen Anlass geben, sich als Opfer zu fühlen. Ein solcher musste Täter bleiben. Und sich selbst nicht erzählen dürfen, man hätte ihm etwas angetan. Umgekehrt musste es bleiben. Nur so war sie sicher, dass seine Scham stärker blieb als seine Rachegefühle. Dass sich seine Wut ausschließlich gegen sich selbst richtete. Aber gemeldet hatte sie ihn. Das war ihr wichtig. Nicht für sich selbst, sondern für alle anderen, die sie dadurch schützte. Noch am selben Tag war die Wohnung aus dem Netz verschwunden. Noch Jahre später würde sie von diesem Vorfall erzählen, ohne zu wissen, was aus dem Verrückten geworden war.

Es war für Felix nicht schwierig gewesen, die Wohnung zu verkaufen. Hätte er noch gewartet, hätte sie bestimmt mehr abgeworfen. Aber er war zufrieden mit dem, was er bekam. Er konnte sich unter mehreren Interessenten entscheiden, die alle nicht ahnten, warum er sie verkaufte. Er wollte sie so schnell wie möglich abstoßen. Wollte nichts mehr mit sich selbst zu tun haben. Auch nicht neu beginnen. Sondern einfach nur abstoßen. Und weggehen. Nie wieder in einer Wohnung leben. Keine neue Existenz aufbauen. Einfach nur Wind sein. Lebendig, aber ohne Identität. Ein Wind existierte. Aber wenn er aufhörte zu wehen, hörte man auf, über ihn zu sprechen. An ihn zu denken. Sich an ihn zu erinnern. *Man kann nur die Auswirkungen malen.*

Er wollte keinen Gedanken mehr festhalten. Keinen Vorhaben mehr hinterherlaufen. Nach nichts mehr greifen. Keine Erwartungen haben. Keine Ängste mitschleppen. Keine Pläne verfolgen. Keine Entscheidungen treffen. Keinen Impulsen nachgeben. Keinen Willen aufbringen. Keine Kräfte aufwenden. Keine Gefühle beherrschen. Nur noch wach bleiben, bis die Müdigkeit überwog. Atmen, bis kein Atmen mehr folgte.

Er hatte keine Scham gespürt. Nur Ohnmacht und Ausweglosigkeit. Hatte gleich kapituliert. Noch bevor der erste Schuss fiel. Er wollte kein Täter sein. Auch keine andere Identität annehmen. Er war längst aus der Kammer gestiegen. Kein Handy. Kein Portemonnaie. Keine Schlüssel. War trotzdem nicht unruhig geworden. Er wollte mit keiner Frau mehr schlafen. Sich von niemandem verabschieden. Nichts mehr abschließen. Keine letzten Worte. Keinen Blick in den Spiegel. Einfach verschwinden. Einfach vergessen. Einfach vergessen werden. Er war den Anweisungen des Friedhofsangestellten gefolgt, der ihm die Koordinaten gegeben hatte. Und jetzt stand er hier und sah einen Mann auf sich zukommen, der keineswegs aussah, wie er sich einen Friedhofsangestellten vorstellte. Kein ausgemergeltes, blasses Gesicht. Keine Außenseitermimik. Keiner, der den Tod mehr als das Leben schätzte. Er hätte auch Bankberater oder Installateur sein können. Sein Ton war freundlich und dienstleistungsorientiert. Es schien purer Zufall, dass er hier gelandet war. Er deutete auf die Stelle. Hier würde es also sein. Felix hatte für dreißig Jahre im Voraus bezahlt. Nicht, dass sich nach so langer Zeit noch jemand um das Grab scheren würde. Aber zehn Jahre erschienen ihm würdelos. Als würde er nach einem Schnäppchen Ausschau halten. Außerdem sollte es das Grab geben, solange sein Vater lebte. Er wollte ihm etwaige Kosten ersparen. Ihm keine posthume Schande bereiten. Ob er seinem Vater da draußen begegnen würde? Felix sah nach links und rechts. Belanglose Namen. Nachbarn, die man nie kennenlernen würde.

Er bedankte sich. Der Friedhofsangestellte sah ihm tief in die Augen. Sein Händedruck war zu fest.

– Dann hoffentlich nicht bis bald, scherzte er trocken. So trocken, dass es kaum noch als Scherz erkennbar war. Wie

ein altes Hemd, das sich schon zu lange im Trockner gedreht hatte. Vermutlich strapazierte er den Scherz jedes
Mal. Es gab Berufe, die ausschließlich aus Repertoire be-
standen. Seiner gehörte dazu.

Felix sah ihm nach. Der Mann ging wie eine Metapher
in die Ferne. Felix spürte einen Blick. Auf einem Fried-
hof sollte man vorsichtig sein, einen solchen zu erwidern.
Deshalb drehte er sich weg und lauschte den Raben, die
kahle Bäume umkreisten. Auch sie waren keine Metapher.
Und standen für nichts. Noch immer spürte er eine Anwesenheit. Konnte sich dieser nicht ganz entziehen. Und
drehte sich um.

In einer Entfernung von zwanzig Metern stand eine
junge Frau, die ihr Handy auf ihn richtete. Hatte er den
Zoom gespürt, wie er sich in seinen Rücken bohrte? Ihr
Blick war starr, als würde sie nur durch die Linse sehen.
Als wäre die Linse ein Fernglas. Sie hielt das Telefon auf
Distanz. Vielleicht war sie weitsichtig. Sie starrte durch
das Display durch Felix hindurch. Sie sahen sich an. Aber
ihr Blick wollte nichts von ihm. Da war kein Anliegen. Er
war vollkommen leer. Würde ihn so der Tod anschauen,
kurz bevor er auf ihn zeigte? Ein Blick ohne Fokus. Als
wäre er nur Teil einer verschwimmenden Landschaft. Als
hätte er bereits alle Konturen verloren. Sie sahen sich an.
Sie durch die Linse. Er durch die Brille. Ein stiller Moment. Dann drückte sie ab. Betrachtete das Foto skeptisch.
Löschte es. Richtete die Linse erneut auf sich. Neigte
den Kopf nach links und nach rechts. Schob die Haare

zur Seite. Änderte die Position. Wandte sich von ihm ab, suchte den richtigen Hintergrund. Und schoss noch ein Bild von sich selbst.

Felix seufzte. Dann musste er lachen. Solange es Missverständnisse gab, war da ein Wille. Solange man auf sich selbst hereinfiel, existierte eine Geschichte. Auch wenn er aufgehört hatte, sich die seine zu erzählen. Der neue Bankberater hatte gefragt, was er mit dem vielen Geld anfangen wolle. Ob man es für ihn anlegen solle. Felix hatte nur den Kopf geschüttelt. Er wolle keine Pläne mehr schmieden. Nichts mehr vermehren. Er werde schon merken, wenn die Karte nichts mehr ausspucke. Solange Geld da sei, würde es ihn geben. Aber er würde großzügig sein. Vielleicht würde er in ein paar Leute investieren. Sie dazu bringen, Dinge zu tun, die sie sonst nicht taten. Er bleibe Unternehmer. Erst gestern habe er einer Frau 500 Euro gegeben, damit sie ihm alles von sich erzähle. Das Leben würde weitergehen. Ob mit oder ohne ihn. Es spiele keine Rolle, ob er dabei sei oder nicht. Man dürfe das Leben nicht zu ernst nehmen. Man dürfe es nicht zu sehr leben.

Der Autor dankt:

Peter Coeln, Karin Graf,
Xaver Bayer und Selim Tolga

Die Kapitelfotos im Innenband wurden
hergestellt von Nicole Albiez.

Der Verlag Kiepenheuer & Witsch hat sich zu einer nachhaltigen Buchproduktion verpflichtet. Gemeinsam mit unseren Partnern und Lieferanten setzen wir uns für eine klimaneutrale Buchproduktion ein, die den Erwerb von Klimazertifikaten zur Kompensation des CO_2-Ausstoßes einschließt. Weitere Informationen finden Sie unter www.klimaneutralerverlag.de

Zitatnachweis

Die auf S. 78/79 zitierte Passage stammt von: Aufräum- und Minimalismusexperte Selim Tolga, minimalismus.ch

1. Auflage 2023

© 2023, Verlag Kiepenheuer & Witsch, Köln
Alle Rechte vorbehalten
Covergestaltung Barbara Thoben, Köln
Covermotiv © Anthony Gerace
Innenabbildungen Nicole Albiez
Foto Frontispiz Marcel Duchamp Playing Chess with a Nude (Eve Babitz), Pasadena Art Museum © Julian Wasser, 1963
Gesetzt aus der Adobe Caslon Pro
Satz Buch-Werkstatt GmbH, Bad Aibling
Druck und Bindung CPI books GmbH, Leck

ISBN 978-3-462-00408-3

»Schalkos ›Bad Regina‹ ist ein lost place des pittoresken Verfalls, eine Parabel auf den Untergang des alten Europas im Allgemeinen und die österreichischen Untergeher im Besonderen.« *FAZ*

»Große literarische Satirekunst« *SZ*

»Ein tiefgründiger Roman, reich an Skurrilitäten und schwarzem Humor.« *3Sat Kulturzeit*

»David Schalko hat einen urkomischen, beeindruckend auf den Punkt gebrachten und filmisch erzählten Roman geschrieben.« *NDR*

Leseproben und mehr unter www.kiwi-verlag.de

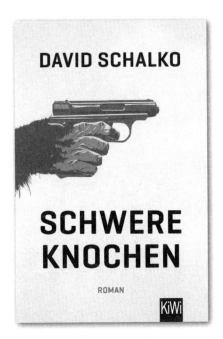

»Ein Glücksfall für die Literatur« *FAZ*

»Ein Sittenbild der österreichischen Nachkriegsgesellschaft, ein beunruhigendes Lehrstück und ein großer Roman.« *Denis Scheck*

»Schalkos Roman ist eine großartige Groteske, vergnüglich und zynisch, beklemmend und erhellend, und sehr, sehr anders.« *Der Spiegel*

»David Schalko ist mit ›Schwere Knochen‹ ein außergewöhnlicher Roman gelungen – eine Mischung aus Krimi-Groteske, knallharter Milieustudie und bizarrem zeitgeschichtlichen Thriller.« *Ö1*

Leseproben und mehr unter www.kiwi-verlag.de

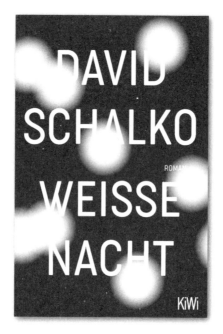

»Lesen Sie dieses Buch. Lesen Sie es ein zweites Mal. Lesen Sie es ein drittes Mal. Hören Sie gar nicht mehr auf damit. Und lassen Sie Ihrer Phantasie freien Lauf. Sie sind auf dem besten Weg. Sie sind der Wahrheit näher, als es so manchem lieb sein mag.« *Wiener Zeitung*

»David Schalko spürt dem bizarren Haiderismus aus aktualisierten NS-Styles und Männerbünden in dem außerordentlichen Roman ›Weiße Nacht‹ nach.« *taz*

»Ein bis ins letzte Detail durchdachtes Werk, das durchaus als Parabel auf den Rechtsruck in Österreich verstanden werden kann.« *Die Presse*

Leseproben und mehr unter www.kiwi-verlag.de

»Schriftstellerisch mag es Verschwendung sein, so viel Pulver auf so wenigen Seiten zu verschießen, aber der Unterhaltungswert für den Leser ist in dieser konzentrierten Form beträchtlich. Alle Achtung!« *Falter*

»Sprachlich einmalig ausgefeilte Geschichten« *Die Presse*

Leseproben und mehr unter www.kiwi-verlag.de